ICH STEHE NICHT AUF DICH

CHARLOTTE BYRD

CHARLOTTE BYRD

dangerously addictive

COPYRIGHT

ÜBER ICH STEHE NICHT AUF DICH

Was passiert, wenn dein EX dein neuer MITBEWOHNER ist?

Früher warst du alles, was ich wollte. Als du mich verlassen hast, habe ich alles verloren.

Aber dann bist du wieder in mein Leben spaziert: **selbstbewusst, arrogant und so geheimnisvoll und schön** wie immer.

Du hast mich nie belogen und du hast mich nie betrogen, aber das heißt nicht, dass du mich nicht verletzt hast.

Mein Hass gegen dich ist ein Feuer, das du nie wieder löschen kannst.

Du weißt das ganz genau und nimmst trotzdem meine Hand. Ich will dich abweisen, aber du lässt es nicht zu.

Was passiert, wenn ich schwach werde?

Was passiert, wenn meine Wut ins Gegenteil umschlägt?

LOB FÜR CHARLOTTE BYRD

„Dekadent, vorzüglich, ein gefährliches Suchtobjekt!" - Bewertung ★★★★★

„So meisterhaft verwebt, kein Leser wird es weglegen können. EIN MUST-HAVE!" - Bobbi Koe, Bewertung ★★★★★

„Fesselnd!" - Crystal Jones, Bewertung ★★★★★

„Spannend, intensiv, sinnlich" - Rock, Bewertung ★★★★★

„Sexy, geheimnisvolle, pulsierende Chemie…" - Mrs. K, Bewertung ★★★★★

„Charlotte Byrd ist eine brillante Schriftstellerin. Ich habe schon viel von ihr gelesen, viel gelacht und geweint. Sie schreibt ein ausgeglichenes Buch mit brillanten Charakteren. Gut gemacht!" - Bewertung ★★★★★

„Rasant, düster, süchtig machend und fesselnd" - Bewertung ★★★★★

„Heiß, leidenschaftlich und mit großartigem Handlungsstrang." - Christine Reese ★★★★★

„Du meine Güte… Charlotte hat einen neuen Fan fürs Leben." - JJ, Bewertung ★★★★★

„Die Spannung und Chemie steht auf Alarmstufe rot." - Sharon, Bewertung ★★★★★

„Elli und Mr. Aiden Black starten eine heiße, sexy, und faszinierende Reise." - Robin Langelier ★★★★★

„Wow. Einfach nur wow. Charlotte Byrd macht mich sprachlos… Sie hat mich definitiv begeistert. Sobald man das Buch zu lesen beginnt, kann man es nicht mehr ablegen." - Bewertung ★★★★★

„Sexy, leidenschaftlich und fesselnd!" - Charmaine ★★★★★

„Intrigen, Lust, und phänomenale Charaktere… Was will man mehr?!" - Dragonfly Lady ★★★★★

„Ein tolles Buch. Eine extrem unterhaltsame, fesselnde und interessante Geschichte. Ich konnte es nicht mehr weglegen." - Kim F, Amazon Bewertung ★★★★★

„Die Handlung ist einfach großartig. Alles, was ich mir in einem Buch wünsche und noch mehr. So eine großartige Geschichte

werde ich immer wieder lesen!!" - Wendy
Ballard ★★★★★

„Die Handlung war voller Wendungen und
Überraschungen. Ich konnte die Heldin und
natürlich auch mit Mr. Black sofort ins Herz
schließen. Vorzüglich. Es ist sexy, es ist
leidenschaftlich, es ist heiß. Es ist einfach
von allem was dabei." - Khardine Gray,
Bestseller-Autorin von Romantik
★★★★★

MELDE DICH FÜR MEINEN NEWSLETTER AN!

Möchtest Du immer zu den Ersten gehören, die von Sonderangeboten, Neuveröffentlichungen und exklusiven Giveaways erfahren?

Melde Dich für meinen **Newsletter** an und werde Mitglied in meinem **Reader Club**!

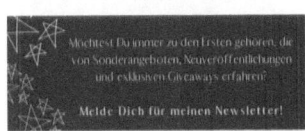

BÜCHER VON CHARLOTTE BYRD

Alle Bücher sind bei ALLEN wichtigen Einzelhändlern erhältlich!

Wenn Du eins nicht finden kannst, schicke mir eine E-Mail an charlotte@charlotte-byrd.com

Verbotene Begegnung Serie
Verbotene Begegnung

Verbotenen Regeln

Verbotene Verbindung

Verbotener Vertrag

Verbotene Grenzen

Haus von York Trilogie

Haus von York
Krone von York
Thron von York

Gefangen in Eis Serie

Gefangen in Eis
Gefangen in Schmerz
Gefangen in Spitze
Gefangen in Hass
Gefangen in Liebe

Geheimnisse Serie

Geheimnisse und Lügen
Geheimnisse und Wahrheit
Geheimnisse und Hoffnung
Geheimnisse und Angst
Geheimnisse und Hass
Geheimnisse und Liebe

Gefährliche Verlobung Serie

Gefährliche Verlobung
Tödliche Hochzeit
Verhängnisvolle Ehe

Ich stehe nicht auf dich Serie

Ich stehe nicht auf dich

Ich stehe immer noch nicht auf dich

Der perfekte Fremde Serie

Der perfekte Fremde

Das perfekte Alibi

Die perfekte Lüge

Das perfekte Leben

Die perfekte Flucht

Das perfekte Paar

Die ganzen Lügen Serie

Die ganzen Lügen

Die ganzen Geheimnisse

Die ganzen Zweifel

Die ganze Wahrheit

Die ganzen Versprechungen

Die ganze Hoffnung

Mr. Daltons Stylistin

ÜBER CHARLOTTE BYRD

Charlotte Byrd ist Bestseller-Autorin mehrerer moderner Liebesromane. Sie lebt in Südkalifornien, zusammen mit ihrem Mann, ihrem Sohn und einem verspielten Australian Shepherd. Sie liebt Bücher, warmes Wetter und kristallblaues Wasser.

Kontaktieren Sie sie über:
charlotte@charlotte-byrd.com
Finden Sie Ihre Bücher auf:
www.charlotte-byrd.com
Verbinden Sie sich mit ihr auf:
www.facebook.com/charlottebyrdbooks
Instagram: www.instagram.com/charlottebyrdbooks
Twitter: www.twitter.com/ByrdAuthor

Facebook-Gruppe: Charlotte Byrd's
Reader Club

Möchtest Du immer zu den Ersten gehören,
die von Sonderangeboten,
Neuveröffentlichungen und exklusiven
Giveaways erfahren?

Melde Dich für meinen **Newsletter** an
und werde Mitglied in meinem **Reader
Club**!

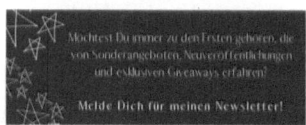

1

Ich betrete zum ersten Mal meine WG und atme tief durch. Dies ist der Beginn von etwas Neuem. Etwas Besonderem. Während der gesamten High-School-Zeit hatte ich das Gefühl, dass es nur eine Art Epilog in den Kapiteln meines Lebens sein würde. Es war alles, wofür ich gearbeitet hatte, alles, was ich erreichen wollte. Während alle anderen chillten, tranken und auf Partys gingen, habe ich meine Nase immer in Bücher gesteckt Als dieser Tag endlich kam, fühlte er sich nicht mehr wie ein Epilog an. Nein, das hier war ein Prolog. Der Beginn von etwas Besonderem.

"Was für ein großes Zimmer!", ruft meine Mutter, als sie sich in meinem neuen Zuhause umsieht. Das Zimmer ist ziemlich geräumig. Es ist jedoch nicht ganz das, was einem im Fernsehen versprochen wird. Die Decke ist ziemlich hoch, aber die Wände sind nur bemalter Beton. Sie sind weiß. Kahl. Also im Gegensatz zu dem gemütlichen, hellrosa Zimmer, das ich zu Hause habe.

Ich gehe hinüber zum Fenster. Es ist ein schöner Tag spät im August. Ich befinde mich im 16. Stock und von hier aus kann ich in die Wohnungen von anderen Leuten auf der anderen Straßenseite sehen.

"Ich kann einfach nicht glauben, dass ich hier bin." Ich drehe mich in meinem Zimmer herum, meine Augen mit Tränen gefüllt. "In New York."

"Oh, Schätzchen." Meine Mom legt ihre Arme um mich. Sie weiß, dass dies mein Traum ist, seit ich in der Mittelschule war. Mom umarmt mich kurz und schaut mit mir zusammen aus dem Fenster.

"Ich weiß einfach nicht, wie die

Menschen hier leben. Überall ist es so voll und überlaufen!"

Ich lächle. Meine Mutter ist kein Fan von New York. Ich bin in Calabasas aufgewachsen, einer Stadt etwas nördlich von Los Angeles, wo der Himmel fast immer wolkenlos und blau ist und wo es nie kälter wird als 20 Grad. Meine Familie gehört zur oberen Mittelschicht, aber nicht zu den Reichen. Zumindest nicht nach LA-Standards. Dennoch wohnt unsere fünfköpfige Familie komfortabel in einem 300 Quadratmeter großen Haus mit einem 600 Quadratmeter großen Garten und einem Pool.

"Ich hoffe, du hast nette Mitbewohner", sagt Mom.

"Natürlich", pfeift Dad, als er hereinkommt. Er steht in der Tür und ist offensichtlich nicht wirklich beeindruckt. "Ich kann einfach nicht glauben, dass dieses Zimmer 17.000 Dollar im Jahr kostet und du noch drei Zimmergenossen hast!"

Mom und ich lachen darüber. Auch wenn mein Vater nicht geizig ist, beschwert er sich immer gerne darüber, wie viel etwas kostet.

"Mitbewohner", korrigiere ich ihn. "Ich habe eine Zimmergenossin und drei Mitbewohner in der ganzen WG." Unsere Zimmer sind durch ein Wohnzimmer mit einer kleinen Küche getrennt und es gibt nur ein Badezimmer, das wir uns alle teilen müssen.

"Das Zimmer an der USC wäre genauso groß gewesen und die Schule hätte genauso viel gekostet", füge ich hinzu. Die University of Southern California ist die Alma Mater meiner Eltern. Dort lernten sie sich vor dreißig Jahren kennen.

"Ja, dann wärst du aber wenigstens näher an zu Hause und bräuchtest kein Flugticket, um uns zu besuchen." Er zuckt mit den Achseln. Ich rolle mit den Augen. Wir sind das schon tausende Male durchgegangen. Mittlerweile machen sie nur noch Witze darüber. Beide wissen, dass die Columbia meine Traumschule war, solange ich denken konnte, und als ich meine Zulassung bekommen habe, wusste wohl

jeder, dass ich mich dafür entscheiden
würde.

"Ich würde es einfach zu gerne sehen,
wenn die Temperaturen unter null Grad
fallen und du um 8 Uhr morgens Unterricht
hast", sagt Mom. "Es ist nicht immer schön
hier."

"In Colorado fand ich es auch in
Ordnung", sage ich. Außer, dass ich die Kälte
hasse. Ich kann die bunten Blätter und den
schönen, frischen Herbst kaum erwarten, aber
der lange, harte Winter? Ich weiß auch nicht.

Meine Eltern lachen. "Nur weil du eine
Woche lang Skifahren warst, bist du kein
Experte, was kalte Winter angeht.
Außerdem ist Winter Park eine kleine,
sonnige Stadt. Ein sechsmonatiger Winter in
New York, in dem alles matschig wird und
der Schnee von den Autos schwarz ist, ist ein
ganz anderes Kaliber", sagt Mom.

Ich nicke.

"Ich glaube, ich schaffe das schon", sage
ich und mache ein tapferes Gesicht. Ich
wende mich vom Fenster ab, um das Thema
zu wechseln.

"Also, welches Bett soll ich mir aussuchen?" Das Zimmer hat alles doppelt. Zwei Betten. Zwei Kleiderschränke. Zwei Schreibtische. Zwei Stühle. Zwei Fenster. Eines mit Blick auf die 116. Straße. Eines mit Blick auf den Broadway.

"Wenn du das hier zur 116. Straße nimmst, stört dich der Lärm vom Broadway vielleicht nicht so sehr", sagt Mom, gerade als ein Krankenwagen seine Sirene einschaltet und die Straße hinunter rast. "Oder vielleicht auch nicht."

Im Endeffekt entscheide ich das sowieso selbst.

"Wenn ihr damit fertig seid, den leeren Raum anzustarren, ist es wohl an der Zeit, wieder nach unten zu gehen und mehr von deinen Sachen zu holen, junge Dame", sagt Dad, der an seinem Handy klebt.

Meine Mom und mein Dad sind beide Ärzte, aber sie haben vor kurzem eine Beratungsfirma für klinische Studien gegründet, wodurch sie praktisch so viel zu tun haben wie noch nie zuvor.

"Ich bin gleich unten", sage ich. "Ich

räume nur eben ein paar von diesen Sachen weg."

Gleich nachdem Mom und Dad gegangen sind, schwingt die Tür auf und eine große, üppige Brünette kommt herein.

"Alice?", fragt sie. Ihr Gesicht leuchtet auf, was mich beruhigt.

"Doreen?", frage ich.

"Oh, nein, nein, nein." Sie schüttelt den Kopf. Ich strecke meine Hand aus, aber sie zieht mich stattdessen in eine warme Umarmung. "Nenn mich Juliet, *bitte*. Ich hasse Doreen."

"Okay." Ich nicke. Da ich aus LA komme, bin ich mit Namensänderungen gut vertraut. Drei Mädchen an meiner Schule änderten offiziell ihre Namen, bevor sie vor ihrem Abschluss eine Brustvergrößerung bekommen haben.

"Oh mein Gott, du bist so süß!" Sie lacht. "Und klein. Du kommst aus LA, richtig? Du musst mir dein Geheimnis verraten. Argh, warum trage ich das immer noch mit mir rum?"

Sie lässt ihre Taschen auf ihr Bett fallen und lehnt den langen Spiegel, den sie trägt, gegen die Wand. "Ich dachte, wir können den vielleicht an die Tür hängen."

Aha! Endlich fällt es mir auf. Das ist so komisch an diesem Raum; es gibt keine Spiegel.

"Gute Idee. Ich habe völlig vergessen, einen Spiegel mitzubringen", sage ich. "Ich hätte irgendwie erwartet, dass es hier welche gibt."

Zu Hause habe ich drei in meinem Zimmer. Ich helfe Juliet, den Spiegel an die Rückseite unserer Tür zu hängen, und überprüfe, ob sie sich noch schließen lässt. Er schwingt mit der Tür mit, aber wir werden einfach vorsichtig sein.

"Und?" Juliet dreht sich zu mir um. "Was ist dein Geheimnis?"

"Geheimnis?"

"Warum du so dünn bist. Ich weiß, dass ihr Mädchen aus LA eure ganz eigenen Methoden habt."

Ich lächle. Ich betrachte mich im Spiegel. Skinny Jeans, Größe 1, Flip-Flops, weißes T-Shirt. Kein BH. Körbchengröße 70A. Lange zottige blonde Haare. Kaum Make-up. Neben Juliet sehe ich aus wie ein

Kind. Sie wirft ihre dunklen Locken über ihren Kopf, um ihnen mehr Volumen zu verleihen, und trägt ihren leuchtend roten Lippenstift auf. Sie trägt falsche Wimpern, und jeder Teil ihres Gesichts ist konturiert, was ihr einen schönen Teint verleiht und ihre Wangenknochen hervorhebt.

"Kein Geheimnis, wirklich." Ich zucke mit den Achseln. Ich habe schon ab und zu Probleme mit meinem Gewicht.

"Argh, wenn du jetzt sagst, dass du gesund isst und dich viel bewegst, muss ich mich übergeben."

"Du nimmst kein Blatt vor den Mund, oder?" Ich lächle.

"Nein, Babe. Ich sage es so, wie es ist. Ich hoffe, das ist okay."

Ich nicke. "Mehr als okay. Ich finde Ehrlichkeit super. Das ist irgendwie erfrischend für mich, weil in LA alle nett zueinander sind. Aber zu nett. Niemand sagt einem etwas Schlechtes ins Gesicht. Nicht einmal, wenn man es wirklich hören muss."

"Eigentlich versuche ich nur abends keine Kohlenhydrate mehr zu essen. Ich vermeide verarbeitete Lebensmittel. Meine

Mutter kauft nur Sachen vom Bauernmarkt und Bio-Produkte. Nicht zu viel Milchprodukte. Magere Proteine und Fisch. Solches Zeug."

"Das erklärt es." Sie wirft ihre Haare wieder nach hinten. "Also, keine Burger mit Chili-Käse-Pommes?"

Ich schüttle den Kopf. "Nein, eigentlich nicht."

Tatsächlich schaudert es mich bei dem Gedanken. Hier wirke ich vielleicht dünn, aber zu Hause waren die Mädchen aus meiner Klasse noch viel dünner. Bei mir hätten sie noch gesagt, dass ich etwas auf den Rippen habe.

"Das ist doch eher Essen für Männer, oder nicht?", frage ich.

"Nicht, wenn es draußen minus 10 Grad sind und man um vier Uhr morgens von der Bar zurückkommt. Diese scharfen Pommes wärmen einen von innen heraus auf."

Schon wieder die Kälte. Bevor sie mir noch mehr Angst macht, beschließe ich, dass es für mich an der Zeit ist, meinen Eltern mit dem Rest meiner Taschen zu helfen.

Mein Handy piept.

. . .

Wo bist du?, schreibt Dad.

"Ich muss gehen", sage ich. "Ich muss noch meine restlichen Sachen von unten holen. Bleibst du noch hier? Meine Eltern sind da. Es würde mich freuen, wenn ihr euch kennenlernt."

"Ja, auf jeden Fall!" Juliet lächelt und wirft wieder ihre Haare nach hinten. Anscheinend können Haare nie genug Volumen haben.

2

Ich gehe in unser Wohnzimmer. Hier stehen etwas mehr Möbel: eine hässliche blaue Couch, die dringend einen Überwurf oder ein paar Kissen braucht, damit sie wenigstens ein wenig vorzeigbar aussieht, und zwei identische grüne Sessel, die aussehen, als kämen sie aus einem drittklassigen Secondhand-Laden. Gibt es tatsächlich einen Laden, der diese hässlichen Dinge herstellt? Einen halbwegs akzeptablen Couchtisch, der einen französischen Landhaus-Look hat, außer dass er nicht wirklich niedlich ist. Er sieht einfach alt und abgenutzt aus und nicht vintage durch einen coolen Anstrich. Und

dann stehen hier noch ein paar
Beistelltische, die weder in der Farbe noch in
der Höhet zusammenpassen. Alles in diesem
Wohnzimmer ist falsch und doch fühlt sich
alles richtig an!

Meine Handflächen schwitzen von der
Aufregung. Ich bin tatsächlich in New York.

N-e-w Y-o-r-k!!!!

Ich fühle mich wie in einem Film, in
dem ich mich auf das Abenteuer meines
Lebens einlasse. Ich bin bereit, ein schönes
Paar Herbststiefel, eine schwarze
Strumpfhose und einen kurzen schwarzen
Rock anzuziehen, und wie ein echter New
Yorker mit einem Latte durch den Central
Park zu spazieren!

"Alice?" Seine Stimme unterbricht
meine Phantasie. Ich weiß, wer es ist, bevor
ich mich umdrehe. Es ist eine Stimme, die
ich nie vergessen könnte, egal wie sehr ich
mich bemühe.

"Alice? Bist du es?" Er packt meinen
Arm und dreht mich um.

"Hudson? Was machst du denn hier?",
frage ich.

"Was machst *du* hier?", fragt er.

Wir stehen auf und starren einander einen Moment lang an. Er hat sich kein bisschen verändert. Er hatte aber auch nicht wirklich viel Zeit für eine Veränderung. Es sind erst zwei Wochen seit unserer Trennung vergangen. Trotzdem sieht er erwachsener aus. Sein hellbraunes Haar ist jetzt kürzer. Er trägt eine schöne schmal geschnittene Jeans, die seinen Hintern betont, und sein hellblaues Lieblings-T-Shirt mit dem Umriss eines Pinguins auf der Vorderseite. Er ist so gebräunt wie immer; das passiert, wenn man jeden Tag im Sommer surft. Jetzt sind seine Augen blauer als früher. Vielleicht liegt es am Licht oder an der Entfernung.

"Alice, kannst du mir helfen ..." Juliet kommt aus unserem Zimmer. "Na, hallo. Ich bin Juliet", sagt sie flirtend.

"Hi, ich bin Hudson Hilton", sagt er und streckt seine Hand aus. "Ich bin dein neuer Mitbewohner."

"Oh, wie süß! Ich wusste nicht, dass hier Männer und Frauen gemischt werden. Wusstest du das, Alice?"

Nein, ich wusste es auch nicht. Ich wusste auch nicht, dass es möglich war, in die gleiche WG eingeteilt zu werden wie mein verdammter Ex-Freund, und nicht nur irgendein Ex-Freund, nein, der, der mein Herz in tausend Stücke zerrissen hat.

"Mann, du bist ganz schön braun, oder, Alice?"

"Ich komme aus Kalifornien." Er zuckt mit den Achseln.

"Ah, das erklärt alles! Alice ist auch aus Kalifornien."

"Ja, ich weiß." Er nickt. "Wir kennen uns sogar."

Juliet zuckt überrascht zusammen, als ob diese Nachricht für sie genauso viel bedeuten würde wie für mich.

"Ihr ward auf der gleichen High School?", fragt sie.

"Was machst du hier, Hudson?", frage ich.

"Hör zu, das ist wirklich ein Versehen, okay? Ich wollte nicht, dass das passiert. Ich wusste nicht einmal, dass diese WG gemischt belegt ist. Ich wurde hier eingeteilt. Genau wie du."

"Na ja, ich kann nicht hier bleiben, wenn du hier sein wirst", sage ich.

"Was?! Was?" Juliet schlingt ihre Arme um mich. "Nein, du kannst nicht gehen, Süße. Wer weiß, was für eine Verrückte sonst in mein Zimmer kommt."

Ich schüttle den Kopf. Ich kann damit nicht umgehen. Ich kann nicht einmal im selben Raum mit ihm sein!

"Hudson?", höre ich die Stimme meiner Mutter von irgendwo hinter mir. "Was machst du hier, Hudson?"

"Hallo, Dr. Summers und … Dr. Summers." Hudson umarmt kurz meine Eltern. Mein Vater ist tatsächlich so überrascht, ihn zu sehen, dass er es schafft, von seinem Handy aufzuschauen.

"Anscheinend sind Alice und ich der gleichen WG zugewiesen worden." Er zuckt mit den Achseln.

"Mom, ich muss mich bei jemandem melden wegen eines Umzugs. Ich kann nicht hier bleiben und mit ihm zusammenwohnen."

"Alice, sei nicht unhöflich", flüstert sie mir zu und wendet sich dann wieder an Hudson. "Wie geht es deiner Mom und deinem Dad, Hudson? Sind sie hier?"

"Sie sind in New York, aber sie hatten einige Besorgungen zu machen. Wir treffen uns später zum Abendessen, nachdem ich ausgepackt habe und so weiter. Ich denke, dass sie sich dann das Zimmer anschauen."

"Oh, wie schön. Na ja, dann grüß sie mal von uns." Meine Mutter lächelt. Sie weiß fast alles, was zwischen uns passiert ist, aber sie ist trotzdem höflich und zuvorkommend. In diesem Moment liebe und hasse ich sie gleichzeitig.

"Entschuldigt mich, ich muss jetzt auspacken", sage ich und gehe zurück in mein Zimmer. Ich setze mich auf das Bett und versuche, die Situation einzuschätzen.

"Was ist los?" Nur wenige Sekunden später stürmt Juliet ins Zimmer, gefolgt von meiner Mutter.

Ich schüttle den Kopf. Ich kann nicht sprechen.

"Juliet, richtig?", sagt meine Mutter. "Ich bin Dr. Summers."

"Ja, genau. Tut mir leid."

"Schon okay. Geht es dir gut, Alice?", fragt meine Mom.

"Ich würde Ihnen gerne die Zeit zu zweit

geben, Dr. Summers, aber ich kann nicht gehen, ohne zu wissen, was hier vor sich geht. Sie kennen Hudson von früher, nicht wahr?"

"Er ist ihr Highschool-Freund", erklärt Mom. "Sie waren zwei Jahre lang zusammen. Sie haben sich vor ein paar Wochen getrennt."

"Oh. Mein. Gott."

"Na ja, eigentlich hat Hudson mit Alice Schluss gemacht. Sehr plötzlich", fügt meine Mutter hinzu.

"Nicht dein Ernst!", ruft Juliet. "Was für ein Arschloch!"

"Ja, er ist ein bisschen ein Arschloch", flüstert Mom.

Juliet lässt sich darüber aus, wie scheiße Männer sind und wie scheiße es ist, dass wir sie brauchen. Ich bin nicht wirklich einer Meinung mit ihr, aber stimme ihr erstmal zu. Ich mag es, wie sehr sie mich jetzt schon beschützt, aber ich kann trotzdem nicht hier bleiben.

"Ich muss mit jemandem von der Unterkunft sprechen", sage ich schließlich, als ich vom Bett aufstehe.

"Oh, Schätzchen." Meine Mom schüttelt den Kopf. "Bist du sicher?"

"Was soll ich sonst machen? Einfach hier bleiben und das ganze Semester mit ihm zusammenwohnen?"

Meine Mutter seufzt. "Ich weiß es nicht. Aber wenn es das ist, was du willst ..."

"Nein, das kannst du nicht tun. Alice, bitte! Du kannst mich nicht mit diesem Arschloch allein lassen, wenn er wirklich ein Arschloch ist."

"Er ist nicht wirklich ein Arschloch, Juliet Er ist ein netter Kerl. Ich kann nur nicht mit ihm zusammen wohnen. Das ist alles."

3

———

Als ich aus dem Zimmer gehe, sehe ich meinen Vater und Hudson, wie sie über die biomedizinischen Bestände diskutieren. Hudson plant, Wirtschaftswissenschaften als Hauptfach zu studieren, und hat bereits eine beträchtliche Summe der Geburtstagsgeschenke seiner Großeltern in ein paar leistungsstarke und vielversprechende Fonds investiert. Mein Vater ist immer auf der Suche nach Aktientipps und lässt keine Gelegenheit aus, um einen zu bekommen, selbst wenn es von dem Mann ist, der seiner Tochter das Herz gebrochen hat. Andererseits, was zum Teufel erwarte ich von ihm? Dass er ihn ignoriert wie ein Kind? Es ist ja nicht so, dass er mich betrogen hätte. Oder mich geschlagen. Oder etwas Unverzeihliches getan hätte. Er hat einfach nur mit mir Schluss gemacht.

Ich. Muss. Hier. Weg.

"Wohin gehst du, Alice?", fragt mein Vater, während ich versuche, mich an ihnen vorbeizuschleichen.

"Ich ziehe um", sage ich, ohne mich umzudrehen.

"Alice, komm schon. Du musst das nicht tun!", ruft mir Hudson hinterher.

"Vielleicht sollte ich ihr hinterherlaufen?", höre ich ihn meinen Vater fragen.

"Nein, es ist besser, sie einfach gehen zu lassen, mein Sohn." Zu meiner großen Erleichterung hält mein Vater ihn auf. In meiner Kehle bildet sich ein dicker Kloß. Die Tränen fangen an, in Strömen zu fließen. Zum Glück schließen sich die Fahrstuhltüren, bevor mich jemand weinen sieht.

"Das wird schon wieder, Alice." Meine Mom hattet mich auf dem Weg nach unten eingeholt. Ich versuche, einige Tränen wegzuwischen, als der Aufzug auf verschiedenen Stockwerken hält und mehr Leute einsteigen.

"Oh, mach dir keine Sorgen, Schatz. Das ist nur die Nervosität des ersten Tages. Es wird alles wieder gut." Eine hilfsbereite Frau im Alter meiner Mutter streicht mir sanft auf den Hinterkopf.

"Ich musste mich heute schon von meinem Dritten verabschieden und es wird nie leichter, habe ich Recht?", fragt sie und wendet sich an meine Mutter.

Mom schüttelt den Kopf.

"Ich habe das schon zweimal gemacht, aber so schlimm war es noch nie", sagt sie und erzählt, wie es war, meine älteren Schwestern zum College zu bringen. Stephanie ging an die USC und Jacqueline ging an die UC Berkeley.

Ich trockne meine Tränen und warte darauf, dass der Aufzug endlich nach unten fährt. Es dauert eine Ewigkeit, weil immer wieder Leute ein- und aussteigen und der Aufzug in praktisch jeder Etage stehenbleibt. Dazu kommt noch, dass meine Mutter bei jedem Stockwerk einen neuen Freund findet.

Als wir das Erdgeschoss erreichen, kann ich den Fluss der Tränen nicht mehr kontrollieren. Es ist erst zwei Wochen her, dass Hudson mich nach einem anstrengenden sechsstündigen Gesprächs abserviert hat. Ich bin nicht annähernd über ihn hinweg. Er ist seit den letzten zwei Jahren der High School in meinem Leben. Er ist schon viel länger meine Liebe als das. Nein, ich kann da jetzt nicht mehr drandenken. Nicht, wenn ich nicht will, dass ich den ganzen Tag heule.

"Alles wird gut", sage ich zu Mom, als wir das Gebäude verlassen. Die Feuchtigkeit draußen hüllt uns in eine dicke Decke. Sie ist so dick, dass ich das Wasser praktisch schmecken kann, als wir durch sie hindurchgehen.

"Natürlich wird es das." Mom nimmt meine Hand. Viele Kinder schämen sich für ihre Eltern, aber ich habe mich noch nie geschämt. Das heißt, bis zu diesem Moment. Plötzlich wird mir bewusst, dass ich weine und am ersten Unitag die Hand meiner Mutter halte. Ich lasse sie sofort wieder los.

Entweder merkt sie es gar nicht oder sie beschwert sich nur nicht.

Hier unten ist es voll von Menschen. Mit großen Augen überfüllen die Erstsemester des Colleges beide Bürgersteige und die Straße. Ihre stolzen Eltern parken in zweiter Reihe und helfen ihren Kindern, ihre Taschen und ganz viel Zeug von Bed Bath & Beyond aus dem Auto und in große Rollcontainer zu packen.

Bei der zuständigen Stelle für die Unterbringung steht eine lange Schlange von eifrigen und müden Erstsemestern schon bis nach draußen an. Wir warten fast eine Stunde lang schweigend, bis wir endlich an der Reihe sind.

Ein sommersprossiges, erschöpftes Mädchen mit einem strammen Dutt begrüßt uns mit mangelndem Enthusiasmus.

"Wie kann ich Ihnen helfen?", fragt sie und schaut kaum auf. Auf ihrem Namensschild steht Tina.

"Hallo, Tina. Meine Tochter wurde mit ihrem Ex-Freund in eine WG eingeteilt. Die ganze Situation ist sehr kompliziert und sie kann dort unmöglich wohnen bleiben."

"Okay, lasst mich sehen, was ich tun kann." Tina fragt nach meinem Namen und meinem Ausweis. Ich habe meinen Studentenausweis immer noch nicht, also gebe ich ihr meinen Führerschein. Sie tippt und blättert und summt und tippt dann wieder. Mom und ich warten einfach nur.

"Nein, tut mir leid. Wir können Sie nirgendwo anders unterbringen."

"Was?!" Ich kann es nicht glauben. "Wie kann das sein? Sind Sie sicher?"

"Ja, alle WGs ist voll." Tina zuckt mit den Achseln. Sie versteht offensichtlich nicht, wie schrecklich diese Situation ist.

"Sie verstehen das nicht. Ich kann dort nicht wohnen! Er ist mein Ex-Freund. Es war eine schlimme Trennung. Ich kann ihn nicht mehr sehen. Nicht jeden Tag!"

Plötzlich erregt etwas, was ich gesagt habe, Tinas Aufmerksamkeit. "Haben Sie eine einstweilige Verfügung gegen ihn?"

"Einstweilige Verfügung? Warum sollte ich eine einstweilige Verfügung haben?"

"War er gewalttätig?", erklärt Tina, aber sie spricht immer noch in Rätseln für mich.

"Gewalttätig? Nein, natürlich nicht."

"Na ja, dann können wir nichts tun. Sie beide wurden nach unserem Kompatibilitätsalgorithmus zusammengeführt. Diese Dinge sind normalerweise ziemlich genau."

"Na ja, natürlich waren sie kompatibel", mischt sich Mom ein. "Deshalb waren sie zwei Jahre lang zusammen, aber sie haben sich getrennt. Sie können nicht wirklich erwarten, dass meine Tochter ein ganzes Jahr lang mit ihrem Ex-Freund zusammenlebt, oder?"

"Es gibt keinen Grund, die Stimme zu erheben", sagt Tina streng. "Und nein, ich erwarte nicht, dass sie ein Jahr lang dort lebt. Nur ein Semester. Im November können Sie sich erneut bewerben und neu zugeteilt werden. Das sind also nur vier Monate."

"Ich kann nicht ein Semester lang mit ihm zusammenleben!"

"Alice, es warten eine Menge Leute. Das ist deine einzige Möglichkeit. Es sei denn, deine Mutter will dir eine beschissene, von Bettwanzen verseuchte Einzimmerwohnung in der Amsterdam

Avenue für 1500 Dollar im Monat mieten."

Bevor ich antworten kann, schiebt sich der Typ, der hinter mir in der Schlange wartet, an mir vorbei zum Schalter und beginnt, sich bei Tina über die Größe seiner Matratze zu beschweren.

Ich schaue meine Mutter an. Sie zuckt mit den Achseln. Geschlagen gehen wir zum Ausgang.

Ein Teil von mir möchte mit dem Fuß aufstampfen und auf diese Wohnung in der Amsterdam Avenue bestehen. Vielleicht würden meine Eltern nachgeben, wenn ich einen Aufstand mache, aber 1500 Dollar im Monat sind weit mehr als die WG. Nachdem ich in der Woche zuvor beiläufig bei Craigslist nachgeschaut habe, weiß ich, dass Tina mit diesem Preis oder der Qualität der möglichen Unterkünfte nicht sehr falschliegt.

"Also, was willst du tun?", fragt Mom.

"Ich möchte mir einen Milchkaffee holen und schlafen gehen. Dann möchte ich aufwachen und feststellen, dass das alles nur ein böser Traum war."

Sie umarmt mich. Ich weiche nicht

zurück. Sie riecht wie immer nach Chanel No. 5, ihrem Lieblingsparfum, und es erinnert mich an zu Hause.

"Dad würde sich sehr freuen, wenn du dich plötzlich für einen Wechsel an die USC entscheiden würdest", flüstert sie.

"Ich weiß, aber das wird nicht passieren." Ich lächle. "Okay. Genug mit der Mitleidstour."

Ich ziehe mich von ihr zurück.

"Es ist doch nur ein Semester, oder? Ein Semester. Das ist zu schaffen. Glaube ich. Wie schlimm kann es schon sein?"

4

An diesem Abend ging ich mit meinen Eltern in ein schickes französisches Restaurant am Riverside Drive. Die Wahl meiner Mutter. Es hatte weiße Tischdecken, kleine quadratische Tischplatten und winzige Portionen. Ich dachte, mein Vater würde sich über die unverhältnismäßige Größe des Salats in Relation zu dem Preis des Gerichts beschweren, aber er überraschte mich. Stattdessen schien er es wirklich zu genießen und bestellte sogar eine Flasche Wein zur Feier des Tages. Ich wurde nicht nach meinem Ausweis gefragt, also trank ich auch ein Glas.

Meine Eltern fanden das in Ordnung. Es ist nicht so, dass sie Alkoholkonsum bei Minderjährigen gutheißen, aber seit ich fünfzehn war, lassen sie mich gelegentlich ein Glas Wein zum Essen trinken. Als ich jünger war, langweilten sie mich auch mit einer ausgedehnten Diskussion über die Schrecken und Gefahren von Saufgelagen und Alkoholkonsum. Heute haben wir drei den Wein in Ruhe genossen.

"Ich frage mich, wie es wohl sein wird, ein Glas kalifornischen Merlot zu trinken, wenn es unter null Grad hat und Schnee liegt?", fragt sich mein Vater laut.

Schon wieder das Wetter! Ja, es wird kalt hier. Ja, ich mag die Kälte nicht. Ja, New York ist eine seltsame Wahl für jemanden, der die Kälte hasst und Langärmeliges tragen muss, wenn es unter 20 Grad hat. Ich möchte das alles am liebsten laut aussprechen, aber wie durch ein Wunder schaffe es, meinen Mund zu halten.

"Du weißt doch, was deine Großmutter sagt, oder? Es ist nicht normal, dass Menschen irgendwo leben, wo es kälter ist als in ihrer Gefriertruhe."

Gram, die Mutter meiner Mutter, wuchs in Chicago auf und zog nach Los Angeles, als sie achtzehn Jahre alt war. Sie ist einfach eines Tages aufgestanden und umgezogen. Ohne Arbeit. Ohne Freunde. Ohne Mann. Dafür habe ich sie immer bewundert. Meine Familie hat viele starke Frauen. Aus irgendeinem Grund bin ich die Einzige, die ab und zu ein wenig schwach ist.

"Das war ein Kick, Hudson wiederzusehen, oder, Sharon?", fragt mein Vater.

Kick. Meine Mutter tritt ihm gegen sein Schienbein.

"Autsch! Warum hast du das gemacht?", beschwert er sich bei meiner Mutter.

"Weil du es verdient hast." Sie rollt mit den Augen. "Ehrlich, manchmal kannst du so unsensibel sein, Eliot."

Ich sage gar nichts. Ich weiß wirklich nicht, was ich sagen soll. Ich weiß, dass mein Vater es nicht so gemeint hat. Er kennt Hudson praktisch mein ganzes Leben lang. Wir sind seit der fünften Klasse befreundet. Beste Freunde seit der siebten Klasse. Freund und Freundin seit der elften Klasse.

Ex-Freunde seit zwei Wochen. Jetzt Mitbewohner.

Mitbewohner!

"Ich habe das Gefühl, dass sich das Universum gegen mich verschworen hat", sage ich schließlich.

"Oh, Schätzchen, sei doch nicht so", sagt meine Mutter. "So darfst du nicht denken. Das war nur ein Ausrutscher. Ein Unfall. Ich bin sicher, das wird schon wieder. Ich meine, wie oft muss man die anderen Mitbewohner der WG überhaupt sehen? Als wir von dem Wohnungsamt zurückgekommen sind, war überhaupt niemand da. Vielleicht haben sie andere Stundenpläne? Andere Tagesabläufe?"

Sie nuschelt jetzt, aber ich fühle mich dadurch besser. Sie hat Recht. Ich muss daran glauben, dass sie Recht hat. Vielleicht ist es möglich, ihm aus dem Weg zu gehen.

"Meine Mitbewohnerin Juliet scheint nett zu sein." Ich wechsle das Thema.

Meine Eltern nicken zustimmend. Dann gelingt es meinem Vater, über ein anderes Thema zu stolpern, bei dem ich mich unwohl fühle.

"Und was ist mit deinem Major?",
fragt er.

Ah, das nie endende Thema der Majors.
Nach dem, was ich von meinen Schwestern
gelernt habe, sind Majors ein wichtiges
Gesprächsthema im College. Es ist fast so,
als gäbe es nichts anderes. Der Major
verleiht einem einen gewissen Standard.
Einen bestimmten Stamm, eine Ordnung
oder eine Gattung. Meiner ältesten
Schwester zufolge ist das so.

"Weiß nicht genau." Ich zucke mit den
Achseln.

"Niemand von euch weiß etwas ganz
genau, oder? Was ist mit dieser Generation
los, Sharon? Waren wir auch so?"

"Ja, das waren viele Leute. Und du?
Nein, du warst nicht so." Sie lächelt. Sie
macht sich liebevoll über ihn lustig.

"Nein, war ich nicht." Mein Vater strahlt
vor Stolz, als er das sagt. "Ich wusste sofort,
dass ich Arzt werden wollte. Ich kann mich
sogar noch an den Kursplan meines ersten
Semesters erinnern. Kannst du das glauben?
Noch so viele Jahre später? Ich hatte
Biologie, Chemie 101, Physik 102, Kalkül 1

und Westliche Zivilisation 1. Letzteres war natürlich eine lästige Pflicht."

"Ja klar, wer könnte sich schon vorstellen, dass irgendetwas an der westlichen Zivilisation für irgendeinen lebenden Menschen nützlich sein könnte?", sage ich sarkastisch. Ich scherze, aber irgendwie meine ich es auch ernst, und mein Vater weiß das.

"Ah, ich verstehe, wir haben hier einen Klugscheißer. Also gut, Klugscheißer, für welche Kurse hast du dich entschieden?"

Ich seufze. Nicht, weil ich es nicht weiß. Ich habe letzten Monat den Kurskatalog gelesen. Ich habe ihn praktisch auswendig gelernt. Die einzige Schlussfolgerung, zu der ich gekommen bin, ist, dass es einfach zu viele faszinierende Kurse gibt, um sie auf nur vier oder fünf einzugrenzen. Einige meiner Lieblingskurse sind Der Prozess des Schriftstellers, Die Kunst des Essays, Einführung in das Schreiben von Belletristik und Das viktorianische Zeitalter in der Literatur. Das kann ich nicht wirklich vor ihnen zugeben. Nicht, wenn ich eine erwachsene Diskussion führen will.

"Ich weiß es nicht; ich muss mich noch mit meinem Berater treffen", sage ich, "aber wahrscheinlich einige Wahlkurse und ein oder zwei Englischkurse."

Englisch klingt professioneller als Schreiben. Zumindest meiner Meinung nach.

"Englisch? Kommst du wieder damit?" Mein Vater rollt mit den Augen. "Liebling, ich weiß, dass du gerne liest und schreibst, aber was wirst du nach deinem Abschluss machen? Wenn du Medizin studierst, hast du wenigstens eine Perspektive. "

Dieses Mal rolle ich mit den Augen. Medizin. Aus irgendeinem Grund ist mein Vater von der Idee besessen, dass ich Medizin studieren sollte. Vielleicht liegt es daran, dass er Arzt ist und meine Mutter Ärztin ist, aber sie wollten beide Ärzte werden. Ist es nicht unvernünftig, jemanden davon überzeugen zu wollen, Arzt zu werden, wenn es praktisch das Letzte ist, was man mit seinem Leben anfangen möchte?

"Ich will nicht darüber reden, Dad." Ich schüttle den Kopf und konzentriere mich auf das winzige Stück Lachs und Fetakäse vor mir.

Wenn ich mich nicht zurückhalte, bin ich mit dem Abendessen in zwei Bissen fertig. Oh, wie sehr wünschte ich mir, dass wir stattdessen in eine billige Restaurantkette gehen, wo es eine Menge Junkfood gibt. Dann hätte ich wenigstens etwas gehabt, das mich von diesem Verhör abgelenkt hätte.

"Oh, ich weiß, dass du da nicht drüber reden willst. Aber ich habe das Gefühl, dass es notwendig ist, bevor du 50.000 Dollar pro Jahr für Korbflechten oder das Lesen von Büchern, die du kostenlos in der Bibliothek lesen kannst, in dieser schicken, mit Efeu bedeckten Schule ausgibst."

"Eliot, bitte", sagt meine Mutter. Das Gespräch ist beendet. Ich warte auf diese Erklärung, seit das Thema der Majors zur Sprache kam, und ich begrüße sie mit offenen Armen. Jeder in meiner Familie weiß, dass, wenn Mom sagt: "Eliot, bitte", dann ist es für meinen Vater an der Zeit, damit aufzuhören, ein totes Pferd zu reiten.

5

Als ich jung war, dachte ich, dass mich nichts verletzen könnte. Ich dachte, ich sei unbesiegbar. Mein ganzes Leben lag vor mir und ich hatte viele Pläne. Pläne für die High School. Pläne für das College. Pläne, den Rest meines Lebens mit Hudson zusammen zu sein. Er war meine perfekte Ergänzung. Mein Seelenverwandter. Das dachte ich jedenfalls.

Dann wurde ich älter und merkte, dass das alles Quatsch war. Ich lebte eine Lüge. Verloren in meiner eigenen Wahnvorstellung. Hudson war nicht mein Seelenverwandter. Er war nur mein Freund. Jemand, der mir das Herz gebrochen hatte.

Jetzt weiß ich nicht, ob ich überhaupt daran glaube, dass es so etwas wie einen Seelenverwandten gibt.

Von all den Gründen, weshalb ich ihn hasse, ist das der schlimmste.

"Hey, hey", höre ich jemanden in der Ferne sagen. "Hey, Verzeihung."

Ich wende mich vom Wohnzimmerfenster ab und begegne einem großen, blonden, blauäugigen, heißen Typen von Angesicht zu Angesicht.

"Bist du meine neue Mitbewohnerin?", fragt er. Seine Augen funkeln im einfallenden Sonnenlicht. Ich nicke. Er gibt mir eine warme Umarmung. Er stellt sich als Dylan Waterhouse vor.

Dylan kommt aus Connecticut. Ich war noch nie in Connecticut. Sofort denke ich an die Gilmore Girls und eine alte romantische Komödie mit Juliet Roberts namens *Mystic Pizza*. Ich stelle mir vor, wie Dylan in einer dieser malerischen Küstenstädte aufwächst, in denen sich die Blätter jeden Herbst in herrliche Rot- und Goldfarben verfärben.

"Nein", lacht Dylan, als ich ihm von meiner Vorstellung erzähle. "Ich bin in

Greenwich aufgewachsen. Das ist ein bisschen anders. Bei uns ist nichts mit Angeln. Wir haben unsere Sommer in den Hamptons verbracht und mein Vater hat eine Wohnung im Central Park. Also, woher kommst du, meine Schöne?", fragt er und neigt sein Kinn zu mir herunter. Seine Arme hängen locker an den Seiten, aber ich kann trotzdem erkennen, dass er etwas nervös ist. Eine Sekunde lang verstehe ich es nicht. Dann trifft es mich.

"Flirtest du mit mir?"

"Ja, vielleicht. Warum?"

Ich rolle mit den Augen. Ich tue demonstrativ so, als wäre ich verärgert. Ich gebe es nur ungern zu, aber ich mag die Aufmerksamkeit. Dylan ist ziemlich süß.

"Weil wir Mitbewohner sind, erinnerst du dich?", sage ich und schiebe ihn leicht zur Seite. Meine Hand landet auf seiner Brust. Seine Brustmuskeln sind hart und warm. Ich verweile dort ein wenig zu lange.

"He! Du bist wieder da!" Juliet kommt in den Raum. "Oh, und du hast Dylan kennengelernt!"

Ich nicke. Es klopft an der Tür, und ein

Mann, der alt genug ist, Dylans Vater zu sein, kommt herein, beladen mit teuren Koffern. Er hat tiefschwarzes Haar und einen ernsten Blick. Er ist eindeutig außer Atem.

"Oh, Sie müssen Dylans Vater sein. Hallo, freut mich, Sie kennenzulernen", sage ich, als der Mann seine Taschen abstellt. Dylan macht keinen Schritt, um ihm zu helfen. Ich warte darauf, dass sein Vater ihn zurechtweist, aber er tut es nicht.

"Oh, nein, Miss, ich bin nicht Dylans Vater", sagt er.

"Sie können die Taschen einfach dort hineinlegen." Dylan deutet auf sein Zimmer.

"Er ist nicht dein Vater?", flüstere ich.

Auf Dylans Gesicht blitzt ein schiefes Grinsen auf. "Nein, er ist der Chauffeur."

"Du wurdest von deinem Chauffeur hierhin gebracht? Scheiße! Ich dachte, meine Eltern wären unbeteiligt", pfeift Juliet anerkennend.

Sie schimpft weiter darüber, wie lächerlich ihre Eltern sind, weil sie sie nicht einmal besuchen kommen. Sie kommt aus

Staten Island und anscheinend ist es zu
anstrengend, eine Fähre und dann ein Taxi
bis zur 116. Straße zu nehmen.

"Was ist das Problem?", ahmt Juliet ihre
Mutter mit einer rauchigen Stimme nach.
"Glaubst du, wir waren noch nie in der
Upper West Side?"

"Eh, deine Eltern haben wenigstens die
Fähre als Entschuldigung. Meine Eltern
leben getrennt, und mein Vater hat seine
Wohnung in der Park Avenue. Er hat sich
trotzdem nicht die Mühe gemacht,
vorbeizukommen. Er hat so getan, als hätte
es ihn die größte Mühe gekostet, mir seinen
Chauffeur auszuleihen."

Mir wird schnell klar, dass es in New
York einen großen Unterscheid gibt
zwischen Neureichen und anderen Reichen.
Juliets Vater besitzt eine Kette von
Waschsalons und ein paar Apartmenthäuser.
Ihr Vater ging für ein Semester an die
CUNY, brach das Studium jedoch ab, um
sein Unternehmen zu gründen. Ihre Mutter
ist die vierte Frau ihres Vaters und viel
jünger als er selbst. Dylans Eltern lernten
sich in Princeton kennen. Er rebelliert,

indem er nicht nach Princeton geht. Sein Vater leitet eine Art pharmazeutisches Auftragsunternehmen, und er ist auch ein praktizierender Anwalt, der die Yale Law School absolviert hat.

Ich habe keine Ahnung, warum sowohl Juliet als auch Dylan mir unmittelbar nach der Begegnung mit mir einen Überblick über die Ausbildung und den Hintergrund ihrer Eltern geben. Macht man das so an der Ostküste? Wahrscheinlich, entscheide ich. In LA sind die Menschen anders. Bildung ist weniger wichtig als der Mensch selbst.

"Also, weißt du schon, welche Hauptfächer du belegen willst?", frage ich Dylan.

Er lacht. Ich glaube, er merkt, dass ich einfach die Standardfragen stelle, wenn man jemanden neu am College kennenlernt. Was soll man denn auch sonst fragen, um die Person ganz genau kennenzulernen, ohne dass es unangenehm wird?

"Ich bin mir noch nicht sicher. Ich glaube irgendetwas im geschichtlichen

Bereich. Ich will danach Jura studieren. Also wäre Geschichte ganz gut, glaube ich."

"Hey, ich auch!", sagt Juliet. "Ich liebe die römischen und griechischen Zivilisationen. Die sind mega faszinierend, oder?"

Dylan ist unbeeindruckt. "Das zwanzigste Jahrhundert gefällt mir besser."

"Ist das Geschichte oder Politikwissenschaft?", fragt sie.

Wir nehmen uns einen Moment Zeit, um über diesen Begriff nachzudenken. Ich gebe es nur ungern zu, aber ich stimme ihr zu. In der Schule haben wir noch nicht einmal das zwanzigste Jahrhundert erreicht. Stattdessen lernten wir immer wieder über Kolumbus, die Gründung Amerikas und die 1800er Jahre.

Meine Augen wandern nach hinten in den Raum und dort sehe ich Hudson stehen. Seine Haare fallen ihm leicht ins Gesicht. Er lehnt sich lässig an den Türrahmen, wie es Models in Zeitschriften tun. Seht mich an, bin ich nicht heiß? Aber nicht auf eine offensichtliche Art und Weise. Ich bin heiß, aber ich weiß es nicht wirklich. Aber irgendwie schon. Genau das sagt dieser Blick aus. Auch wenn der Typ es nicht laut ausspricht. Vor allem, wenn er es nicht laut ausspricht.

Dylan und Juliet setzen ihr Geplänkel fort, ohne dass sie ihn bemerken. Ich starre ihn an. Er sagt nichts. Ich kann nicht glauben, dass ich vor weniger als drei Wochen einfach zu ihm rübergehen und ihn küssen konnte. Jetzt kann ich es nicht mehr. Es fühlt sich so komisch an. Es ist noch gar nicht so lange her, und nur weil sich unser Status geändert hat, sind wir plötzlich Fremde, die einander nichts zu sagen haben. Nein. Wir sind Fremde mit einer Million Dinge, die wir einander zu sagen haben. Eine Million Dinge, die wir nicht sagen können oder nicht sagen wollen.

"Oh, hey, Hudson! Du bist wieder da. Gut", sagt Dylan. "Ich wollte fragen, ob jemand von euch Hunger hat? Ich kenne da eine gute Pizzeria die Straße runter. Da bekommt man Pizzastücke, die so groß sind wie ganze Pizzen in anderen Restaurants. Und es ist mega lecker."

"Ich bin am Verhungern", sagt Juliet.

"Ich auch", sagt Hudson nach einem Moment. Ich suche sein Gesicht ab, um herauszufinden, was ich seiner Meinung nach tun sollte, aber sein Gesichtsausdruck ist leer. Unleserlich.

"Nein, alles gut. Ich habe viel zu tun", sage ich schließlich.

"Na komm schon, Alice. Bitte." Dylan legt seinen Arm um meine Schultern, als wären wir schon ewig befreundet. "Bitte, bitte?"

"Ja, komm schon", sagt Juliet. "Das wird lustig."

"Ich weiß nicht." Ich stehe meinen Mann.

"Das ist unsere erste offizielle Unternehmung als Mitbewohner und du musst daran teilnehmen." Der Ton in Dylans Stimme ändert sich. Er klingt jetzt ernster, macht aber nur Witze.

"Wenn sie nicht will, muss sie auch nicht gehen", sagt Hudson. Es klingt, als würde er sich auf meine Seite schlagen, aber etwas in der Art, wie er es sagt, irritiert mich. Er ist derjenige, der mich abserviert hat. Warum sollte ich derjenige sein, der zu

Hause bleibt und nicht ausgeht? Scheiß auf ihn.

"Okay, ich komme mit", sage ich.

"Fantastisch!" Dylan springt vor Aufregung auf. Er schlingt seine Arme um mich und gibt mir einen dicken Kuss auf die Wange.

Aus den Augenwinkeln sehe ich Hudsons niedergeschlagenes Gesicht. Plötzlich fühle ich mich leicht wie eine Feder.

6

_____

Hudson drückt den Knopf für den Aufzug, ich bleibe zurück und warte, bis Juliet und Dylan ihre Geldbeutel geholt haben.

"Wie fühlst du dich? Geht es dir gut?", fragt sie, als sie herauskommt. Ich zucke mit den Achseln.

"Was ist los?", fragt Dylan. Juliet gibt ihm einen groben Überblick über die Situation.

"Hudson ist dein Ex-Freund? Ach du Scheiße! Das ist unangenehm."

"Ja." Ich nicke. "Es ist erst 2 Wochen her. Ich habe versucht, das Zimmer zu wechseln, aber es sind anscheinend keine anderen

Zimmer verfügbar. Also sitze ich hier mit ihm fest."

"Hey, hey, hey. Das nehme ich persönlich. Ja, es ist verdammt unangenehm, mit deinem Ex zu leben, aber er ist nicht dein einziger Mitbewohner. Es gibt auch noch Juliet und mich. Wir sind ziemlich toll. Ich bin sicher, dass du nach unserem Essen davon überzeugt sein wirst."

Bei dem Gedanken daran läuft mir das Wasser im Mund zusammen. Obwohl ich bereits offiziell mit meinen Eltern zu Abend gegessen habe, zählt es nicht wirklich als Abendessen. Die Portionen waren winzig klein und das Gespräch war zu anstrengend.

Als wir in der Pizzeria ankommen, wird mir schnell klar, dass Dylan bei der Größe der Stücke wirklich nicht übertrieben hat. Sie sind riesig. Sehr dünn mit nicht zu viel Käse, aber trotzdem riesig. Ich bestelle ein Stück und es hat die Größe einer ganzen Pizza zu Hause, nur halt als einzelnes Stück. Zum Glück sind die Teller und Tische ebenfalls riesig und wir haben Platz, um uns mit unseren Stücken auszubreiten.

Ich meide Hudsons Blick praktisch das

ganze Abendessen über, und er gibt sich die größte Mühe, auch meinen zu meiden. Stattdessen konzentrieren wir uns beide auf Dylan und Juliet, die für uns alle genug Gesprächsstoff haben. Dylan spricht über seine Laufbahn in der High School und die Sommerferien in den Hamptons. Juliet jammert über die Entscheidung ihres Vaters, ein Haus an der Jersey-Küste statt in den Hamptons zu kaufen.

"Die Hamptons sind nicht so toll", versucht Dylan sie zu trösten.

"Oh, bitte, komm mir jetzt nicht so." Sie winkt mit der Hand ab, als ob sie beleidigt wäre.

"Was?", lacht Dylan und nimmt einen weiteren großen Bissen Pizza.

"Ich hasse Leute, die behaupten, dass die Hamptons gar nicht so toll sind, noch mehr als Leute, die ihren Sommer dort verbringen! Das ist wie bei den Mädchen, die vorgeben, dass sie keine Diamanten mögen. Habe ich Recht?" Sie dreht sich zu mir um.

Ich zucke mit den Achseln. "Sorry, aber mich brauchst du da wirklich nicht zu fragen. Ich war noch nie in den Hamptons und ich stehe auch nicht wirklich auf Diamanten."

Juliet sieht mich an, als ob ich verrückt wäre. "Oh, du bist scheiße!"

"Im Großen und Ganzen war das doch ein guter erster Tag, findest du nicht?", fragt mich Juliet, als sie sich auszieht. Ich liege bereits im Bett und lese etwas auf meinem Handy.

"Es hätte besser sein können." Ich zucke mit den Achseln. "Aber ich mag dich und Dylan."

Sie lacht. "Ich habe kaum etwas über Hudson erfahren. Er ist schwer zu lesen. Wie ist er denn so?"

Ihre Frage überrascht mich. Ich weiß nicht, was ich sagen soll.

"Du kennst ihn wirklich gut, oder? Er scheint ziemlich ruhig zu sein." Sie zieht eine blaue Pyjamahose und ein Top an und klettert dann ins Bett.

"Ich weiß es wirklich nicht. Ich weiß

nicht mehr wirklich, wer er ist", sage ich. Ich weiß, dass sie darauf wartet, dass ich es ihr erkläre. Also nehme ich mir einen Moment Zeit, um über die Frage nachzudenken.

"Nein, er ist nicht wirklich ruhig. Überhaupt nicht. Er ist laut und rechthaberisch. Er ist eigensinnig. Ich weiß nicht, warum er so still rüberkommt. Na ja, obwohl … Ich weiß, dass er sich wegen mir so verhält. Er hat bestimmt auch nicht erwartet, dass ich hier wohnen würde."

"Also, was ist zwischen euch beiden passiert? Erzähl mir alles."

Es würde die ganze Nacht dauern, ihr alles zu erzählen.

"Wir waren schon lange Freunde. Beste Freunde. Viele Jahre lang. Dann, in der 11. Klasse, fingen wir endlich an, richtig miteinander auszugehen. Davor hatten wir ja schon einige Jahre Zeit, etwas zwischen uns aufzubauen. Wir haben uns alles anvertraut. Wir haben alles zusammen gemacht. Ich war schon ewig lang in ihn verknallt. Dann, in der 11. Klasse, küsste er mich plötzlich, und alles passte zusammen. Wir waren zwei Jahre lang zusammen. Es war schwer. Seine Familie zog ein Jahr vor unserem Abschlussjahr nach San Francisco, weil sein Vater einen wirklich lukrativen Job bei einem Startup-Unternehmen für Bildungstechnologie bekam."

"Seine Eltern haben ihn gezwungen, sein Abschlussjahr woanders zu machen? Das ist hart!"

"Ja, das war es. Zuerst wollte er bei einem Freund wohnen, aber das hat nicht geklappt. Aber er hat zwei kleine Brüder; sie sind in der Grundschule. Seine Eltern mussten also nicht nur an ihn denken."

"Also, was ist passiert?"

"Na ja, wir haben beschlossen, unsere Beziehung fortzusetzen. Als Fernbeziehung. Er kam zu Weihnachten und dann den ganzen Sommer lang. Er übernachtete bei einem Freund."

Ich hörte auf zu reden und schaute an die Decke. Es war eine alte Stuckdecke und sie erinnerte mich an die Art von Decken, die sie in zwielichtigen Motels haben. Ich konnte nicht mehr erzählen. Ich war noch nicht bereit, aber Juliet wollte mehr wissen.

"Und?", fragt sie. Ich schaue zu ihr. Sie

liegt auf dem Bauch und schlingt ihre Arme um eines der zehn Kissen, die sie auf ihr Bett gelegt hat. Ich versuche, es kurz zu machen.

"Um ehrlich zu sein, weiß ich es nicht, Juliet. Ich dachte, alles wäre in Ordnung. Es schien alles in Ordnung zu sein. Dann kam er eines Tages einfach zu mir und sagte, wir müssten reden. Wir haben geredet und geredet. Etwa sechs Stunden lang und während der ganzen Zeit, in der wir redeten, hatte ich keine Ahnung, dass wir uns trennen würden. Ich hatte einfach das Gefühl, dass er ein stützendes Gespräch braucht. Er fühlte sich unsicher oder verloren und ich war für ihn da. Ein paar Stunden lang dachte ich ernsthaft, wir würden über seine Probleme mit seiner Mutter sprechen. Aber dann hat er am Ende gesagt, dass er mehr Raum braucht. Er brauche Zeit, um sich über die Dinge klar zu werden. Er wollte allein sein."

"Wie seid ihr dann an der gleichen Schule gelandet?"

"Wir wollten schon immer nach New York gehen. Es war immer unser Traum.

Wir haben uns an der Columbia und an der NYU beworben. Als wir beide an der Columbia angenommen wurden, haben wir uns total gefreut. Nach der Trennung hielt ich es nicht für richtig, meine Meinung darüber zu ändern. Ich habe mir eingeredet, dass es eine riesige Stadt ist. Ein großer Campus. 30.000 Studenten. Da werde ich ihm auf keinen Fall begegnen. Ich hätte ja nicht ahnen können, dass man uns sogar in die gleiche WG steckt."

Plötzlich fange ich an zu lachen. Juliet schließt sich mir an. Die ganze Situation ist so tragisch, dass sie irgendwie schon wieder lustig ist.

7

Meine Eltern sind vor zwei Tagen abgereist. Der Abschied war viel trauriger, als ich erwartet hatte. Zumindest für meine Mutter. Meine Mutter ist eine Frau, die selten weint. Sie ist ein so positiver Mensch, dass sie letztes Jahr tatsächlich online an einer Dankbarkeits-Challenge teilgenommen hat, bei der man jeden Tag des Monats damit verbringt, Dankesbriefe an verschiedene Menschen in seinem Leben zu schreiben, für all die Dinge, für die man dankbar ist. Meine Mutter betrachtet die Dinge immer von der positiven Seite oder versucht es zumindest, aber ich habe gemerkt, dass ihr der Abschied von mir wirklich schwerfiel.

Ich hatte versprochen, jeden Tag anzurufen und ihr zu schreiben, und wir versprachen, mindestens einmal pro Woche zu skypen. Das schien sie ein wenig zu beruhigen und das machte mich glücklich. Ich kann es nicht haben, sie traurig zu sehen.

Meinem Vater hingegen fiel der Abschied viel leichter. Es ist nicht so, dass wir uns nicht nahestehen; es ist nur so, dass die Dinge bei uns komplizierter sind. Er ist ein sehr reglementierter Mensch, der sich nicht so leicht von seinen Gefühlen überwältigen lässt. Manchmal habe ich das Gefühl, dass er mich wegen meiner Lebensentscheidungen für dumm hält. Vor allem, wenn er Dinge sagt wie: "Warum gebe ich 50.000 Dollar für eine Ausbildung aus, die du mit einem Bibliotheksausweis umsonst bekommen könntest?"

Darauf gibt es keine Antwort. Nein, es gibt viele angemessene Antworten. Eine geisteswissenschaftliche Ausbildung lehrt einem zu denken. Sie lehrt, wie man argumentiert. Wie man Entscheidungen trifft. Ich habe viele dieser Argumente in zahlreichen Gesprächen ausprobiert. Ergebnis?

"Wenn eine geisteswissenschaftliche Ausbildung dich lehrt, wie man denkt, warum ist dir dann noch nicht klar, was du studieren solltest, um dich später selbst versorgen zu können? Was willst du denn schon mit einem Abschluss in englischer Literatur erreichen? Kaffee servieren?"

Das war nur einer der brillanten Edelsteine der Weisheit, die ich in einem unserer Millionen Gespräche zu diesem Thema gehört habe. Aus irgendeinem Grund war mein College-Studiengang bereits seit über vier Jahren meines Lebens ein Gesprächsthema. Bevor ich mit dem College überhaupt angefangen habe.

Meine Mutter meint, dass er solche Dinge nur sagt, weil er sich Sorgen macht. Ich frage mich, warum er mich dann nicht einfach bei der Verfolgung meiner Träume unterstützt, wenn ihm so viel an mir liegt? So würden sich Menschen verhalten, die sich wirklich Sorgen machen.

"Hey, Alice?" Dylan klopft mir auf die Schulter. Ich stehe in der Schlange, um meinen Studentenausweis zu bekommen. Ich hätte ihn schon viel früher bekommen sollen, aber ich versuche seit zwei Tagen, Hudson aus dem Weg zu gehen.

Dylan ist atemberaubend schön mit seinen vollen, weichen Lippen. Bei Tageslicht ist er noch heißer.

"Ich habe dich seit zwei Tagen nicht mehr gesehen. Wohnen wir noch zusammen, oder nicht?" Er legt seinen Arm um meine Schultern. Er fühlt sich warm und gemütlich an, aber auch stark. Es hat auf jeden Fall seine Wirkung.

"Ja, tut mir leid." Ich schaue zu Boden. Ich weiß nicht, wie ich erklären soll, was im Moment in mir vor sich geht.

"Hudson, mh?", fragt er. Es ist erstaunlich, welche Erleichterung man empfinden kann, wenn etwas so Kompliziertes und Verworrenes plötzlich in einem Wort zusammengefasst wird.

Ich zucke mit den Achseln und wende meinen Blick ab. Es ist mir peinlich.

"Hör zu, es hat wirklich nichts mit dir zu

tun. Ich würde gerne Zeit mit dir verbringen. Aber Hudson ... das Ganze ist noch sehr seltsam für mich."

"Der Nächste!", ruft jemand.

"Ich glaube, du bist dran." Dylan lächelt.

"Oh, Mist, du hast Recht." Ich bin erschöpft. Ich wollte mich noch einmal im Spiegel betrachten, bevor ich endlich an der Reihe war. Ich kann nicht glauben, dass ich zwei Stunden in dieser blöden Schlange gewartet habe und jetzt trotzdem noch nicht bereit bin. Ich trage nicht annähernd genug Eyeliner und meine Augenbrauen sind wahrscheinlich komplett durcheinander.

"Du siehst wunderschön aus", beruhigt mich Dylan, als ob er wüsste, was ich denke.

Na, dann mal los. Ich atme tief ein, schenke ihm ein breites Lächeln und setze mich vor der Kamera auf den Stuhl.

"Lächeln", sagt die Frau und drückt auf den Auslöser, bevor ich die Chance bekomme, mein schönstes falsches Lächeln aufzusetzen.

"Willst du es sehen? Du hast nur noch einen Versuch."

Ich gehe hinüber zum Bildschirm. Ich

sehe aus wie einer dieser Schimpansen in einer Tierdokumentation mit einem großen, offenen Lächeln, so unaufrichtig, wie es nur geht. Es lässt mich ängstlich aussehen.

"Noch eins, bitte."

Konzentrieren, konzentrieren, Alice. Sei nicht so ein Idiot. Denk an etwas Schönes. Ich suche in meinem Kopf nach einem lustigen Hunde- oder Katzenbild aus einem YouTube-Video, aber mir fällt nichts ein. Plötzlich schaue ich hinter die Fotografin und sehe Dylan. Er ist immer noch da. Er schenkt mir ein Lächeln, und ich kann nicht anders, als zurückzulächeln.

Der Fotograf macht das Foto. Als ich auf den Bildschirm schaue, bin ich ziemlich überrascht. So ein tiefes und aufrichtiges Lächeln habe ich selten an mir gesehen.

8

Dylan lädt mich zum Mittagessen ein. Da ich erst in einer Stunde Unterricht habe, gehen wir in einen Sushi-Laden einen Block vom Campus entfernt. Einer der Vorteile, wenn man in New York zur Uni geht.

Zuerst sprechen wir über die High School und unser Leben bis jetzt. Seine Tante und sein Onkel leben in LA und er war schon ein paar Mal dort. Ich frage ihn nach Worthington, dem schicken Internat, auf das er in den letzten drei Jahren gegangen ist. Früher war es immer ein Traum von mir, auf ein Internat zu gehen. Es ist nicht so, dass ich von meinen Eltern weg wollte oder so viel früher erwachsen werden wollte. Mir gefiel einfach die Idee der Unabhängigkeit, die damit verbunden war. Mitbewohner haben. Für die eigene Wäsche verantwortlich sein. Zu seinen eigenen Bedingungen leben. Und doch in einer einigermaßen sicheren Umgebung mit anderen Kindern leben. Ich teile meinen Traum mit Dylan. Er lacht nur.

"Ganz so läuft es nicht wirklich ab", sagt er. "Ich meine, man ist zwar oft auf sich allein gestellt, aber es ist ein bisschen anders, wenn man das Gefühl hat, dass die Eltern einen nur dorthin geschickt haben, weil sie genug von einem haben."

"Wirklich? Nein, das kann ich mir nicht vorstellen." Ich schüttle den Kopf. "Ich bin sicher, deine Eltern haben dich lieb."

"Na ja, im Gegensatz zu dir wollte ich nicht weg von Zuhause. Ich mochte meine Freunde und meine Lehrer an der Privatschule in der Nähe von Zuhause, aber meine Eltern ließen sich gerade scheiden, und mein Bruder war schon in Dartmouth. Mein Vater hatte eine neue Freundin und meine Mutter hatte einen

Nervenzusammenbruch. Ich glaube, sie wollten mich nicht mehr um sich haben. Zuerst protestierte ich und sie gaben nach. Aber als meine Mutter dann für zwei Monate in die Reha ging, war niemand im Haus, der sich um mich kümmern konnte. Also dachte mein Vater, es wäre das Beste, mich ins Internat zu schicken."

"Das ist scheiße", sage ich und lege meine Hand auf seinen Arm.

"Eh, ist schon okay. Die typischen Rich-Kids-Problems, oder? Ist schon okay. Ich wollte ehrlich gesagt nicht einmal darüber reden. Das mache ich eigentlich nie. Ich wollte nur nicht, dass du eine Illusion darüber hast, wie es im Internat ist."

"Na ja, du hast mir ja nicht wirklich etwas Schlechtes über das Internat an sich erzählt. Es ging ja eher um deine Eltern, die dich loswerden wollten", scherze ich und lächle. Es dauert einen Moment, aber es kommt schließlich bei ihm an.

"Na ja, ehrlich gesagt, hat das Internat auch seine Vorzüge."

"Oh, ja, was denn zum Beispiel?" Ich

rutsche auf meinem Stuhl weiter nach vorne.

"Na ja, man kann mit den Mädels abhängen und zwar richtig abhängen, wenn du weißt, was ich meine."

"Ach, waren es gemischte Schlafsäle?", frage ich.

"Nein, aber es war trotzdem ziemlich cool. Sie sind in einem anderen Gebäude untergebracht, aber auch auf dem Campus. Weit weg von zu Hause. Wenn man also jemanden kennenlernt, kann man sich abends rausschleichen und sich treffen. Man muss dafür nicht extra das Auto seiner Eltern entführen und irgendwelche Lügen erfinden."

Ich lache. Die Rechnung kommt. Er besteht darauf, zu bezahlen. Ich darf mir die Rechnung nicht einmal anschauen. Ich protestiere eine Weile, aber schließlich gebe ich nach.

"Hey, hör mal, ich wollte mit dir über etwas reden. Ich wollte dir nur sagen, dass ich das mit Hudson voll und ganz verstehe."

Ein kalter Schauer läuft mir über den Rücken.

"Was willst du damit sagen?"

"Ich verstehe, dass es unangenehm ist, mit deinem Ex zusammenzuwohnen. Aber das bedeutet ja nicht, dass du kein Recht darauf hast, dich im Wohnzimmer aufzuhalten."

"Ja, ich weiß. Ich kann nur noch nicht wirklich damit umgehen."

"Ich weiß, aber er ist jetzt nun einmal da. Er verhält sich nicht so, als gehöre er nicht dazu, und ich möchte, dass du weißt, dass du auch dazu gehörst. Du kannst ihm nicht das ganze erste Semester aus dem Weg gehen. Was wäre das für ein Start hier?"

Ich zucke mit den Achseln. Ich habe noch nicht darüber nachgedacht, wie ich damit im Laufe des Semesters umgehen soll. Bis jetzt habe ich einfach von Stunde zu Stunde gelebt.

"Kein guter, so viel steht fest." Auf seinen Lippen blitzt ein Lächeln auf. "Also, damit will ich dir nur sagen, dass ich dein Puffer sein kann. Ich werde versuchen, so viel wie möglich im Wohnzimmer abzuhängen, damit du nicht mit ihm allein sein musst."

"Wow, ich weiß nicht, was ich dazu sagen soll. Danke."

"Aber das mache ich nur, wenn du mir versprichst, heute nach dem Abendessen da zu sein. Keine Ausreden, auch nicht, dass du lernen musst."

Mir gefällt sein Humor. Er ist nicht bösartig und macht sich nicht über andere lustig. Seine Wärme beruhigt mich so sehr, dass ich mir tatsächlich erlaube, mir vorzustellen, wie es sein könnte, mit Hudson im Wohnzimmer abzuhängen.

"Okay", murmle ich. "Ich werd's versuchen."

"Nein, du musst es versprechen. Nicht nur versuchen. "

"Versprochen", sage ich nach einer Weile. Es ist ein ehrliches Versprechen, ich bereue es nicht.

"Warum ist dir das überhaupt so wichtig?", frage ich auf dem Weg zurück zum Campus.

"Du scheinst ein toller Mensch zu sein. Eine gute Mitbewohnerin. Das möchte ich nicht verpassen, nur weil du mal mit jemandem zusammen warst."

So könnte man es ausdrücken. Ich habe so viel über diese ganze Hudson-Sache nachgedacht, darüber, dass wir eine Einheit wurden, als wir zusammen waren, dass mir nicht klar war, dass man diese ganze lebensverändernde Sache einfach so beschreiben könnte: "Ich war früher einmal mit jemandem zusammen." Wenn ich es so ausdrücke, macht sich ein Hoffnungsschimmer in mir breit. Vielleicht ist es doch keine große Sache. Vielleicht sollte ich es nicht zu einer so großen Sache machen.

Mein Unterricht in Amerikanischer Literatur fängt gleich an. Ich weiß nicht wirklich, wo die Hamilton Hall ist, deswegen habe ich es in die Maps-App auf meinem Handy eingegeben. Dylan hat American Civilization to the Civil War zur selben Zeit im selben Gebäude. Wir folgen den Anweisungen der App, die ich mir auf mein Handy geladen habe, wie es die anderen Erstis auch gemacht haben.

"Mann, vor dem Wochenende muss ich mir den Campus unbedingt noch besser angucken", sagt Dylan, als wir endlich das

Gebäude erreichen. "Ich will ja nicht völlig aufgeschmissen sein."

"Warum? Was ist dieses Wochenende?"

"Meine Freundin kommt mich besuchen."

"Oh, du hast eine Freundin?", scherze ich. Nicht, dass das eine Rolle spielen sollte, aber ich bin irgendwie überrumpelt.

"Ja, ich habe eine Freundin." Er lächelt. "Peyton. Sie geht nach Yale. Wir haben uns letztes Jahr in Worthington kennengelernt."

"Wie weit ist Yale von hier entfernt?"

"Etwa zwei Stunden, je nach Verkehrslage, wenn man mit dem Auto fährt, aber sie nimmt den Zug. Dann dauert es etwa drei Stunden."

"Ah, ich kann nicht glauben, dass du mir das jetzt erst erzählst. Jetzt habe ich so viele Fragen und muss zum Unterricht", sage ich und schaue auf mein Handy. "Also, wie ist sie so?"

"Sie ist fantastisch. Sie ist lustig. Offen. Sie studiert Politikwissenschaft und möchte in der Regierung arbeiten. Sie leistet viel ehrenamtliche Arbeit. In der High School hat sie sogar ihre eigene Stiftung gegründet."

"Wow, das ist beeindruckend. Sie klingt ja wirklich besonders."

"Ja, das ist sie", sagt er strahlend. "Und sie freut sich wirklich darauf, alle kennenzulernen, auch dich."

Ich lächle und verspreche, dass ich da sein werde. Er umarmt mich kurz und geht dann zu seinem Kurs. Ich gehe den Flur entlang zu Zimmer 101.

9

———————

Ich öffne die Tür zu einem großen Hörsaal. Irgendwie bin ich zu spät. Alle anderen sitzen bereits in einem Halbkreis um mehrere Ebenen von Whiteboards herum. Ein paar Leute drehen sich um, um mich auf meinem Weg nach unten zu beobachten. Ich finde einen Platz in der Mitte. Nicht zu weit vorne und nicht zu weit hinten.

Als ich meine Tasche auf dem Boden abstelle, schaue ich auf und sehe eine kleine, dünne Frau mit großen, missbilligenden Augen über mir stehen.

"Es tut mir leid, dass ich zu spät bin", sage ich.

"Ich möchte Sie alle nur darauf aufmerksam machen, dass in Zukunft die Tür zum Raum verschlossen sein wird und keine Verspätungen toleriert werden."

Ich schaue auf den Lehrplan, den sie auf meinen Schreibtisch gelegt hat, und lese ihren Namen.

Dr. Polk kehrt auf das Podium zurück. Hinter mir kichern zwei Mädchen.

"Woher hat die wohl ihr Oberteil mit dem Paisleymuster?", höre ich sie flüstern.

"Oh Gott. Oh, und guck dir mal die Schuhe an! Wie schrecklich."

Ich hoffe, Dr. Polk hört sie nicht, während ich versuche, mich auf das zu konzentrieren, was sie sagt.

"Viele von Ihnen sind hier, weil Sie wirklich daran interessiert sind, einige der besten Bücher des 20. Jahrhunderts zu lesen. Bücher wie *The Great Gatsby*, *To Kill a Mockingbird*, *Catch 22*, *1984*, und *House of Mirth*. Was all die anderen von Ihnen betrifft, die nicht interessiert sind, so weiß ich ehrlich gesagt nicht, warum Sie hier sind. Dies ist kein vorgeschriebenes Wahlfach, und ich hoffe, Sie verschwenden weder meine Zeit noch Ihre Zeit damit, einen Kurs zu belegen, der Sie nicht interessiert. Wie viele von Ihnen wissen, handelt es sich außerdem um einen Kurs im zweiten Jahr, der erst seit kurzem Studenten im ersten Jahr offensteht", fährt Dr. Polk fort. "Wir empfehlen Ihnen, ihn nicht zu belegen, wenn Sie nicht bereit sind, wirklich hart zu arbeiten. Das gilt für Sie alle, aber speziell für Sie Erstsemester."

Die Mädchen hinter mir kichern mit dem Laissez-faire der Sophomores. Sie sind schon seit einem Jahr hier und fühlen sich offenbar durch solche Aussagen nicht bedroht. Leider fühle ich mich dabei nicht so wohl. Vielleicht ist das doch der falsche Kurs für mich. Nur weil ich in der Highschool wirklich gut war, heißt das noch lange nicht, dass das College ein Kinderspiel sein wird. Vor allem nicht dieses College. Vor allem nicht dieser Kurs.

Dr. Polk beginnt damit, den Lehrplan durchzugehen und stellt die Bücher vor, die wir dieses Jahr lesen werden. Ich habe die meisten dieser Bücher in der High School gelesen. Manche nur zum Spaß, manche für die Schule. Plötzlich öffnen sich die Schleusen aus den Vertiefungen meines Geistes und alle möglichen unerwünschten Gedanken und Erinnerungen drängen herein.

To Kill a Mockingbird. Das habe ich in der 11. Klasse auf Englisch gelesen. Unsere Lehrerin, Frau Danes, ließ uns unsere Plätze selbst wählen, und Hudson und ich saßen nebeneinander. Frau Danes war eine dieser progressiven, nicht-hierarchischen Lehrerinnen, die das Patriarchat auf Schritt und Tritt herausfordern wollten, und so stellte sie alle Tische im Raum im Kreis auf, so dass wir uns alle gegenüber sitzen konnten, wenn wir miteinander redeten. In einem Kreis kann man sich nirgendwo verstecken, sagte sie gerne. Ich freute mich jeden Tag auf diesen Kurs, nicht nur, weil ich Englisch liebte, sondern auch, weil ich neben Hudson saß. Es gab so viele Momente vor dem Unterricht, in denen wir lachten und quatschten, und nach dem Unterricht auch. Manchmal begleitete er mich zu meinem folgenden Kurs, manchmal zu meinem Spind, und einmal küsste er mich. Er begleitete mich den ganzen Weg zu meinem Spind und wartete darauf, dass ich meine Bücher austauschte.

"Also, ich wollte dich fragen, wie dein Date war", sagte er. Er hatte davon gehört. Natürlich. Ich hatte eine Verabredung mit einem älteren Schüler, der nicht an unserer Schule war, dem Bruder eines Freundes von uns.

"Gut." Ich lächelte. Er versuchte, die Sache locker anzugehen. Als ob er nur beiläufig danach gefragt hätte, aber er ist dabei rot geworden und war nicht ganz so locker wie sonst.

"Ich hatte mich nur gewundert", sagte er ganz leise, während er sich näher zu mir herunter beugte. Sein Gesicht war nur Zentimeter von meinem entfernt. Seine Augen funkelten im Sonnenlicht. Er leckte seine Lippen und presste sie gegen meine. Zuerst leicht, dann heftiger. Er legte seine Hand in meinen Nacken und zog mich näher zu sich heran.

"Ich habe mich nur gefragt, ob du es vielleicht nicht noch einmal machen könntest?", flüsterte er.

Das war unser erster Kuss. Ein echter Kuss. An diesem Abend gingen wir zusammen aus und danach waren wir noch unzertrennlicher.

DR. POLK MACHTE WEITER mit dem *Fänger im Roggen*. Ein weiteres Buch, das ich bereits gelesen habe. Ich habe angefangen, *Fänger im Roggen* zu lesen, in der Nacht, nachdem Hudson im August unseres Abschlussjahres weggezogen war. In den ersten Tagen war ich in einem Aktivitätenrausch. Ich habe so viele Dinge unternommen, um mich von der Tatsache abzulenken, dass ich meinen Freund fünf Monate lang nicht sehen würde. Ich schrieb, lernte viel für Mathe, ging zweimal täglich laufen. Egal, was ich tat, ich konnte meinen Verstand nicht abschalten. Ich konnte mich nicht dazu bringen, glücklich zu sein. Also hörte ich auf. Ich gab auf. Bin einfach ins Bett und tagelang nicht mehr aus dem Haus gegangen. Ich wusste nicht, was ich sonst mit mir anfangen sollte. Ich ertrank in Wut und meine Wut gab mir das Gefühl, dass die ganze Welt falsch war, mich eingeschlossen. In diesem Moment begann ich davon zu träumen, wie Holden Caulfield durch die Straßen von New York zu gehen, wie betäubt auf der Suche nach etwas, aber ganz sicher nicht nach einer Prostituierten (wie Holden es getan hat).

"Das reicht fürs Erste", unterbricht Dr. Polk meinen Gedankengang. "Sehen Sie sich Ihren Lehrplan an. Entscheiden Sie, ob dieser Kurs wirklich richtig für Sie ist. Wenn ja, kaufen Sie alle Bücher und fangen Sie an, *House of Mirth* für den Kurs am Donnerstag zu lesen."

Ich warte darauf, dass die Glocke läutet, aber im College passiert das nicht. Es gibt keine Glocken. Alle stehen einfach auf und gehen, und ich folge ihnen nach draußen. Wenn mein Vater nur wüsste, dass wir in dieser Klasse Bücher lesen müssen, die ich bereits in den letzten zwei Jahren gelesen habe. Dieses Mal jedoch bringt mich der Gedanke an seine Reaktion zum Lachen.

10

Dies wird einer jener
entscheidenden Momente sein,
die den Verlauf meines Lebens
verändern würden. Ich konnte es fühlen, es
brodelt in mir. Was ich als Nächstes tue, wird
den restlichen Verlauf meines Semesters
bestimmen.

Nachdem ich in der Cafeteria ein paar
Happen gegessen habe, räume ich mein
Tablett ab und gehe wieder nach oben. Ich
hatte Dylan etwas versprochen und will
dieses Versprechen jetzt nicht brechen. Ich
hatte ihm versprochen, dass ich heute Abend
ins Wohnzimmer kommen und mit ihnen
abhängen würde. Mit ihnen allen.

Oberflächlich betrachtet hört sich das nicht nach viel an. Sie sind meine Mitbewohner und wirklich liebe Menschen. Keiner von ihnen wird mir den Kopf abbeißen. Am wenigsten die Person, um die ich mir am meisten Sorgen mache.

Hudson. Er wird der ganzen Sache gegenüber ruhig und zurückhaltend sein. Genauso, wie er es schon die ganze Zeit gemacht hat. Ich weiß das, weil ich Hudson kenne, aber das ist es, was mir Angst macht. So ist Hudson nicht wirklich. Wenn er sich so verhält, wenn er so tut, als wäre er diese stille, bescheidene Person, die für sich bleibt, na ja, dann weiß ich, dass er unehrlich ist. Ein Schwindler. Ein Fremder.

Andererseits, wem mache ich etwas vor? Er ist generell ein ziemlich unehrlicher Mensch.

Ich betrachte mich im Spiegel. Ein zaghaftes, gebrechliches Mädchen blickt zu mir zurück. Meine Augen scheinen hohl, sogar fad zu sein und ich habe bereits dunkle Ringe darunter. Um Himmels willen! Ich bin erst seit einer Woche hier und bin schon ein einziges Wrack.

Ich trage etwas Make-Up auf und umrande meine Augen leicht mit dunklem Lidschatten, richte meine Augenbrauen ein wenig ein und locke meine Haare, um ihnen etwas mehr Volumen zu verpassen. Wie zum Teufel konnte ich den ganzen Tag so herumlaufen? Habe ich heute Morgen vergessen, mich zu schminken? Habe ich wirklich vergessen, Make-up aufzutragen?

Ich schaue wieder in den Spiegel. Viel besser, aber es fehlt etwas. Oh, ja, natürlich. Lippenstift. Bombay Funk ist eine dunkle, mattrote Farbe, die den Look vervollständigt. Jetzt bin ich bereit. Zumindest so bereit wie eben möglich. Das Make-up ist meine Tarnung. Es gibt mir Kraft. Etwas, hinter dem ich mich verstecken kann. Es ist meine Kriegsbemalung.

Ich atme tief durch und betrete das Schlachtfeld.

Dylan lümmelt auf der Couch in einer Jogginghose und einem weißen T-Shirt, was seinen gebräunten, definierten Körper betont. Er ist wirklich heiß. *Entspann dich einfach*, sage ich zu mir selbst. Juliet steht mit einem Typen am Herd, den ich noch nie zuvor gesehen habe. Sie stellt ihn als Brandon aus ihrer Schauspielklasse vor. Hudson sitzt am Esstisch, isst mit einer Hand Cornflakes und scrollt mit der anderen Hand auf seinem Handy herum. Als ich hereinkomme, nickt er mir kurz zu und wendet sich schnell wieder seinem Handy zu.

"Im Schauspielunterricht müssen wir diese Atemübungen machen", fängt Juliet an. Was ich über Juliet in unserer kurzen Zeit als Mitbewohner gelernt habe, ist, dass sie nichts von Präambeln hält. Juliet fängt einfach mitten in einem Gespräch an und verlässt sich darauf, dass die anderen ihrem Gedankengang folgen können. In diesem Fall klappt es.

"Das ist komisch, oder, Brandon?"

Brandons Arme sind eng um ihre Taille gewickelt. Seine Lippen gleiten an ihrem Hals entlang. Wie lange kennen sie sich schon?

"Brandon?" Juliet schiebt ihn scherzhaft zur Seite. "Hast du gehört, was ich gesagt habe?"

"Ja, ja", sagt er und zieht sie näher heran. Er hat eine leise, schwelende Stimme. Sehr sexy. "Mega komisch. Als hätte man Wehen."

"Ach ja und woher willst du wissen, wie sich das anfühlt?"

Brandon zuckt mit den Achseln und vergräbt sich in ihrer Brust. Juliet neigt vor Vergnügen den Kopf zurück und schenkt mir dann ein Lächeln.

"Was kocht ihr?", frage ich.

Während ihrer gesamten Liebesszene rührt Juliet weiter etwas in der Pfanne auf der Kochplatte.

"Ich mache S'mores für alle."

Ich nicke, als ob das eine ganz normale Sache wäre."Oh, und weißt du noch was, Alice? Hör dir das mal an. Meine Aufgabe für den Unterricht nächste Woche ist es, einen Dankesbrief zu schreiben."

"Einen Dankesbrief? An wen?"

"An wen?" Brandon hebt seinen Kopf von Juliets Brüsten,

"An alle. Es ist eine Art Dankbarkeitsübung. Die Dozentin ist so eine New-Age-Frau. Wir sollen also eine Danksagungskarte schreiben für etwas, wofür wir dankbar sind. Eine Person oder eine Sache. Das soll uns im wirklichen Leben präsenter machen oder so."

Ich schaue mich im Raum um und frage mich, was Juliets Lehrerin davon halten würde, wie wenig präsent wir alle in diesem Moment sind. Da ist Dylan auf der Couch, der am SportsCenter klebt und analysiert, was in der Welt der Profisportler passiert. Dann ist da noch Hudson, der jetzt schon ein paar Mal mit dem Löffel seinen Mund verfehlt hat, weil er so sehr mit seinem Handy beschäftigt ist. Und Juliet, die das Multitasking auf eine ganz neue Ebene hebt. Sie hat einen Typen bei sich, der ihren Hals küsst und sie befummelt, während sie S'mores macht und mit mir über ihre Dozentin spricht. Dann gibt es da noch mich. Ich mache nicht wirklich etwas, aber ich bin auch nicht anwesend. Ich bin ein Beobachter, der nicht wirklich im Moment lebt, genauso wenig wie die anderen.

Die S'mores sind endlich fertig. Juliet hatte bereits die Marshmallows zwischen den Crackern und der Schokolade geschmolzen. Hudson ist fertig mit seinem Müsli und stellt das Geschirr in die Küchenspüle.

"Willst du einen?", fragt sie. Er nickt. Sie reicht ihm zwei.

"Gib Alice den anderen", sagt sie.

Ich schaue von der Couch herüber, als ich meinen Namen höre, und beobachte Hudson, wie er nach den S'mores greift und zu mir herüber kommt. Aber dann passiert es.

"Oh, Scheiße!", sagt er. Die S'mores landen auf dem Teppich und ihr Marshmallow-Schokoladenschleim läuft an den Seiten heraus.

"Keine Sorge, ich mache noch mehr."

Ich knie mich neben ihn, um ihm beim Aufräumen zu helfen. Vorsichtig heben wir die Cracker mit der S'mores-Paste vom Boden auf.

"Wow, sind die heiß!", sage ich.

"Natürlich sind sie heiß", schreit Juliet.

"Die kommen frisch aus der Pfanne, ihr Genies!"

Ihr Tonfall klingt, als würden wir in Schwierigkeiten stecken und gleich zu einer Lehrerkonferenz mit unseren Eltern gerufen werden. Ich schaue Hudson an und dann brechen wir beide in Gelächter aus.

HUDSON und ich haben es nicht geschafft, alles von den S'mores vom Teppich zu kratzen. Je mehr wir es versuchten, desto mehr löste es sich auf und desto klebriger wurde der Fleck. Als ich am nächsten Morgen auf dem Weg zur Küchenspüle darüber laufe, klebt mein Schuh ein wenig an der Stelle, an der die S'mores lagen. Als ich noch einmal über diese Stelle gehe, muss ich lächeln. Hier fühlte es sich zum ersten Mal wieder normal an zwischen Hudson und mir. Zum ersten Mal hatte ich das Gefühl, dass ich es schaffen könnte: Die ganze Sache mit Hudson und mir, Ex-Freunde, aber Mitbewohner.

11

————

Vor meinem ersten Kurs gehe ich heute Morgen in den schicken Buchladen am Riverside Drive und kaufe mir ein Päckchen Danksagungskarten. Ich habe viel über Juliets Dankbarkeitsauftrag nachgedacht und beschlossen, dass ich es selbst versuchen sollte. Denn ich habe viel, wofür ich dankbar sein kann, aber der Stress des Alltags macht es mir schwer, all die großartigen Dinge zu schätzen, die ich habe.

Ich setze mich mit einer Tasse Tee auf die Bank vor der Bibliothek und öffne eine der Karten.

Mein Kopf ist leer. All diese Gedanken

wirbelten gestern Abend und heute Morgen in meinem Kopf herum. Ich konnte es kaum erwarten, diese Dankeskarten in den Händen zu halten. Jetzt, wo ich bereit bin, Stift in der Hand und so weiter, fällt mir nichts mehr ein. Ich drehe die Karte um. Kleine gelbe Wolken und blaue Blumen zieren die Vorderseite. Sie sind auf eine skurrile, karikaturhafte Weise gezeichnet, die mich zum Lächeln bringt. Als ich die Karte wieder öffne und auf die weiße Seite starre, fällt mir wieder nichts mehr ein.

Okay, Alice. Es muss Dinge geben, für die du dankbar bist.

Etwas.

Irgendwas.

Ich hole mein Handy aus meiner Tasche. Ich google "wie man einen Dankesbrief schreibt" und finde eine Reihe von Ratschlägen zum Thema Dankeskarten. Nicht genau das, was ich suche.

"Wie man ein Dankbarkeitstagebuch führt." Eine passendere Suche. Seiten mit Ratschlägen folgen.

Gehen Sie nicht einfach nur das Offensichtliche durch. Gehen Sie in die

Tiefe. Werden Sie persönlich. Genießen Sie Überraschungen. Übertreiben Sie es nicht.

Fundierte Tipps, ja, aber irgendwie weiß ich immer noch nicht, was ich schreiben könnte.

Okay, Alice. Was ist der Zweck des Ganzen? Der Zweck ist, dich dazu zu zwingen, einige der guten Dinge im Leben wahrzunehmen, die du sonst für selbstverständlich hältst, aber was bedeutet das?

Meine Gedanken schweifen ab und bleiben bei der einen Person hängen, auf die sie sich in den letzten drei Wochen konzentriert haben.

Hudson. Schon wieder. Verdammter Hudson.

Ich bin wütend auf ihn, weil er hier ist. Weil er mein Mitbewohner ist. Dafür, dass er diese verrückte Erfahrung meines ersten Semesters am College verkompliziert hat. Als ob das Ganze nicht schon kompliziert genug wäre.

Was wäre, wenn es einen anderen Weg gäbe, es zu betrachten? Was wäre, wenn ich, anstatt mich auf Hudson, meinen Ex-

Freund, und seine unbehagliche Präsenz in meinem Leben zu konzentrieren, die ganze Sache in einem anderen Licht sehen könnte?

Ich öffne die Danksagungskarte wieder.

LIEBER HUDSON,

vielen Dank, dass du mit mir hier in Columbia bist. Vor weniger als zwei Wochen hast du mein Herz in tausend kleine Stücke zerrissen. Ich habe dich zwei Jahre lang geliebt und seit fünf Jahren bist du mein bester Freund. Als wir uns getrennt haben, konnte ich mir ein Leben ohne dich nicht mehr vorstellen. Ich dachte, dass ich dich für den Rest meines Lebens lieben würde, obwohl ich dich nie wieder sehen wollte.

Dann, vor weniger als einer Woche, bin ich aufs College gekommen und musste erfahren, dass du mein Mitbewohner bist. Ich wollte weg von dir, aber nicht, weil ich dich hasste (das ist mir jetzt klar). Ich wollte weg von dir, weil ich nicht erwartet hätte, dass ich je über dich hinwegkommen könnte (das ist mir jetzt klar). Ich hatte das Gefühl, dass du in mein Leben eingedrungen bist. Ein Teil von mir fühlt sich immer noch so, aber mit jedem Tag verblassen meine Gefühle für dich, diese schlimmen, hässlichen

Gefühle, ein wenig mehr. Deshalb schreibe ich dir diese Notiz, weil ich dir danken möchte. Ich möchte dir danken, dass du hier bist und mein Mitbewohner bist, auch wenn es wahrscheinlich auch das Letzte ist, was du wolltest.

Ich möchte dir auch dafür danken, dass du mit mir Schluss gemacht hast. Es tut immer noch weh, aber je mehr Tage vergehen, desto mehr wird mir bewusst, dass unsere Trennung für mich der Beginn von etwas Neuem war. Wenn wir noch zusammen wären, hätte ich nicht die Gelegenheit, die echte College-Erfahrung zu machen. Die, bei der ich mit meinen Freunden ausgehe, mit Jungs flirte, jemand Besonderen kennenlerne.

Vielleicht ist es sinnlos zu hoffen, dass die Dinge zwischen uns weniger seltsam werden und dass wir irgendwann in naher Zukunft tatsächlich Freunde sein können, aber du kennst mich; ich habe eine Schwäche für die Underdogs.

Ich wünsche dir ein schönes Semester und ein schönes Leben. Ich hoffe, du findest, wonach du suchst, und dass all deine Träume in Erfüllung gehen. Ich danke dir dafür, dass du so eine wichtige Person in meinem Leben warst.

. . .

In Liebe
   Alice

ICH SCHLIEßE DIE KARTE. Ich kann nicht glauben, dass ich das alles geschrieben habe. Die Worte strömten einfach aus mir heraus, und ich musste die Notiz noch einmal lesen, um wirklich zu wissen, was ich geschrieben habe. Ich kann nicht glauben, wie gnädig ich klinge. Ist das alles wirklich wahr?, frage ich mich. Es kam wie ein Strom aus mir heraus, als ob eine Art Muse meine Hand führen würde, also muss es wahr sein. Keine Wahrheit wurde je durch Überanalyse erreicht. Es sind die Dinge, die wir aus einem Impuls heraus tun und denken, mit unserem Unterbewusstsein, die wirklich wahr sind, zumindest behaupten das einige Leute. Irgendwie glaube ich, dass sie Recht haben.

12

Ohne mein Wissen stieg an diesem Freitag auf unserer gesamten Etage eine Party. Ich bin nach Hause gekommen, direkt nachdem mein 14-Uhr-Kurs zu Ende war, habe meinen Schlafanzug angezogen und geplant, Netflix wie ein Zombie zu streamen, bis die Meldung kommt, ob ich noch da bin oder sich Netflix ausschalten soll. Um sieben Uhr abends wurde mein Plan zunichte gemacht. Die Musik und die Stimmen wurden vor meiner Tür so laut, dass ich keine andere Wahl habe, als mich hinauszuwagen.

Widerwillig ziehe ich meinen bequemen Flanellpyjama aus und quetsche mich wieder in meine engen Jeans und bedauere, all die Limonade während meiner Netflix-Sucht getrunken zu haben.

"Die Regel lautet: Fang nicht an zu chillen, bevor du nicht sicher weißt, dass du die ganze Nacht so verbringen kannst", sage ich zu mir selbst. "Sonst besteht die Gefahr, dass du dich wieder schminken und unbequeme Kleider anziehen und dich ohne entsprechende Vorbereitung wieder wie ein Mensch verhalten musst."

Oh Gott, meine Jeans ist enger als je zuvor. Ich greife durch die Gürtelschlaufen und ziehe sie über meinen Hintern. Um Himmels willen, heute Morgen hat sie doch noch gepasst.

Plötzlich fliegt die Tür auf und Juliet und ein Mädchen, das ich nicht kenne, stürzen hinein und erwischen mich auf halbem Wege. Ich wende mich von ihnen ab. Juliet lacht hysterisch.

"Peyton, das ist meine Mitbewohnerin Alice", stellt sie mich vor, als sie zu Atem kommt.

Ich streiche mein Oberteil glatt und schüttle Peytons Hand.

"Schön, dich kennenzulernen." Peyton nickt. Peyton hat große braune Augen, mit denen sie ein bisschen wie ein Reh aussieht. Sie hat dichtes, langes, kastanienbraunes Haar und volle, rote Lippen. Sie sieht aus wie eines der Mädchen, die wunderschön sind, aber aus irgendeinem Grund scheint sie das nicht wirklich zu wissen. Als ich sie ansehe, habe ich dieses seltsame Gefühl, dass ich sie schon mein ganzes Leben lang kenne.

Juliet frischt ihr Make-up auf. Ich setze mich auf mein Bett, um ein Paar Stiefel anzuziehen. Peyton steht weiterhin in der Tür.

"Hier, setz dich doch. Tut mir leid, dass das Zimmer so unordentlich ist", sage ich.

"Ja, ich würde mich auch entschuldigen, aber es sieht eigentlich immer so aus ", sagt Juliet. Ich habe immer gedacht, dass ich unordentlich bin, und im Vergleich zu meinen älteren Schwestern und meiner Mutter bin ich das auch. Aber Juliet hebt das Chaos auf eine ganz andere Ebene. Letztens ist sie nachts ins Bett geklettert und hat auf einem riesigen Haufen Klamotten geschlafen, anstatt sie auf den

Stuhl oder, Gott bewahre, in den Schrank zu räumen.

"Du bist also Dylans Freundin?", frage ich.

"Ja." Sie nickt schüchtern.

"Peyton aus Yale", mischt sich Juliet ein. Es ist eine Art Insider-Witz, in den ich nicht involviert bin.

Peyton lächelt unbehaglich. Offensichtlich hat sie nicht so viel getrunken wie Juliet.

"Ich habe gehört, dass du eine Art Stiftung gegründet hast. Hat Dylan mir erzählt", sage ich.

Ihre Augen leuchten auf.

"Oh, er hat dir davon erzählt? Ja, bei meiner Mutter wurde MS diagnostiziert, als ich in der neunten Klasse war, und ich wusste nicht wirklich, wie ich ihr helfen konnte oder wie ich mit meinen Gefühlen umgehen sollte. Also schlug sie mir vor, diese Stiftung zu gründen, um Geld für die MS-Forschung zu sammeln."

"Wow, das ist beeindruckend."

"Letztes Jahr war ich Gastgeberin meiner allerersten Gala, und wir hatten das

Glück, 100.000 Dollar sammeln zu können."

Einhundert Riesen. Das ist beeindruckend. Ich schaue Peyton an, während sie weiter über die Bedeutung der Forschung und das Bewusstsein für Multiple Sklerose spricht. Nur ein Teil von mir hört ihr zu. Ein anderer Teil fragt sich, wie zum Teufel wir gleich alt sein können. Dieses Mädchen gründete eine Stiftung und leitete Veranstaltungen für eine gute Sache und nicht nur eine Veranstaltung, eine verdammte Gala. Ich wüsste nicht einmal, wie ich das anstellen sollte. Ich habe noch nie eine Party ausgerichtet. Natürlich war ich in der Vergangenheit schon auf vielen Partys, aber Gastgeberin einer? Was würde das alles beinhalten? Essen. Getränke. Atmosphäre. Das richtige Thema. Die richtigen Partygeschenke, Dekorationen.

"Also, wie funktioniert so etwas?", frage ich. "So etwas zu veranstalten. Das muss doch ziemlich einschüchternd sein, oder?"

"Natürlich. Aber ganz ehrlich, soll ich dir etwas sagen? Meine Mutter war immer sehr philanthropisch und großzügig. Sie veranstaltete jeden Monat ein Mittagessen für ihre Freundinnen. Als ich noch klein war, fand ich das immer langweilig. Als ob sie nicht wirklich ein richtiges Leben geführt hätte, weil sie damit beschäftigt war, Partys zu veranstalten und auf Veranstaltungen zu gehen. Sie hatte nicht wirklich eine Karriere, aber als ich diese Gala veranstaltet habe, wurde mir zum ersten Mal klar, wie viel Arbeit Veranstaltungsplanung wirklich ist und wie wunderbar es ist, wenn alles gut läuft."

"Ja, das kann ich mir vorstellen." Ich nicke, obwohl ich, ehrlich gesagt, keine Ahnung habe, wovon sie spricht.

"Also, was ich herausgefunden habe, ist, dass ein Event wie ein lebender, atmender Organismus ist. Man braucht genau die richtige Kombination von bestimmten Faktoren, um erfolgreich zu sein. Das richtige Thema, die richtige Atmosphäre, die richtige Stimmung. All diese Dinge müssen festgelegt werden, bevor jemand kommen kann. Die Gäste sind wichtig, aber sie sind vor allem Requisiten im Gesamtfluss der Dinge."

Ich lächle. "Hast du vor, in naher Zukunft weitere Galas zu veranstalten?"

"Nicht, wenn ich es verhindern kann", sagt Peyton und fängt an zu lachen.

DANN GEHEN wir drei aus dem Zimmer und schließen uns draußen der tosenden Party an. Es ist ganz anders als Peytons elegante, protzige Gala. Die Musik dröhnt aus einem Zimmer, aber im Flur ist es so laut, dass ich nicht einmal erkennen kann, woher sie kommt. Der Flur ist voller Menschen. Einige stehen, einige sitzen auf dem Boden, einige tanzen, drei küssen sich. Peyton und ich kichern und steigen einfach über sie drüber. Nachdem wir eine schnelle Runde gedreht und ein paar Drinks an der Punschschüssel geholt haben, machen wir uns auf den Weg zurück zu unserer WG. Hier tobt die Party. Durch das Meer von Menschen sehe ich Hudson und Dylan in der Küche, wie sie Getränke einschenken und Bier austeilen.

"Wow, Grey Goose? Wie seid ihr an Grey Goose gekommen?", frage ich Dylan.

Die Kücheninsel ist voller teurer Flaschen mit Alkohol.

"Dylan hat verrückte Verbindungen", sagt Hudson. An der Art, wie er die Hüften schwingt, kann ich erkennen, dass er getrunken hat. Und zwar sehr viel.

"Oh, Babe, soll ich dir einen Martini auf Eis machen?", fragt Hudson. Das ist mein Lieblingsdrink. Ich nehme einen Schluck von dem Punsch, den ich auf dem Flur bekommen habe, und spucke ihn aus. Er schmeckt wie Zuckerwasser und irgendein Alkohol, den jemand in der Badewanne zusammengemixt hat. Ein Martini mit Grey Goose klingt gut.

"Babe? Hast du mich gehört?", fragt Hudson.

Ich war mir nicht sicher, ob ich ihn beim ersten Mal richtig gehört hatte, aber jetzt wird mir klar, dass ich ihn richtig gehört habe. Er hat mich tatsächlich Babe genannt. WTF?

"Ja, sicher", sage ich. Ich brauche jetzt wirklich einen Drink. Ich schaue Juliet und Dylan an, aber beide sind zu angeheitert, um es zu bemerken.

"Alles in Ordnung?" Peyton lehnt sich zu mir. Dankeschön! Wenigstens einer sieht, was hier passiert.

"Ähm, ja, ich denke schon. Ich weiß es nicht", murmele ich. Hudson gibt mir meinen Drink.

"Willst du auch einen?", frage ich Peyton. "Hudson macht tolle Cocktails."

"Cosmopolitan?", fragt sie schüchtern.

"Ein Cosmo ist im Anmarsch!", sagt er enthusiastisch.

13

———

Während Dylan und Juliet versuchen, eine Partie Bierpong zu organisieren, klettern Peyton und ich für einen Moment der Ruhe auf die Feuertreppe hinaus. Peyton strahlt eine solche Ruhe aus, dass ich das Bedürfnis verspüre, mich ihr zu öffnen.

"Also, Hudson hat mich vorhin Babe genannt", sage ich. "Das hat er schon seit ... ich weiß nicht, wie lange ... nicht mehr zu mir gesagt."

"Wirklich? Warum?"

Ich erzähle ihr meine traurige Geschichte.

"Also, was glaubst du, was jetzt los ist?", fragt sie.

"Ich weiß es nicht. Er ist betrunken. Er lässt sich gehen oder so, aber er hat es zweimal gesagt", sage ich.

"Willst du wieder mit ihm zusammenkommen?", fragt sie.

"Nein!", sage ich etwas zu schnell. Es fühlt sich an, als versuche ich, sie genauso zu überzeugen wie mich selbst. "Ich weiß nicht." Ich zucke mit den Achseln und gebe die Wahrheit zu. "Er hat mich wirklich verletzt. Aber ich will nicht lügen. Ich will, dass er mich zurück will."

Dann ertappe ich mich selbst.

"Oh mein Gott, es tut mir so leid. Wir haben uns gerade erst kennengelernt. Ich weiß nicht, warum ich dich mit dem ganzen Mist vollheule."

"Nein, ist schon okay." Sie lächelt. "Trennungen können so kompliziert sein. Ich kann ein Lied davon singen."

"Was meinst du damit?"

"Na ja, Dylan und ich haben damit auch schon Erfahrungen gemacht. Tatsächlich ist einer der Gründe dafür, dass Dylan nicht mehr in der Wohnung seines Vaters im Central Park wohnen darf – eine unserer vielen Trennungen."

"Ach Quatsch!" Ich lehne mich näher an sie heran und nehme einen Schluck von meinem Martini.

"Dylan und ich haben eine relativ sprunghafte Beziehung gehabt. Nichts Schlimmes, wirklich. Wir sind beide manchmal einfach impulsiv und verrückt. Wir halten uns gegenseitig auf Trab, denke ich. In der einen Woche war er so sauer auf mich, weil ich mit einem Verflossenen von mir verreist bin. Er wollte nicht, dass ich mitfahre, und ich wollte, dass er es zugibt, aber dafür war er zu eitel. Die Details sind nicht wichtig. Wichtig ist, dass Dylan in dieser Woche bei seinem Vater gewohnt hat. Wir hatten Frühlingsferien von der Schule. Ich weiß nicht, welcher Tag das war, aber sein Vater hatte eine Verabredung. Sie ist zu ihm in seine Wohnung gekommen, aber dann wurde Dylans Vater wegen eines Notfalls an der Wall Street weggerufen und ließ sie allein."

"Okay." Ich nicke. Ich habe eine Vorstellung davon, wohin das führt.

"Na ja, als er nach Hause gekommen ist, hat er Dylan dabei erwischt, wie er Sex mit ihr hatte – in seinem Bett."

"Oh mein Gott! Was?!"

"Sie war neunzehn, nur zwei Jahre älter als Dylan. Studentin an der NYU. Sie hatte noch keinen Sex mit Dylans Vater gehabt. Sie hatten ihr erstes Date. Na ja, Dylans Vater wurde extrem sauer und hat ihn rausgeschmissen."

"Wow. Ich kann nicht glauben, dass er das getan hat. Was hältst du davon?"

Peyton seufzte. "Streng genommen waren wir getrennt."

"Aber trotzdem", sage ich, "das war schon irgendwie scheiße."

"Ja, irgendwie schon. Nur war ich so wütend auf ihn, weil er eifersüchtig war, dass ich am Ende auch Sex mit meinem Ex hatte. Also kann ich mich nicht wirklich beschweren."

Ich nicke. Da hat sie wohl Recht.

PEYTON und ich trinken unsere Getränke auf der Feuertreppe aus. Als sie wieder hineingeht, um uns Nachschub zu holen, bleibe ich draußen, um unseren Platz zu sichern, falls jemand anders die gleiche Idee hat.

"Wow, das war schnell", sage ich, als ich hinter mir jemanden aus dem Fenster klettern höre. Ich drehe mich nicht um, sondern starre weiter in den schwarzen Himmel. In LA sind Wolken selten und die Luftverschmutzung ist nicht allzu schlimm, so dass sternenklare Nächte nicht allzu ungewöhnlich sind. Hier, mitten in Manhattan, habe ich keinen einzigen Stern gesehen, seit ich hier bin.

"Warum schnell?", fragt eine bekannte Stimme. Ein Schauer läuft mir über den Rücken.

"Nichts", murmle ich. "Ich dachte, du wärst jemand anders."

"Ich dachte, du würdest dich mehr freuen, mich zu sehen", sagt Hudson.

Er trägt locker sitzende Jeans und ein Columbia-T-Shirt, das seinen Körper an den richtigen Stellen betont. Die Lichter der

Stadt erhellen das vertraute Sixpack.
Hudson ist nicht stämmig. Er ist 1,80 m groß
und vor allem Muskeln. Er ist schlank und
stark.

"Was machst du hier?", frage ich.

"Nichts. Ich will nur mit meiner
Mitbewohnerin abhängen. Ist das nicht
erlaubt, Mitbewohnerin?"

Hudson lallt noch nicht, aber er ist
definitiv betrunken. Die Art und Weise, wie
er sich an den Rahmen des Fensters lehnt,
lässt ihn wie James Dean aussehen.
Verdammt.

"Natürlich kannst du das machen",
sage ich.

"Also, hey, Alice. Hör mal." Er rückt
näher an mich heran und legt seinen Arm
um meine Schulter. Ich verspüre einen
unstillbaren Drang, ihn zu küssen. Alles an
ihm – wie er aussieht, wie er riecht, wie er
sich anfühlt – ist mir so vertraut. Hätte ich
noch einen Martini mehr getrunken, hätte
ich das Gefühl, die letzten Wochen wären
nie passiert.

"Hör zu, es tut mir leid. Ich war so ein
Idiot zu dir und jetzt leben wir zusammen.

Ich meine, was soll der Mist? Aber im Ernst, Alice. Ich liebe dich. Ich werde dich immer lieben. Weißt du das?"

Ich starre ihn an. Ich habe mir so lange gewünscht, dass er diese Worte zu mir sagt. Er klingt aufrichtig. Ich schaue in seine tiefliegenden Augen. Sie sind haselnussbraun, aber in diesem Licht sehen sie grün aus. Meine Augen driften zu seinen Lippen. Er neigt dazu, darüber zu lecken, wenn ihm etwas unangenehm ist. Damals in der Highschool hat das schon viele Mädchen schwach gemacht. Ich bin mir nicht sicher, ob ihm das bewusst war.

"Alice? Hast du gehört, was ich gesagt habe?"

"Ja", flüstere ich. "Ja, natürlich."

"Ich liebe dich, Alice." Er ergreift meinen Arm. Ein Kribbeln läuft mir den Rücken herunter. Sein Griff ist fest und stark. Einen potentiellen Arbeitgeber würde er damit beeindrucken.

"Hudson, bitte." Ich schüttle ihn mit einem Achselzucken ab. "Du bist betrunken."

"Hey! Ich bin nicht betrunken." Er zieht

mich näher zu sich heran. Jetzt kann ich nicht widerstehen. Ich hatte nur einen Drink, aber ich bin ein Leichtgewicht.

"Okay, vielleicht bin ich ein bisschen betrunken, aber denk dran, was du immer gesagt hast."

"Was denn?" Ich kann kaum atmen. Wir sind uns so nah, dass ich seinen Atem auf meinen Lippen spüre.

"Was du immer über das Betrunkensein gesagt hast. Dass Menschen ihre Hemmungen verlieren."

"Das sagen doch alle."

"Ja, aber du hast immer gesagt, dass Alkohol nicht lügt und dein wahres ich zum Vorschein bringt. Es ist, als ob die Menschen ohne ihre Hemmungen frei sind, ehrlich mit sich selbst und darüber, wer sie sind. Wenn ein Mensch also wirklich ein Idiot ist, dann ist er auch ein massiver Idiot, wenn er betrunken ist. Wenn er ein netter Kerl ist, wird er noch netter sein, wenn er betrunken ist."

"Okay, na und?""

"Na und? Na ja, ich bin betrunken und ich sage dir, dass ich dich liebe."

Er lehnt sich näher an mich heran. Unsere Lippen berühren sich fast. Er fährt mit seinen Fingern meinen Hals hinunter. Ich schließe meine Augen. Das alles ist falsch. Das sollte nicht passieren. Das wird alles noch viel komplizierter machen. Ich weiß das alles, aber ich kann immer noch nicht die Kraft aufbringen, ihn aufzuhalten. Ich möchte ihn küssen. Ich möchte ihn berühren.

Er presst seine Lippen auf meine. Ich küsse ihn zurück und erwidere seinen Kuss. Ich will mehr.

"Oh mein Gott, das hat ewig gedauert, Alice! Nächstes Mal gehst du!", sagt Peyton. Unser kurzer Moment der Indiskretion zerbricht in der Realität.

"Oh, es tut mir so leid", sagt sie und beginnt, wieder durch das Fenster zu klettern.

"Nein, nein, ist schon gut", sage ich. Mit einer Hand halte ich sie auf, mit der anderen schiebe ich Hudson von mir weg.

Er leckt sich wieder die Lippen und schenkt mir ein Lächeln.

"Hudson wollte gerade gehen", sage ich. Ich schiebe ihn zum Fenster.

"Es tut mir leid, Alice", sagt er. "Vergiss es nicht, okay? Es tut mir wirklich leid und ich liebe dich wirklich."

"Okay, Hudson. Gut, Hudson." Ich rolle die Augen und drehe mich wieder zu Peyton um. "Was?"

"Nichts." Sie zuckt mit den Schultern und lächelt frech. "Ich gehe nur für eine Minute weg und schon fängst du an zu knutschen."

"Wir haben nicht geknutscht! Er ist einfach zu mir gekommen und hat mich in die Enge getrieben."

"Ja, ich habe gesehen, wie du dich gewehrt hast."

Ich rolle mit den Augen und schnappe ihr meinen Martini aus der Hand.

14

Lieber Hudson,

DANKE, dass du auf die Feuertreppe gekommen bist und mich geküsst hast. Ich weiß, dass du betrunken warst, aber ich weiß auch, dass es wahr ist, was du gesagt hast. Du liebst mich wirklich. Vielleicht liebst du mich für immer und es tut dir leid, was passiert ist. Gestern Abend auf der Feuertreppe war das erste ehrliche Gespräch, das wir hatten, seit wir hier sind. Kein nebensächlicher Small-Talk wie "Wie läuft dein Unterricht?" oder "Ist der Professor nicht echt nervig?". Gestern Abend hatte ich zum ersten Mal das Gefühl, dass wir tatsächlich miteinander *gesprochen haben. Uns menschlich begegnet sind. Vielleicht ist dies der erste Schritt. Nicht zu einer Versöhnung, sondern zu einer wirklichen Freundschaft, denn ich liebe dich auch, und ich bin mir nicht sicher, ob sich das in nächster Zeit ändern wird.*

IN LIEBE
Alice

15

Z wei Wochen später

ICH HABE Tea Albright in meinem Kurs für
amerikanische Literatur kennengelernt. Ich
habe fast jedes Buch auf dem Lehrplan
gelesen und fühle mich trotzdem immer
noch überfordert. Tea und ich sind zwei der
wenige Erstsemester im Kurs und so sehr ich
es genieße, ist mir auch klar, warum die
meisten Menschen ein oder zwei Jahre
warten, um ihn zu belegen. Tea hat einen
großartigen Sinn für Humor und ich habe
wirklich Glück gehabt, dass sie mit mir hier

im Kurs ist. Heute, nachdem sie mir eine strenge, aber ermutigende Kritik für meinen Aufsatz über die Rolle der Klassen im *Great Gatsby* gegeben hat, haben wir uns über den ganzen Trend, Hochzeiten und Geburtstagsfeiern unter dem Motto vom *Great Gatsby* zu veranstalten, unterhalten.

"Das Buch handelt von diesem wirklich traurigen Mann, der einen Haufen Geld verdient, nur um diese Frau zu umwerben, in die er schon immer verliebt war. Aber am Ende reicht sein ganzer Reichtum immer noch nicht aus. Am Ende bekommt er sie trotzdem nicht. Das ist wirklich tragisch", sagt Tea. "Und all diese Leute mit ihren großen Gatsby-Geburtstagsfeiern ... ich meine, was denken die sich dabei?"

Ich lache. "Ich denke, dass die meisten das Buch gar nicht gelesen haben."

"Und einfach nur den Film und die Hochzeitsbilder angeschaut haben?"

"Selbst wenn sie den Film gesehen hätten, wäre das dann nicht auch offensichtlich? Es ist nicht so, als hätte es im Film geklappt", sage ich.

Wir brechen in Gelächter aus.

"Hey, möchtest du nach dem Unterricht zu mir kommen? Abhängen? Mein Mitbewohner kommt erst spät nach Hause. Ich habe die neue Adele-CD. Ich hätte gern jemanden, mit dem ich sie mir anhören kann."

"Oh, ich weiß genau, was du meinst. Das vermisse ich auch sehr. Wir können sie laut aufdrehen und uns in den Schnulzen suhlen."

Ich lache. "Manchmal ist es schön, traurig zu sein. Nicht wirklich traurig. Nur traurig wegen einem Text", sage ich.

"Traurig zu sein, stellvertretend als Folge von Adele und ihrem wahnsinnigen Gesangstalent, ist viel besser, als im wirklichen Leben traurig zu sein", stellt Tea fest. "Ich würde ja gerne, aber können wir das verschieben?"

"Ja, klar." Ich zucke mit den Achseln.

"Ich schreibe im Moment mit jemandem und wir wollten uns heute Nachmittag treffen."

"Was? Wirklich?" Ich freue mich für sie und bin aufgeregt über die Neuigkeiten. "Wer ist er? Wie lange seid ihr schon zusammen? Erzähl mir alles!"

Ich bin etwas überstürzt, aber es gibt nichts Besseres, als vom neuen Liebesleben einer Freundin zu hören. Alles ist so frisch und unbekannt. Die Welt ist offen für alle Möglichkeiten. Es fühlt sich an, als könne alles passieren, und das Beste ist, dass man es selbst nicht durchmachen muss. Man selbst geht kein Risiko ein. Einem selbst wird nicht das Herz gebrochen.

"Ich habe ihn in der Cafeteria kennengelernt. Er ist groß und süß und wirklich heiß. Ehrlich gesagt, weiß ich nicht wirklich, warum er sich mit mir trifft."

"Was meinst du?", frage ich.

"Ach, komm schon. Wenn du ihn siehst, weißt du, was ich meine. Er sieht aus wie ein griechischer Gott. Braun gebrannt. Schlank Stark. Und ich ... na ja, du weißt schon."

"Tea, bitte." Ich hasse es, sie so über sich selbst reden zu hören. Es macht mich sowohl wirklich traurig als auch wütend genug, um sie wachzurütteln. Sie muss damit aufhören. "Tea, du bist wunderschön."

"Alice ..."

"Tea, du bist wunderschön. Wie oft muss ich dir das noch sagen, damit du es glaubst?"

"Okay, nun, wenn du ihn jemals kennenlernst, wirst du es verstehen."

Ich seufze. Tea hat ein wunderschönes Gesicht und schönes Haar und einen kurvigen Körper. Sehr kurvig. Vielleicht ist sie ein bisschen mollig, aber man würde ihr nie anmerken, dass sie sich unwohl fühlt. Während ich immer krumm stehe, steht sie immer gerade und aufrecht. Sie schiebt ihre Doppel-D-Körbchen vor sich her vor sich her und hält den Kopf hoch.

"Du bist ein hoffnungsloser Fall", sage ich.

"Du bist so süß, Alice. Aber im Ernst, ich wiege fast 90 Kilo. Ich bin mir sehr wohl bewusst, wie ich aussehe. Ich weiß nur ... ich weiß nicht."

Für einen Moment sieht sie unglaublich traurig aus.

"Was? Was ist los?"

"Ich hoffe nur wirklich, dass das kein Scherz ist. Dieser Typ ist nicht irgendein durchschnittlicher Studienanfänger, Alice. Es ist, als wäre er ein Abercrombie & Fitch-

Modell. Ich hoffe also, dass diese ganze Sache zwischen uns, ich hoffe einfach, dass er mich nicht verarscht."

"Oh mein Gott! Ein Scherz? Wie kommst du überhaupt darauf?"

"Weil es mir einmal in der High School passiert ist. So ein wirklich beliebter Kerl hat mich nach einem Date gefragt. Ich habe mich wirklich gefreut. Ich konnte es nicht glauben. Und dann fand ich heraus, dass er mich nur wegen einer Mutprobe um ein Date gebeten hatte. Es war ein Witz zwischen ihm und seinen Freunden. Ich war ein Witz."

"Du warst kein Witz. Er ist ein Arschloch", sage ich.

Wir fangen an zu lachen. Irgendwie haben wir es geschafft, fast die gesamte Peer-Review-Stunde damit zu verbringen, über etwas anderes als unsere Aufsätze zu reden.

"Na ja, viel Spaß mit deinem neuen Freund heute", sage ich und packe meine Unterlagen in meine Tasche. "Ich bin sicher, dass er echt ist. Du brauchst dir keine Sorgen zu machen."

Sie sagt gar nichts. Als ich zu ihr

aufschaue, hat sie einen besorgten Gesichtsausdruck.

"Alice, würdest du bitte mit mir kommen? Ich möchte mir einfach eine zweite Meinung einholen."

"Ich verstehe nicht, was du meinst."

"Er wohnt in deinem Wohnkomplex. Ich will nur, dass du mit mir hingehst, einen Moment mit ihm plauderst und mir dann deine Meinung sagst. Ob er es ernst meint oder nicht. Ich möchte nur etwas moralische Unterstützung."

Ich zucke mit den Achseln. "Na klar. Obwohl ich mir ehrlich gesagt nicht sicher bin, ob ich so eine große Hilfe sein werde."

"Bitte? Ich habe ihn bis jetzt nur einmal getroffen. Ich würde mich dann einfach besser fühlen."

Ich stimme zu.

TEA und ich machen uns auf den Weg zurück zu meiner WG. Ich spüre, dass sie immer ängstlicher wird, je näher wir seinem Wohnheim kommen. Ich versuche, sie zu beruhigen, indem ich über das Wochenende und all die Partys spreche, die auf dem Campus stattfinden.

"In welchem Stockwerk wohnt er?", frage ich im Aufzug.

"16", sagt sie und drückt den Knopf.

"Das ist mein Stockwerk!"

"Wirklich? Oh mein Gott, was ist, wenn ihr euch schon kennt? Das wäre so toll. Dann kannst du sagen, wie er wirklich ist."

Ich zucke mit den Achseln. Sie könnte zwar Recht haben, aber ich kenne kaum Leute auf meiner Etage. Ich kenne zwar die meisten Namen, glaube ich, aber ich bin nicht so sozial, wie ich wahrscheinlich sein sollte. Ich bin mir nicht sicher, wie viele Informationen ich ihr wirklich geben kann.

Die Fahrstuhltüren öffnen sich und wir betreten den Flur.

"Weißt du, welches Zimmer?", frage ich.

Tea beginnt, ihre Tasche zu durchwühlen. "Ja, ich habe es hier irgendwo."

Aus den Augenwinkeln sehe ich Hudson und Dylan, wie sie den Flur herunterkommen.

"Tea?", fragt Hudson.

"Hudson! Hey." Tea wirft ihre Arme um seinen Hals und umarmt ihn warm.

Dann trifft es mich. Scheiße! Oh, Scheiße! Das kann doch nicht wahr sein, oder?

Scheiße!

Scheiße!

Scheiße!

"Das ist meine Freundin Alice", stellt mich Tea vor. Sie hat noch nicht gemerkt, dass etwas nicht stimmt.

"Ja, ich weiß", murmelt er.

Ich starre Hudson an, als ob wir in einem intensiven Anstarr-Wettkampf stecken würden. Ich fühle, wie Tea mich ansieht, aber ich kann mich nicht dazu durchringen, es ihr zu sagen. Ich habe nicht einmal die Energie, meinen Blick mit Hudson zu brechen.

"Ihr kennt euch?" Tea wendet sich zu ihm und dann wieder zu mir. "Alice? Was geht hier vor sich?"

"Ähm", fange ich an, aber meine Stimme bricht ab. "Hudson ist ... mein ... Ex-Freund."

Ich blicke von Hudson weg und wende mich Tea zu. Ihr Gesichtsausdruck ist geschockt. Es ähnelt dem, wie ich mich in diesem Moment fühle. Ich weiß nicht genau, wie, aber schließlich gelingt es mir, mich zu entschuldigen und in mein Zimmer zu gehen. Ich habe das Gefühl, Tea eine Erklärung schuldig zu sein, aber ich habe nichts zu erklären. Ich hatte keine Ahnung, dass Hudson der Typ war, von dem sie schwärmte. Diese ganze Situation ist einfach nur falsch.

In den ersten fünfzehn Minuten, die ich in meinem Zimmer bin, warte ich darauf, dass Tea oder Hudson oder sogar Dylan hereinplatzen und sich entschuldigen. Wenigstens mit mir reden, aber niemand kommt herein. Also ziehe ich stattdessen meinen Pyjama an, ziehe meinen BH aus und setze meine Kopfhörer auf.

Ich höre Adeles Lied "Hello". Ich drehe die Lautstärke auf und schreie innerlich, liege auf meinem Bett und starre an die Decke.

Was ist das für ein Gefühl, das nach einer Trennung die Seele überzieht? Einem wird schlecht, es verstopft einem die Ohren und macht die ganze Welt trüb und ein wenig dunkel.

Dann trifft es mich.

Ich falle.

Ich fühle mich, als ob ich fallen würde, und ich fühle mich, als ob ich fallen würde, seitdem wir uns getrennt haben.

Es ist komisch, in ständiger Bewegung zu sein, ohne dass das Ende in Sicht ist. Es ist, als wäre ich von einem Gebäude gefallen (oder vielleicht bin ich gesprungen) und würde seither immer weiter fallen. Manchmal bin ich langsamer geworden; bis jetzt bin ich noch nicht mit voller Geschwindigkeit gefallen. Jetzt falle ich sogar noch schneller. Vielleicht bedeutet das, dass ich der Erde näher komme? Dass ich bald mit ihr kollidiere?

Ich schließe meine Augen. Ich öffne sie. Ich starre an die Decke. Ich drehe mich wieder auf den Bauch und schaue aus dem Fenster. Die Tage werden jetzt kürzer. Es ist noch früh, aber es dämmert bereits. Irgendwo in der Ferne höre ich einen Krankenwagen den Broadway hinunterrasen, seine Sirenen kommen immer näher. Ich drehe die Musik auf.

Hudson und ich haben seit unserem Kuss nicht mehr viel geredet. Ich hatte nicht erwartet, dass wir das tun würden, aber ich wollte irgendwie, dass er es versucht. Doch als er mir ein paar Tage lang aus dem Weg gegangen war, gab ich ganz auf. Dieser Kuss war nur ein Zwischenfall in unserer ansonsten nicht existenten Beziehung. Trotzdem hatte ich nicht erwartet, dass er sich so schnell wieder mit anderen Frauen treffen würde. Warum konnte er nicht einfach herumvögeln wie ein normaler, College-Junge, der Single ist? Warum musste er mit Tea ausgehen? Ich mag Tea. Sehr gern.

16

L iebe Tea,

danke, dass du meine Freundin bist. Es tut mir so leid, dass dein neuer Freund mein alter Freund ist. Wir beide hätten eine Menge Herzschmerz, Enttäuschung und Ängste vermeiden können, wenn wir einfach direkt seinen Namen gesagt hätten. Hudson. Es ist so ein kleines Wort, und doch hat es einen großen Einfluss auf unser Leben. Oder etwa nicht? Ich kann es kaum glauben.

Na ja, ich schreibe dir diesen Dankesbrief, um dir mitzuteilen, dass ich loslasse. Der Kuss, den Hudson und ich vor zwei Wochen geteilt haben, hätte vielleicht etwas bedeuten können, aber ich werde ihn loslassen. Ich lasse ihn hinter mir. Ein für alle Mal.

Du kannst ihn haben. Er ist ein toller Typ, aber er ist nicht mehr mein Typ. Das weiß ich. Ich versuche, darüber hinweg zu kommen. Nein, ich versuche es nicht. So soll man es doch machen, oder? Es gibt nur Tun und Nicht-Tun. Also: Ich komme darüber hinweg. Ab jetzt ...

Also, Tea, ich will mich bei dir bedanken. Danke, dass du da warst. Danke, dass du mir endlich klargemacht hast, dass es vorbei ist und dass es mir bald besser gehen wird.

IN LIEBE
Alice

ICH LEGE MEINEN STIFT WEG. Ich sollte meinen *Great Gatsby*-Aufsatz schreiben. Die Deadline ist in drei Tagen und ich habe nicht einmal eine Thesenerklärung geschrieben, aber diese Danksagungskarte war wichtiger. Ich denke über Tea und Hudson nach, seit ich sie gestern zusammen gesehen habe. Beim Schreiben dieser Danksagungskarte hatte ich zum ersten Mal das Gefühl, dass bald alles wieder gut sein würde.

"Okay, Girl." Juliet kommt mit zwei Nordstrom-Taschen herein. "Genug Trübsal geblasen. Liebt er mich? Wird er mich lieben? Was bedeutet dieser Kuss? Oh, nein, jetzt hat er eine Freundin. Kann er mich je wieder lieben?"

Es ist schwer, im Wohnheim Geheimnisse zu bewahren, und es ist besonders schwer, Geheimnisse vor Juliet zu bewahren. Ich kann mir ein Lächeln nicht verkneifen.

"Ich weiß. Ich bin erbärmlich, oder?", sage ich.

"Vielleicht ein bisschen. Aber du bist kein hoffnungsloser Fall."

"Gut. Das klingt besser."

"Also, bist du bereit? Dich zu beweisen?"

"Ja, klar." Ich zucke mit den Achseln.

Juliet sieht nicht überzeugt aus. "Dylan hat dieses Wochenende Geburtstag und er schmeißt eine große Party im Haus seines Vaters im Central Park."

"Bist du dir sicher? Ich hätte nicht gedacht, dass er ihm das erlaubt."

Juliet starrt mich verblüfft an. "Ich erzähle dir von der Geburtstagsparty unseres Mitbewohners, und alles, worauf du dich konzentrierst, ist, ob er das überhaupt darf? Es ist ziemlich schwierig, dich zu beeindrucken, Alice." Ich zucke mit den Achseln und lächle. "Ich weiß nur, dass er die Party dort feiert, und ich habe dir ein Kleid besorgt, das meiner Meinung nach perfekt zu dir passt."

"Du hast mir ein Kleid besorgt? Und warum?"

"Weil ich es leid bin, dass du die ganze Zeit mit derselben Pyjamahose rumläufst. Und zum Unterricht mit derselben Jeans. Ehrlich gesagt habe ich mal deinen ganzen Kleiderschrank durchwühlt und festgestellt, dass du dringend neue Kleidung für Erwachsene brauchst. Diese Party wird schick. Die ist im Central Park. Keine typische College-Party und du brauchst eine Veränderung in deinem Leben. Dieses Kleid ist genau das Richtige."

Sie hat natürlich Recht. Juliet hat immer Recht. Ich bewundere oft, wie einfach alles für sie ist. Sie denkt nicht zu viel über alles nach. Sie macht sich keine Sorgen über Dinge, die sie nicht ändern kann. Sie lebt einfach ihr Leben. Sie hat auch die Theorie, dass man mit der richtigen Kleidung alles im Leben erreichen kann. Wenn man also einen bestimmten Job will, braucht man nur die richtige Kleidung. Das perfekte Kostüm. Sie ist eine geborene Schauspielerin und lebt ihr Handwerk.

Ich sehe mir das Kleid an, das sie für mich ausgesucht hat. Wenn ich mit ihr in den Laden gegangen wäre, hätte ich mir ein einfaches schwarzes Kleid ausgesucht. Es ist nicht so, dass ich ein großer Fan von Coco Chanel oder dem kleinen Schwarzen bin, es ist nur so, dass das schwarze Cocktailkleid so ziemlich das Einzige ist, was ich über die Klamotten-Etikette von Cocktailpartys in der Stadt weiß. Juliet hat mich wieder einmal überrascht. Das Kleid, das sie vor mir hochhält, ist leuchtend blau mit einer engen Taille und einem V-Ausschnitt. Der Rock wölbt sich nach außen.

Meine erste Reaktion ist eindeutig. Auf gar keinen Fall. Das bin ich nicht.

"Diese Farbe passt hervorragend zu

deiner Haut und deinen Haaren", sagt sie. Ich entscheide mich dafür, ihren Instinkten zu vertrauen.

Juliet wartet darauf, dass ich mir das Kleid über den Kopf ziehe. Ich bitte sie, sich umzudrehen, und sie gibt widerwillig nach.

"Wir wohnen zusammen! Wenn wir uns nicht nackt sehen können, wer dann? Außerdem bin ich diejenige, die sich für ihren Körper schämen sollte", schimpft sie weiter. Ich ignoriere sie einfach. Genauso wie sie gelernt hat, mein Bedürfnis nach Veränderung im Privaten zu akzeptieren.

Juliet macht mir den Reißverschluss zu, während ich vor unserem Türspiegel stehe. Das Kleid reicht knapp bis über meine Knie. Der kreisrunde Rock fällt in Wellen um meine Hüften.

"Ist das nicht einfach der Hammer, wie schmal deine Taille darin aussieht? Das sieht ja schon sonst gut aus, aber das Kleid bringt es noch besser zur Geltung."

"Ja, stimmt." Ich gebe es nur ungern zu. Ist das wirklich dasselbe Kleid, das vor ein paar Minuten auf meinem Bett lag? "Und meine Brüste sehen mega gut darin aus!"

"Und? Wo bleibt mein Dank?" Juliet mustert mich und wartet darauf, dass ich mich bei ihr bedanke.

"Vielen lieben Dank. Das Kleid ist wunderschön", sage ich und lege meine Arme um ihre Schultern. "Ich liebe es wirklich."

"Okay, gut." Sie lächelt.

"Wie viel schulde ich dir?", frage ich.

"Nichts."

"Nein, im Ernst. Ich gebe dir das Geld natürlich zurück. Es ist von Nordstrom."

"Nein, im Ernst, das passt schon", sagt sie ernst. "Ich werde kein Geld annehmen, aber du kannst mich auf andere Weise bezahlen", sagt sie mit einem schelmischen Augenzwinkern.

"Alles, was du willst."

"Versprichst du mir, es zu tun?", fragt sie und verschränkt die Arme über ihrer Brust. "Du musst es versprechen, bevor ich es dir sage."

"Okay, ich verspreche es", sage ich nonchalant, obwohl ich die Entscheidung bereits bereue.

"Du musst mir versprechen, auf der

Party jemanden zu küssen. Einen Kerl. Einen süßen Typen."

Ich rolle mit den Augen.

"He, du hast es versprochen!", sagt sie und zeigt mit ihrem Finger auf mich.

"Okay, okay. Ich werde es versuchen", sage ich. Ich betrachte mich im Spiegel. Ich sehe wirklich wunderschön aus. Während ich das Kleid zurechtrücke, erwische ich das Etikett, das noch unten dran hängt. Plötzlich wird mir der Wert dieses Kleides erst bewusst.

Meine Fresse! Ich habe noch nie so ein teures Kleid angehabt.

"Juliet, das ist zu teuer. 450 Dollar sind zu viel. Du musst es mich bezahlen lassen."

"Du bezahlst doch dafür. Du wirst auf der Party jemanden küssen. Das wird schon Mühe genug sein, also werde ich auf meine Kosten kommen."

"Und was bringt dir das genau?"

Juliet lehnt sich näher an mich heran. "Alice, Liebling, ich würde dreimal so viel bezahlen, wenn das bedeuten würde, dass ich keine Mitbewohnerin mehr hätte, die in unserem Zimmer chillt und den ganzen Tag an ihren Ex denkt."

"Das tue ich gar nicht!", sage ich, aber ich weiß, dass das nicht wahr ist. Ich hatte nur gehofft, dass niemand mitbekommt, wie sehr mich die Sache mit Hudson beschäftigt. Anscheinend hat das nicht funktioniert.

"Doch. Aber hoffentlich hört das nach diesem Wochenende auf", sagt sie. Dann wird ihr Tonfall richtig ernst. "Alice, ich will dir nur zeigen, was du verpasst hast."

"Und was genau soll das sein?"

"Das Leben als heiße, achtzehnjährige Single in der coolsten Stadt der Welt. Das kann das beste Jahr deines Lebens werden, wenn du deine Karten richtig ausspielst."

Ich denke einen Moment darüber nach. Juliet hat Recht. Natürlich hat sie Recht. Ich habe mich durch die ganze Situation mit Hudson davon abhalten lassen, wirklich rauszugehen und mein Leben zu genießen. Das habe ich verdient. Zumindest laut dem *Oprah Magazine*. Ich weiß das auf intellektueller Ebene, aber es ist an der Zeit, dass ich es auch fühle. Ich verdiene es, glücklich zu sein. Ich verdiene es, Spaß zu haben.

"Das klingt gut", sage ich. Ich lehne mich auf meinem Bett zurück und sehe zu, wie Juliet ihr Kleid anzieht. Dieses Wochenende wird mein zweiter Versuch sein. Mein Neuanfang.

17

Dylans Party ist bereits in vollem Gange, als Juliet und ich ankommen. Ich war noch nie in einer so schönen Wohnung. Es ist ein erstaunliches Eckgrundstück mit einer riesigen Terrasse. Dylan gibt uns einen Rundgang durch das Wohnzimmer, das Esszimmer, zwei Master Suites und die drei Badezimmer. Jedes Zimmer ist in einer Ecke und hat Zugang zur Terrasse und insgesamt sind es mehr als 1000 Quadratmeter Außenfläche. Fast jedes Fenster hat eine Aussicht auf den Park.

"Das ist das Beste an den Vorkriegs-

Eigentumswohnungen mit Full Service und Blick auf den Park ", erklärt Dylan. "Es war praktisch ein Schnäppchen für 6 Millionen Dollar."

Meine Kinnlade klappt herunter. Ich wende mich an Juliet, aber sie scheint nicht beeindruckt zu sein. Ich lebe noch nicht lange in New York, aber mir ist aufgefallen, dass nur wenige echte New Yorker wirklich beeindruckt zu sein scheinen. Anders als in LA, wo sich die Leute über die kleinsten Dinge freuen und aufgeregt sind, wenn sie zum Beispiel Kaffee im selben Café wie Seth Rogen trinken. Ich bin mir nicht sicher, ob die Los Angelenos einfacher zu beeindrucken sind als die New Yorker. Aber ich bin mir sicher, dass sie es zumindest nicht zeigen.

Während Dylan uns unsere Getränke einschenkt, schaue ich mich nach den anderen Gästen der Party um. Ehrlich gesagt, wusste ich nicht, was mich erwartet. Ich dachte, dass es entweder eine elegante Angelegenheit oder eine typische College-Party werden würde. Das hier ist ein Mix aus beidem. Ein Haufen College-Kids in teuren Anzügen und zehn Zentimeter hohen Christian-Louboutin-High-Heels, roten Plastikbechern und Bierpong.

Dann sehe ich sie aus dem Augenwinkel. Hudson und Tea. Sie tanzen zu Taylor Swift. Scheiße!

"Hey. Hey, Alice!" Juliet zerrt an meinem Arm. Ich schaue zu ihr auf.

"Du hast sie fast eine Minute lang angestarrt."

Ich verdrehe meine Augen. "Und?"

"Und? Ich möchte dich an ein kleines Versprechen erinnern, das du mir gegeben hast. Jemanden heute Abend zu küssen? Erinnerst du dich daran?"

"Ja, ich erinnere mich. Die Nacht ist noch jung", sage ich.

"Ja, das stimmt zwar, aber das wird sich ändern, wenn du deine Zeit damit verschwendest, deinen Ex und seine neue Freundin anzustarren."

"Ach, halt die Klappe." Ich mache auf dem Absatz kehrt und gehe weg. Es sieht zickig aus, aber ich meine es nur aus Scherz. Ich bin froh, dass sie mich aus der Trance geholt hat. Jetzt brauche ich nur einen Moment, um mich zu sammeln.

Die Tür zu einem der Räume ist angelehnt. Perfekt. Ich brauche etwas Privatsphäre. Ich drücke die Tür auf und betrete ein großes, geräumiges Büro. Ich schaue mich um und betrachte das prächtige Einbauregal, das drei Wände des Raumes auskleidet.

"Es gibt so viel Mahagoni in diesem Raum, dass ich mich frage, ob es noch welches in Mittelamerika gibt", sagt Dylan.

"Oh mein Gott, hast du mich erschreckt!" Ich springe auf. "Tut mir leid, dass ich hier drin bin. Da draußen wurde ich gerade etwas klaustrophobisch."

"Ja, seinen Ex mit einem Date zu sehen, wem würde das schon gefallen, hm?" Er lächelt. Ich weiß, Dylan meint es gut, aber manchmal kann er so ein Arschloch sein.

"Und warum versteckst du dich?", frage ich. Er zuckt mit den Achseln und kommt näher an mich heran.

Mann, der sieht wirklich gut aus. Er hat definierte Arme und einen starken Kiefer. Freundliche Augen.

"Deine Haare sind so schön", sagt er und sieht mich an. Normalerweise trage ich mein Haar hochgesteckt mit einem Pferdeschwanz oder einem lockeren Dutt, aber heute habe ich sie offen, so wie Juliet es mir empfohlen hat. Außerdem trage ich Lippenstift. Schimmernd und rosa. Er fühlt sich klebrig an, aber er betont meine Lippen.

Ich lächle und flattere mit den Wimpern, als wäre ich eine Art Filmstar der 1960er Jahre oder Ginger von Gilligan's Island. Ich mache das nicht mit Absicht, aber Juliet hat mir falsche Wimpern aufgeklebt, und sie sind so schwer, dass ich meine Augenlider kaum heben kann.

Hinter Dylan steht eine Mauer aus Leichtathletiktrophäen.

"Wow, gehören die alle dir?", frage ich. Ein breites Lächeln überzieht sein ganzes Gesicht und erhellt den Raum.

"Nein, nicht alle. Einige davon gehören meinem Vater. Er war auch Läufer in der High School und auf dem College."

Seine Worte glühen vor Stolz, doch dann setzt ein Hauch von Enttäuschung ein.

"Familien sind kompliziert, nicht wahr?", sage ich. Er weiß, dass ich ein wenig darüber weiß, was zwischen ihm und seinem Vater passiert ist. Er hat kein Geheimnis daraus gemacht, dass sein Vater in Europa ist und diese Party ohne seine Zustimmung stattfindet.

"Es ist schon komisch, wie ähnlich wir uns eigentlich sind. Wie viel wir gemeinsam haben und wie viel wir immer noch nicht übereinander wissen", sagt er.

"Vielleicht sind die Dinge, die man nicht voneinander versteht, die Dinge, die man über sich selbst nicht ganz versteht. Vielleicht ist es gerade das, was es so schwer macht", sage ich.

"Vielleicht." Er zuckt mit den Achseln und wechselt das Thema. "Ach, genug von der Enttäuschung, die ich für meinen Vater bin. Das ist immerhin eine Party, oder? Amüsierst du dich gut?"

"Definitiv." Ich nicke und nehme einen Schluck von meinem Drink. "Oh, also, was ich noch fragen wollte. Wie geht es Peyton?"

Der Gesichtsausdruck von Dylan wird

etwas bedrückt, aber nicht so sehr, dass ich ihm wirklich viel Aufmerksamkeit schenke.

"Ihr geht's gut." Er zuckt mit den Achseln. "Sie hat es heute Abend nicht geschafft. Hatte was mit der Uni zu tun."

"Oh, das tut mir leid. Na ja, danke, dass ich wenigstens hier sein darf, um mit dir zu feiern."

Ich schlinge meine Arme um seinen Hals und gebe ihm eine kurze Umarmung. Plötzlich ändert sich etwas. Es ist unheimlich, wie es möglich ist, dass man innerhalb eines kurzen Moments von einer Existenzebene in die anderen eintauchen kann. Na ja, genau das ist passiert.

Ich umarme Dylan als Freundin und Mitbewohnerin, und in unserem kurzen Moment schießt mir ein Gedanke durch den Kopf. Was wäre, wenn ich ihn küsse? Als ich mich von ihm zurückziehe, sehe ich nicht mehr Dylan, meinen Mitbewohner und Freund. Stattdessen hat sich dieser Dylan irgendwie in jemand anders verwandelt: in meinen Liebhaber.

Dann tue ich etwas noch Verrückteres,

als einfach nur einen verrückten Gedanken
zu denken.

Bevor ich mich ganz zurückziehe, lehne
ich mich nach vorne und presse meine
Lippen auf seine. Er schmeckt nach Wodka
und Oliven und seine Lippen sind weich und
warm. Bei der ersten Berührung gibt es
einen Moment des Zögerns. Ich fühle, wie
sein Körper fragt, was vor sich geht, und
warte darauf, dass er mich wegstößt. Er
überrascht mich. Dylan nimmt mich in seine
Arme und drückt seinen Körper nahe an
meinen. Als er mit seiner groben Zunge
über die Innenseite meiner Lippen fährt,
fühlen sich meine Beine an, als ob sie
eingeschlafen wären.

"DU HAST DYLAN GEKÜSST? Dylan?
Unseren Mitbewohner Dylan?", fragt Juliet
um 5 Uhr morgens in unserem Zimmer. Ich
kann mich nicht erinnern, wie ich nach
Hause gekommen bin; ich weiß nicht
einmal, ob wir die U-Bahn oder ein Taxi

genommen haben, aber ich erinnere mich ganz genau an diesen Kuss.

"Hey, ich habe versprochen, dass ich heute Abend jemanden küsse, oder? Na ja, ich habe es getan", sage ich und drehe mich auf die Seite, um ihr ins Gesicht zu sehen.

"Als du mir das Versprechen gegeben hast, wollte ich, dass du jemanden *Neues* küsst. Nicht einen anderen Mitbewohner von uns."

"Na ja, dann hättest du genauer sein sollen." Ich lächle.

"Okay, gut." Juliet rollt mit den Augen. "Mach, was du willst. Ich will nur nicht, dass du verletzt wirst, okay? Du weißt, dass ich nur auf dich aufpasse."

"Du brauchst nicht auf mich aufzupassen", sage ich. "Dylan ist ein netter Kerl. Das weißt du."

"Ja, das weiß ich. Ich weiß auch, dass seine Freundin Peyton, mit der er zwei Jahre zusammen war, heute mit ihm Schluss gemacht hat. An seinem Geburtstag. Er ist also nicht gerade im besten Geisteszustand, um etwas mit ihm anzufangen."

Juliet redet weiter, aber ich höre nicht mehr zu, nachdem sie Peyton erwähnt hat.

Peyton. Natürlich, Peyton.

Ich hatte Peyton völlig vergessen. Ihre bloße Existenz.

"Sie haben sich getrennt?", frage ich. Ich kann nicht glauben, dass sie sich getrennt haben.

Andererseits hat sie mir auch erzählt, dass sie sich öfter trennen und sich dann wieder versöhnen.

Als ob sie wüsste, was ich denke, sagt Juliet: "Es sieht so aus, als ob es diesmal endgültig sein könnte."

Ich weiß nicht, was ich sagen soll. Ich weiß nicht, ob ihre Trennung eine gute Sache ist. Ich weiß nicht, ob ich will, dass sie noch zusammen sind. So oder so ist es kompliziert.

"Okay, gut, vielleicht war das keine so gute Idee", gebe ich schließlich zu. Ich erwarte teils, dass Juliet schadenfroh ist, aber sie überrascht mich. Anstatt sich zu freuen, dass sie Recht hatte, wirft sie mir nur einen mitfühlenden Blick zu.

"Auf der anderen Seite", sagt sie, "war es

doch nur ein Kuss, oder? Keine große Sache."

Ja, vielleicht nicht. Aber vielleicht doch. Dylan ist die erste Person, die ich geküsst habe, seitdem das mit Hudson angefangen hat, seit zwei Jahren.

Na ja, abgesehen von diesem anderen Kerl ...

18

Sein Name war Darren. Ich war in der Oberstufe der High School. Hudson und ich hatten seit sieben Monaten eine Fernbeziehung und Darren war mein Partner in AP Physics. Wir waren vier Jahre lang auf derselben Schule gewesen, aber ich hatte ihn erst im Januar kennengelernt. Tatsächlich hatte ich ihn noch nie zuvor gesehen. Er schwor, dass er mich schon vorher gesehen hatte, aber ich war mir nicht so sicher.

Darren hatte kurzes dunkles Haar, die Farbe von gerösteten Kastanien und entwaffnende blaue Augen. Im Gegensatz zu Hudson war er ruhig und etwas schüchtern.

Er machte nie geistreiche Bemerkungen oder Witze im Unterricht. Er hob selten die Hand, geschweige denn beantwortete er Fragen direkt, ohne gefragt zu werden.

Er war im Grunde das Gegenteil von allem, was ich an Hudson liebte. Dennoch fühlte ich mich unerklärlicherweise zu ihm hingezogen. Im ersten Monat liebte ich es, wie er mich zum Lachen brachte, und schätzte unsere Freundschaft sehr. Irgendwann Mitte Februar, um den Valentinstag herum, fing ich an, etwas mehr zu fühlen.

Am Abend vor unserem Projekt blieb ich bis spät in die Nacht bei ihm, während wir der Präsentation den letzten Schliff gaben. Nachdem wir sie ein letztes Mal durchgegangen waren, beschlossen wir, mit etwas Bourbon seines Vaters zu feiern. Nachdem wir ein volles Glas Bourbon getrunken hatten, waren unsere Hemmungen etwas gelockert. Selbst jetzt weiß ich nicht, wie es dazu kam. Plötzlich lehnte er sich näher an mich heran. Er strich mir ein paar Haare aus dem Gesicht und küsste mich.

Ich hatte mir über meine Gefühle für Darren einige Zeit lang selbst etwas vorgemacht. Hudson war weg, und ich war einsam. Darren ... na ja, er war halt da. Er war lustig und sarkastisch und süß. Vor allem war er aber einfach nur da. Ich hatte keinen tiefen Wunsch, mit ihm zusammen zu sein, und ich gebe es nur ungern zu, aber wenn Hudson noch da gewesen wäre, hätte ich nicht weiter über Darren nachgedacht, aber ich hatte Hudson schon lange nicht mehr persönlich gesehen. Es war ein schönes Gefühl, in den Arm genommen zu werden.

Darren und ich haben fast eine Stunde lang rumgemacht. Es ging nie weiter als Küssen. Er hat mir einmal an den Hintern gegrapscht, aber ich habe ihn weggestoßen. Es war nur der Kuss, nach dem ich mich gesehnt hatte. Mit geschlossenen Augen gelangte ich in eine andere Zeit und an einen anderen Ort, an dem Hudson und ich zusammen waren und alles zwischen uns in Ordnung war.

Ich hörte die eiligen Schritte seiner Mutter die Treppe hinunterkommen, bevor sie hereinkam, und ich zog mich gerade noch rechtzeitig von Darren zurück. Sie wollte nur fragen, ob wir hungrig seien, und verschwand wieder nach oben, aber das reichte, um mich aus meiner Trance zu holen.

"Es tut mir leid. Ich kann das nicht", sagte ich zu Darren. "Ich habe einen Freund."

Seine Enttäuschung stand ihm ins Gesicht geschrieben, aber ich hatte mir größere Sorgen zu machen. Ich hatte Hudson betrogen.

In dieser Nacht konnte ich kein Auge zumachen. In der zweiten Nacht wälzte ich mich hin und her und hatte einen Alptraum, in dem Hudson jemand anderen kennengelernt hatte. Am nächsten Tag beschloss ich, es Hudson zu erzählen.

Ich habe ihm alles gesagt. Wie ich Darren kennengelernt habe. Dass wir Partner waren. Dass wir angefangen hatten, zusammen abzuhängen. Schließlich erzählte ich ihm von unserem Kuss. Unserem sehr langen Kuss. Für mehr als einen Moment war ich versucht, die Länge unseres Kusses auszulassen, aber ein Schmerz durchzuckte meinen Körper, und ich beschloss, ihm alles zu erzählen. Keine Halbwahrheiten. Die ganze Wahrheit.

Hudson hörte aufmerksam zu. Er stellte Fragen. Ich weinte und schluchzte und sagte ihm, wie leid es mir tat. Ich konnte den Schmerz, den ich ihm zugefügt hatte, durch das Telefon hören. Ich fühlte mich schrecklich, aber auch erleichtert. Ich hatte mich egoistischerweise entlastet und ihn im Gegenzug belastet.

"Ich brauche etwas Zeit, um darüber nachzudenken, Alice", sagte er schließlich. In seiner Stimme lag ein ungewohnter Tonfall. Es klang nach Enttäuschung und Niederlage. Ich hatte ihn noch nie zuvor so gehört und um meine Kehle schloss sich ein lähmender Schmerz.

"Es tut mir so, so leid", schaffte ich es herauszubringen, bevor er auflegte.

Diese Nacht war die längste Nacht meines Lebens. Ich habe nicht geschlafen. Ich habe mir nicht einmal die Mühe gemacht, meinen Schlafanzug anzuziehen. Ich lag einfach auf meinem Bett, zusammengerollt in der Fötusstellung, und

wartete. Die Zeit verging schnell und dann
langsam. Sie hatte für mich keine Bedeutung
mehr. Was, wenn es das war?, fragte ich
mich. Was, wenn es mit uns vorbei ist? Allein
der Gedanke daran erschreckte mich.
Warum war ich so erschrocken? Nicht nur,
weil ich Hudson liebte, sondern auch, weil
Hudson und ich ein Paar waren. Wir waren
so lange zusammen gewesen, dass ich ohne
ihn nicht mehr wusste, wer ich war.

Am nächsten Morgen rief mich Hudson
an. Er sagte, dass er verletzt sei, dass er aber
trotzdem mit mir zusammen sein wolle. Dass
wir das durchstehen würden.

Eine riesige Welle der Erleichterung
schwappte durch meinen ganzen Körper.
Seine Worte hoben den zehntausend Pfund
schweren Lastwagen von meinen Schultern.

Ich war untreu gewesen und würde es
nie wieder tun. Alles, was ich wollte, war
eine zweite Chance, und die hatte ich
bekommen. Ich war aus dem Schneider.
Jetzt würde alles gut werden, dachte ich
naiv.

Die Sache ist die, dass eine Beziehung
wie eine Vase ist. Sobald sie fallen gelassen

wird und einen Riss bekommt, kann sie repariert werden. Repariert. Der Schaden kann vertuscht werden, aber der Riss und die Erinnerung an den Schaden bleiben erhalten. Er wird an der Stelle des ursprünglichen Risses immer etwas schwächer sein.

19

Als Erstes zwinkert er mir mit diesen intensiv braunen Augen zu.

"Also, jetzt bist du in New York City. Endlich", sagt er.

Es ist Oktober und die Blätter beginnen sich zu verändern. Die ganze Stadt ist durchnässt und verströmt einen starken, stechenden Geruch von verwesenden Pflanzen. Die Bürgersteige glitzern vom leichten Regen, der schon den ganzen Nachmittag gefallen ist. Scheinwerfer überfluten den Broadway und blenden mich bei jedem Schritt.

Nick Thomas, mein Freund von

Kindheit an, geht hinter mir her. Ich wusste schon seit einiger Zeit, dass er mich besuchen wollte, aber irgendwie hat mich der Tag heute trotzdem überrumpelt. Nick ist seit der Mittelschule einer der besten Freunde von Hudson und ich kenne Nick seit vielen Jahren. Erst in den letzten beiden Jahren der Highschool sind wir uns wirklich näher gekommen. Nick ist groß und schlaksig, fast 1,90 m groß und wiegt nur 80 Kilo. Er kam mit einem Taxi zum Campus und ich wartete vor meinem Gebäude, um ihn abzuholen.

Nick trägt keinen Mantel. Die Temperatur liegt bei unter zehn Grad, aber er trägt nur einen leichten Pullover, Jeans und Flip-Flops. Ich will ihn gerade fragen, warum er sich nicht wärmer angezogen hat, als mir klar wird, dass er wahrscheinlich noch nie einen Mantel getragen hat. Er war ungewöhnlich stolz auf die Tatsache, dass ihm nie kalt wurde, egal wie kalt es draußen war.

Als wir das Wohnzimmer betreten, warten dort Hudson, Dylan und Juliet. Hudson gibt ihm eine warme Umarmung und stellt ihn den anderen vor. Nach einem Abendessen mit Pizza für die Jungs und Salat und Suppe für Juliet und mich beschließen wir alle, in die Lion's Head Tavern, eine Bar in der Amsterdam Avenue, zu gehen. Es ist die Lieblingsbar von Hudson und Dylan, vor allem, weil es sich um eine Spelunke handelt, die fettiges Essen serviert und schlecht gefälschte Ausweise akzeptiert. Nick hat keinen, aber zum Glück fragt ihn der Türsteher nicht einmal danach. Wahrscheinlich weil er so groß ist, entscheide ich.

"Also, wo gehst du zur Schule?", fragt Dylan.

"Nur auf eine öffentliche. Cal State Northridge. Ich wohne zu Hause", sagt Nick mit einem Seufzer. "Ach, ich bin so neidisch auf euch beide. Eure WG ist fantastisch und ihr könnt mit Mädchen zusammenleben. Das ist so cool."

Hudson hatte schon ein paar Drinks. "Na ja, nicht nur irgendwelche Mädchen. Meine Ex-Freundin", scherzt er. Ich habe auch schon zwei Drinks gehabt und lache mit allen anderen mit.

"Ja, es hätte besser laufen können."

"Oh, bitte, ihr zwei seid schon ewig Freunde. Das ist doch nur ein kleiner Zwischenfall in eurer ansonsten reibungslosen Beziehung." Nick winkt mit der Hand ab.

Hudson und ich tauschen Blicke aus. Ich hoffe, dass er Recht hat.

"Also, wie geht es deinen Eltern?", frage ich. Ich mochte Mrs. Thomas immer sehr gerne. Praktisch jeden Abend, den wir in Nicks Keller verbrachten, kam sie mit einer Ladung frisch gebackener Kekse nach unten.

"Gut. Alles beim Alten." Er zuckt mit den Achseln.

"Und wie ist es, immer noch Zuhause zu wohnen?", fragt Dylan. "Musst du immer noch pünktlich Zuhause sein oder hast du manchmal Hausarrest? Oder kannst du machen, was du willst?"

"Hausarrest?", lache ich. "Wann hattest du das letzte Mal Hausarrest, Dylan? Als du zwölf warst?"

"Ja, kann schon sein. Aber es soll ja auch Eltern geben, die da ziemlich streng sind."

Ich schüttle den Kopf. Nick lacht und sagt dann: "Nein, kein Hausarrest. Es macht einfach nicht so viel Spaß. Niemand, mit dem man abends abhängen kann. Vor allem, weil alle in der Uni mit den Leuten in ihren WGs abhängen."

"Das ist scheiße", sagt Hudson.

Einen Moment lang sagt niemand etwas, während wir versuchen, uns vorzustellen, wie das sein muss. Ich habe Mitleid mit Nick. Er verpasst, was das College zu bieten hat, und das Schlimmste ist, dass er es weiß.

"Warum ziehst du nächstes Semester nicht auf den Campus?", schlägt Dylan vor.

Nick zuckt mit den Achseln. "Ich kann nicht."

"Warum?", fragt Juliet.

Hudson und ich tauschen einen unbehaglichen Blick aus. Es ist so offensichtlich für uns, aber nicht für sie.

"Geld", sagt Nick schließlich.

"Aber kannst du nicht einfach finanzielle Hilfe beantragen?", fragt Dylan.

"Ihr reichen Kinder denkt auch immer, dass es eine Lösung gibt, an die wir Armen noch nicht gedacht haben, oder?", sagt Nick. Alle sind von seinem Tonfall überrascht.

"Hey, so habe ich das nicht gemeint", sagt Dylan.

"Meine Eltern verdienen zu viel Geld für die meisten finanziellen Hilfen und nicht genug, um für das Wohnheim zu bezahlen. Zumindest denkt das Amt das", sagt er. "Und ich auch", fügt er nach einer Weile hinzu.

Niemand weiß, was er darauf antworten soll. Ein unangenehmes Gefühl liegt in der Luft und lässt uns kaum atmen. Nicht einmal die Person, die dafür verantwortlich ist, kann etwas sagen.

Dann gehen wir zurück in die WG. Hudson und Nick hinken hinterher, während Juliet, Dylan und ich vorauslaufen, gerade schnell genug, dass es nicht ganz so aussieht, als hätten wir es eilig.

"Hey, es tut mir leid wegen Dylan", höre ich Hudson sagen. "Seine Eltern haben eine Menge Geld. Er kann es nicht wirklich verstehen."

"Keine Sorge", sagt Nick.

"Er ist kein schlechter Mensch. Er hat

gerade herausgefunden, dass seine Freundin in ihren Assistenzberater verliebt ist, seitdem ist er etwas schwierig", fügt Hudson hinzu.

Peyton ist in ihren R.A. verliebt? Der Gedanke hallt in meinem Kopf wider, während wir weiter außer Hörweite sind.

"Wie lange bleibt er?", fragt mich Dylan im Aufzug.

"Ähm, ein paar Tage, glaube ich", sage ich. "Hör zu, er ist wirklich kein schlechter Mensch. Er hatte einfach einen langen Flug und ..."

Ich ertappe mich dabei, Hudsons Worte zu wiederholen, außer dass ich im Gegensatz zu ihm keine wirklich gute Entschuldigung habe. Nick war ein Arschloch. Dylan meinte nichts von dem, was er gesagt hat, böse, und er hatte kein Recht, sich aufzuregen.

Dylan zuckt nur mit den Achseln. "Spielt keine Rolle. Ich habe mich nur gewundert."

20

Ich wache mitten in der Nacht auf und gehe auf Zehenspitzen ins Badezimmer. Normalerweise muss ich nicht leise sein, aber Nick schläft auf unserer Couch, und ich möchte ihn nicht wecken. Auf dem Rückweg höre ich ihn, gerade als ich denke, dass ich es geschafft habe.

"Alice? Alice?"

"Tut mir leid, dass ich dich geweckt habe", sage ich. "Ich bin schon wieder weg."

"Nein, ist schon okay. Ich habe nicht geschlafen. Hey, komm mal kurz her."

Eigentlich will ich das nicht. Ich bin müde und schläfrig. Es ist stockfinster und meine Augen haben sich noch nicht an die

Dunkelheit gewöhnt, aber ich gehe zur Couch.

"Hey, wir hatten heute Abend nicht wirklich die Gelegenheit, viel zu reden", sagt er und bewegt seine Füße, so dass ich Platz zum Sitzen habe.

"Ja, ich weiß", sage ich.

Als Nick mir das erste Mal geschrieben hat, dass er kommen würde, war ich aufgeregt. Ich habe mich darauf gefreut. Jetzt, wo er hier ist, ist alles anders. Die Dinge fühlen sich anders an. Es ist unangenehm. Ich kenne ihn schon so lange und doch ist er ein Fremder. Wie ist das überhaupt möglich?

"Und, wie geht es dir?", fragt er und legt seine Hand auf mein Knie.

"Gut", sage ich schnell und schrecke vor ihm zurück. Seine Berührung bringt die Dinge auf eine ganz neue Ebene der Unbeholfenheit.

"Alles in Ordnung?" Nick lehnt sich näher zu mir. Meine Augen haben sich an die Dunkelheit gewöhnt, und ich sehe seine dünnen Lippen nahe an meinen. Sende ich seltsame Signale aus? Was zum Teufel geht hier vor?

"Ja, alles gut. Ich bin nur müde", sage ich und stehe auf.

"Hör zu, ich verstehe das nicht." Er nimmt meine Hand. Ich bin überrascht von seiner Bestimmtheit.

"Was verstehst du nicht?", frage ich.

"Haben wir nicht geflirtet in den Nachrichten? Du hast doch gesagt, dass du dich freust, mich zu sehen, oder?"

"Ja, stimmt." Ich ziehe meine Hand weg. "Aber geflirtet? Ich habe dich nach Corrin gefragt. Ich wollte dich aufbauen, weil sie dich abserviert hat."

"Oh, das ist gemein. Warum bist du so gemein, Alice? Du bist doch eigentlich ein nettes Mädchen."

Ich hasse den Tonfall in seiner Stimme. Wer ist dieser Mensch?

"Ich muss gehen." Ich stehe auf, aber er folgt mir und kommt auf mich zu. Für einen Moment glaube ich, dass er sich entschuldigen wird. Tut er aber nicht. Stattdessen kommt er noch näher und zieht mich für einen Kuss zu sich heran. Seine Hände sind so stark, dass ich mich nicht befreien kann. Seine Lippen drücken so heftig gegen meine, dass meine Zähne anfangen zu schmerzen. Schließlich gelingt es mir, meinen Mund zu befreien und zu schreien.

"Lass los! Lass mich los!"

Das tut er nicht. Stattdessen schiebt er mich auf die Couch und springt auf mich drauf. Ich bin schockiert. Ich kann nicht glauben, dass das passiert. Ich habe das Gefühl, die ganze Welt bewegt sich in Zeitlupe.

"Was soll der Scheiß, Nick? Was zum Teufel machst du da?", sagt Hudson und stößt ihn von mir runter. Er haut ihm eine rein und als ich aufschaue, sehe ich Nick auf dem Boden hocken, wie er sich seine blutende Nase hält.

Juliet und Dylan kommen aus ihren Zimmern.

"Weißt du nicht, was *Nein* bedeutet?"

"Fick dich, Hudson!", sagt Nick.

"Ich will, dass du jetzt gehst", sagt Hudson.

"Jetzt?" Nick wirkt überrascht.

"Ja, jetzt, du Arschloch. Glaubst du, du bleibst hier, nachdem du Alice angegriffen hast? Was ist aus dir geworden, Nick? Wer bist du, Nick?"

Nick sagt gar nichts. Er sammelt einfach seine Sachen zusammen, während wir alle herumstehen und ihn beobachten. Irgendwie schaffe ich es wie betäubt, von der Couch aufzustehen und mich zu Juliet hinüberzuschlängeln, die ihren Arm um mich legt. Hudson steht vor uns, zwischen uns und Nick. Hudson wirft Nicks Tasche nach ihm und eskortiert ihn zum Aufzug.

"Alles in Ordnung?", fragt Dylan.

Ich nicke.

"Was ist passiert?", fragt er. Doch ich kann es nicht ertragen, das Geschehene noch einmal zu erleben. Die Tränen steigen in meinen Augen auf und ich versuche, sie zurückzuhalten. Erfolglos.

"Eigentlich nichts", sage ich schließlich.

"Was zum Teufel hat er getan?", fragt Juliet.

Ich versuche, meinen Mund zu öffnen, um etwas zu sagen, aber es kommt nichts heraus. "Ich kann nicht", gelingt es mir schließlich zu flüstern. Ich laufe in unser Zimmer und schlage die Tür zu.

Ich vergrabe meinen Kopf in meinem Kopfkissen und versuche, die ganze Welt auszublenden. Als Hudson zurückkehrt, höre ich, wie er Dylan und Juliet erklärt, was passiert ist. Ich bin froh, dass er es tut, denn ich weiß, dass ich nicht die Kraft habe, es laut auszusprechen.

AM NÄCHSTEN MORGEN BESCHLIEßE ICH, die Vormittagskurse ausfallen zu lassen, um im Bett herumzuliegen und an die Decke zu starren. Juliet ist schon früh zum Unterricht gegangen und der Raum ist schrecklich ruhig. Als die Stille ohrenbetäubend wird, stecke ich meine Kopfhörer ein und versuche, die Stille zu übertönen. Jetzt allein mit meinen Gedanken zu sein, ist das Letzte, was ich will.

"Alice?", höre ich ein leichtes Klopfen an der Tür durch Lady Gagas "Just Dance".

"Komm rein", sage ich, ohne mich hinzusetzen oder die Musik leiser zu stellen.

Hudson kommt herein. Er sieht müde und besorgt aus. Das letzte Mal, als er so aussah, war er zwei Tage lang aufgeblieben, um an seinem Referat über Sherman und den Bürgerkrieg zu arbeiten.

"Ich wollte nur sehen, wie es dir geht", sagt er. Er setzt sich auf mein Bett. Ich sollte aufstehen, aber alles, was ich tun kann, ist, die Musik leiser zu stellen.

"Es geht mir gut." Ich zucke mit den Achseln. "Dankeschön."

Er nickt.

"Ich meine es ernst. Vielen Dank. Ich weiß nicht, was ich getan hätte, wenn du nicht gekommen wärst." Allein der Gedanke daran lässt meinen Körper erschaudern, und ich rolle mich zusammen. Er legt seine Hand auf meinen Rücken und reibt leicht meine Schultern.

"Willst du, dass ich bleibe?", fragt er. Ich schaue zu ihm auf. Ich weiß nicht, was ich sagen soll. Ich zucke mit den Achseln und überlasse es ihm.

Er klettert mit mir ins Bett. Er wickelt mich in die Decke und zieht mich zu sich heran. Er ist der große Löffel. Ich bin der kleine. Die Wärme, die von ihm ausgeht, erfüllt den ganzen Raum und durchdringt schließlich die Kälte in mir. Tränen beginnen mein Gesicht herunterzufließen. Es sind keine Tränen der Reue oder des Bedauerns. Es sind keine Tränen der Traurigkeit. Es sind Tränen der Erleichterung.

Adeles "Hello" ertönt. Ich nehme einen meiner Kopfhörer heraus und stecke ihn Hudson ins Ohr. Ich drehe die Musik auf, und wir hören ihr zu. Er schlingt seine Arme enger um mich, während wir in den Schlaf gleiten.

21

Nach diesem Tag geschah etwas Ungewöhnliches. Ich dachte, zwischen Hudson und mir würde alles wieder normal werden. Die neue Normalität, die wir in der Uni etabliert hatten. Das Normale, das im Wesentlichen darin bestand, dass wir einander aus dem Weg gingen. Smalltalk zu halten, aber nie tiefer zu gehen. Uns niemals näher zu kommen. Aber es kam ganz anders. Stattdessen schien die Kälte, die zwischen uns gewesen war, verschwunden zu sein.

Hudson blieb den ganzen Tag mit mir in meinem Bett, während ich in den Schlaf glitt, nur um wieder aufzuwachen. Am

Abend bestellten wir chinesisches Essen und guckten *Archer* auf Netflix. Ich lachte so sehr, dass ich mir fast in die Hose machte. Er lachte mit mir mit.

Ich hätte gedacht, dass die Dinge am nächsten Morgen zwischen uns wieder kalt und distanziert sein würden. Auch das kam anders als erwartet. Ich treffe Hudson in der Küche und er beschwert sich über seinen Econ-Professor und nennt ihn einen Besserwisser.

"Er muss alles besser wissen; er ist Professor", sage ich.

"Aber nicht so. Er ist einfach ein Arschloch. Er weiß vielleicht alles über Econ 101, aber er weiß nicht alles über alles, aber er tut halt so, als ob. Ich hasse diese verdammte Arroganz."

Ich lächle und schaue Hudson zu, wie er seine Tasse tiefschwarzen Kaffee austrinkt. Ich habe ihn noch nie gesehen, wie er seinen Kaffee mit Zucker oder Milch trinkt, und seine Fähigkeit, so schnell so viel heißes Koffein zu trinken, hat mir immer wieder zu denken gegeben.

"Sehen wir uns heute Abend?", fragt Hudson auf seinem Weg nach draußen.

"Ja, klar." Ich zucke mit den Achseln und versuche so zu tun, als hätte er mich nicht überrascht.

"Okay, bis dann", sagt er.

Natürlich werden wir uns wiedersehen. Wir sind Mitbewohner, aber so wie er es gesagt hat, klingt es fast so, als würde er sich darauf freuen. Wir haben nicht ein einziges Mal so miteinander gesprochen, seitdem wir in New York sind. Das alles ist einfach zu komisch, finde ich. Bis heute Abend ist es bestimmt vorbei.

SCHEISSE! So eine Scheiße. Scheiße, Scheiße, Scheiße!

Ich komme am Nachmittag dampfend vor Wut nach Hause. Wie konnte ich das zulassen? Es war ein gutes Paper. Ich habe eine ganze Woche daran geschrieben. Ich hatte keine Schwierigkeiten damit gehabt. Ich habe es dreimal gelesen und alle Tippfehler berichtigt.

Es hat eine klare These und großartige unterstützende Argumente. Ich habe das Buch tatsächlich gelesen, im Gegensatz zu einigen anderen Leuten aus meinem Kurs.

Ich werfe meine Tasche auf den Stuhl und öffne den Kühlschrank, gedankenlos. Ich bin nicht hungrig. Ich weiß nicht, was ich suche. Also starre ich einfach hinein, als würden da alle Antworten auf die Geheimnisse der Welt drin stecken, statt nur eine Packung verschimmelten Mozzarella und eine Packung abgelaufene Milch.

"Alles klar?", fragt Hudson und erschreckt mich. Ich springe fast hoch.

"Oh mein Gott, hast du mich erschreckt", sage ich. "Ich habe dich gar nicht gesehen."

Er entschuldigt sich und fragt mich wieder, ob alles in Ordnung ist.

"Ja, mir geht's gut." Ich zucke mit den Achseln. Ich will nicht darauf eingehen, aber dann tue ich es doch. "Ich habe gerade eine Drei in meiner ersten Englischarbeit bekommen."

"Oh, das tut mir leid. Das ist ärgerlich."

"Ja, zumal ich mir sicher war, dass es gut

war. Ich bin mir immer noch sicher, dass es gut war."

"Vielleicht war das nur ein Fehler", schlägt Hudson vor. Ich zucke mit den Achseln. "Nein, wirklich, das passiert schon mal", sagt er.

"Das glaube ich nicht." Ich werfe ihm das Papier zu. "Alle Fehler sind rot markiert."

Ich sehe ihm zu, wie er in meinem Aufsatz blättert. Es ist so viel rote Tinte darauf, dass es aussieht, als würde es bluten.

"Was mich wirklich aufregt, ist, dass ich mir jetzt nicht mehr so sicher bin, ob ich überhaupt Englisch sprechen sollte. Ich meine, vielleicht bin ich doch nicht so gut darin. Vielleicht habe ich kein Recht, es zu tun, wenn ich in irgendeinem Englischkurs im ersten Jahr nicht mehr schaffe als eine Drei."

Es fühlt sich gut an, mit Hudson darüber zu sprechen. Wir waren schon lange, bevor wir ein Paar wurden, miteinander befreundet und wir haben immer über alles geredet.

"Aber es wäre doch bescheuert, wenn du

deine Leidenschaft aufgibst nur wegen einer Note in einem Aufsatz. Du hast Englisch geliebt und wolltest schon immer Schriftstellerin werden, solange ich denken kann. Und jetzt willst du das wegen einer einzigen Note aufgeben?"

Ich zucke mit den Achseln. Wenn er es so ausdrückt, klingt es wirklich dumm.

"Ich frage mich nur, ob ich gut genug bin. Ich meine, was, wenn nicht? Was ist dann der Sinn? Schreiben an sich ist schon so schwer, es ist so schwer, damit Geld zu verdienen. Wäre es dann nicht komplett wahnsinnig, den Traum überhaupt zu verfolgen? Und wenn ich nicht besser als eine Drei werden kann, dann bin ich vielleicht gar nicht so gut."

Hudson rollt mit den Augen und schüttelt den Kopf.

"Was?", frage ich. Ich kenne diesen Blick. Er hat viel zu sagen; er hält sich nur zurück.

"Nichts." Er zuckt mit den Achseln. "Wenn es das ist, was du denken willst, dann viel Erfolg damit."

"Okay, okay. Was?" Ich weiß, dass er will, dass ich ihn ausquetsche.

"Willst du es wirklich wissen?"

"Ja, deshalb bin ich hier." Ich nicke.

"Na ja, ich finde es unfair."

"Was findest du unfair?"

"Dass Künstler an diesem lächerlichen Erfolgsmaßstab gemessen werden. Die Art von Standard, an dem sonst niemand gemessen wird."

"Wie meinst du das?", frage ich.

"Na ja, du denkst ja ernsthaft darüber nach, die Schriftstellerei nur wegen eines Kurses an den Nagel zu hängen, richtig?"

Ich nicke.

"Ich wette mit dir, dass es Tausende zukünftiger Buchhalter und Wirtschaftswissenschaftler gibt, die niemals in Erwägung ziehen würden, ihr Studium zu schmeißen, nur weil sie bei einem ihrer ersten Projekte in ihrer ersten College-Klasse eine Drei bekommen haben. Unfair ist, dass die ganze Welt die Tendenz hat, zu glauben, dass die Person, die diesen Beruf ausübt, irgendwie ein Versager ist, nur weil man noch keinen

Namen hat als Schauspieler, Künstler oder Schriftsteller. Der Rest von uns wird nicht so verglichen. Was ich meine, ist, dass die Leute denken, wenn man nicht Hemingway oder Picasso oder Elizabeth Taylor ist, dann ist man als Künstler ein Versager. Aber in der Buchhaltung gibt es solche Vergleiche nicht."

"Also, willst du damit sagen, dass ich durchhalten soll?", frage ich.

"Ja! Natürlich sollst du durchhalten. Es ist nur ein Kurs. Wen juckt das schon?"

"Und was macht dich da so sicher?", frage ich.

"Weil ich an dich glaube. Ich habe deine Geschichten gelesen, erinnerst du dich? Ich weiß, wie gut sie sind. Wen kümmert es also, was irgendein Professor über dein Paper zum *Fänger im Roggen* denkt?"

"Es war über *The Invisible Man*", sage ich mit einem Lächeln.

22

Hudson hat Recht. Natürlich hat er Recht. Es ist einfach nur eine Aufgabe aus einem Kurs. Selbst wenn ich in dem ganzen Kurs eine Drei bekomme (allein der Gedanke daran lässt mich erschaudern), na und? Was macht das schon aus?

Meine Gedanken machen zwar Sinn, kommen aber noch nicht wirklich in meinem Körper an, das Ganze macht mir noch ziemliche Magenschmerzen.

"Ich weiß, dass du Recht hast", sage ich. "Aber ..."

"Argh, der Kuss des Todes", scherzt Hudson.

"Okay, okay, ich weiß. Aber ich zweifle immer noch, weißt du?"

"Ich weiß. Das machst du schon seit deiner Kindheit und seit deiner Kindheit wolltest du auch schon Schriftstellerin werden."

"Ach, du bist so nervig." Ich werfe meine Hände in die Luft. "Warum musst du mich schon so lange kennen?"

Hudson lächelt. "Ganz genau, Baby. Du kannst dein wahres Ich nicht vor mir verbergen. Ich kenne dich zu gut."

Ich rolle mit den Augen. Ich genieße das hier. Dieses Geplänkel. Es fühlt sich an, als wären wir in der 10. Klasse. Als wir noch Freunde waren. Bevor wir ein Paar wurden und alles so viel komplizierter wurde.

"Okay, was? Welches *Aber* wolltest du noch loswerden?", fragt er schließlich.

Ich zucke mit den Achseln. "Ich weiß nicht. Vielleicht sollte ich einfach Medizin studieren. Das wäre doch eine gute Option, oder?"

"Ja, Medizin ist eine gute Option. Die Welt braucht mehr Ärzte", sagt er unbeeindruckt.

"Aber?", frage ich, weil ich noch nicht weiß, worauf er hinaus will.

"Du könntest auf jeden Fall Ärztin werden. Das ist natürlich eine gute Option. Aber meiner bescheidenen Meinung nach wird die Welt dann etwas verpassen."

"Verpassen? Retten Ärzte nicht Leben?", frage ich.

"Ja, das tun sie", sagt Hudson und lehnt sich nah an mich heran. So nahe, dass ich für einen Moment das Gefühl habe, er würde mich küssen. "Aber Ärzte retten nicht so viele Leben wie Schriftsteller."

"Hä?" Ich ziehe mich zurück.

"Alice, wenn es keine Kunst, keine Filme, keine Bücher gäbe, was wäre dann der Sinn des Lebens? Wofür würden wir alle leben? Einfach nur ein- und ausatmen ist nicht genug, weißt du?"

Ich lächle. "Wow, kommt das wirklich von jemandem mit einem Econ-Major? Und ich dachte, du wärst Realist."

Hudson streicht seine Haare zurück und öffnet eine Dose Limonade. "Ein Realist?", fragt er mit einem Augenzwinkern. "Niemals. Ich habe mich mit

Wirtschaftswissenschaften auseinandergesetzt, Liebling. Wenn der Aktienmarkt nicht ein Abenteuer in der Fiktion und ein Schwelgen in der Fantasie ist, dann weiß ich auch nicht."

MIT HUDSONS WORTEN fühle ich mich besser, und wir hängen den ganzen Nachmittag zusammen rum. Wir schauen Trash-TV und essen Junk Food. Wir machen Insider-Witze über Leute aus der Highschool, an die ich schon ewig nicht mehr gedacht habe.

"Oh mein Gott, so habe ich euch zwei noch nie gesehen", sagt Juliet, als sie nach einem langen Nachmittag voller Atemkurse ins Wohnzimmer kommt, um zu chillen und zu entspannen. Sie belegt tatsächlich einen Kurs über das Atmen. Kann man sich das vorstellen? Sie meint sogar, dass es recht anspruchsvoll ist. Sie muss nicht *The Invisible Man* lesen und ein 5000-Wörter-Paper über Rassen- und Klassenkämpfe im Amerika der 1960er Jahre schreiben.

Vielleicht sollte ich Schauspiel als Hauptfach studieren.

"Wie?", frage ich, immer noch lachend über Hudsons Kommentar über jemanden aus der Jerry-Springer-Show und unseren Geschichtslehrer in der 9. Klasse.

"Als ob ihr euch mögt", sagt sie. "Dylan, hast du die beiden schon mal so gesehen?"

Dylan schaut von seiner Müslischale auf. "Nein, nicht wirklich. Obwohl Alice und Hudson als Freunde eine nette Abwechslung ist zu Alice und Hudson als Ex-Partner, die sich nicht ausstehen können."

"Hey! Wir konnten uns noch nie nicht ausstehen", sagt Hudson. "Es war einfach ... kompliziert."

"Ja, sehr kompliziert", sage ich. "Wir waren aber immer Freunde."

Dylan und Juliet tauschen Blicke aus. "Bei solchen Freunden, wer braucht da schon Feinde?", sagt sie.

"*So* schlimm waren wir gar nicht", sage ich.

"Ihr ward unmöglich", sagt Dylan. "Ehrlich gesagt, ist das hier viel, viel besser. Zumindest macht es uns viel mehr Spaß", sagt er über sich selbst und Juliet. Sie nickt bestätigend.

"Hey, also sollen wir später alle ausgehen, um diese neue Entwicklung zu feiern? Vielleicht auf einen Drink irgendwo in der Amsterdam Avenue?", schlägt Juliet vor.

"Klingt gut", sagen Dylan und ich gleichzeitig und brechen in Gelächter aus.

"Hudson?", fragt Juliet.

"Ich würde ja gerne, aber ich habe heute Abend ein Date. Ein anderes Mal?", fragt er.

Date. Na klar. Ich hatte Tea völlig vergessen. Wie konnte ich Tea vergessen? Hudson trifft sich immer noch mit Tea und Tea und ich reden immer noch nicht wieder miteinander. Ich mag sie wirklich, aber ich habe nicht mehr mit ihr gesprochen, seit dem Tag, an dem ich erfahren habe, dass sie und Hudson ein Paar sind. Es ist nicht meine Schuld. Sie fing an, auf der anderen Seite des Klassenzimmers zu sitzen und gleich nach dem Unterricht wieder zu gehen. Sie fing an, mit jemand anders an dem Peer-Projekt zusammenzuarbeiten, und alles, was wir hatten, verschwand in einem Augenblick.

"Oh, cool", sage ich schnell, obwohl ich fürchte, dass es nicht schnell genug war. "Ein anderes Mal? Ja, auf jeden Fall."

Und schon wieder: Ich erwartete, dass es wieder komisch werden würde zwischen uns, aber das ist nicht der Fall. Überraschenderweise. Juliet und Dylan füllen die Gesprächslücke und wir alle brechen in Gelächter aus. Es ist erstaunlich, wie viel dunkle Energie ein Lachen aufsaugen und sich in etwas ganz anderes verwandeln kann. Ich hoffe, dass Hudson und ich für den Rest unseres Lebens weiterhin zusammen lachen werden. Wir haben es zwei lange Monate nicht mehr getan und das waren zwei Monate zu lang.

23

Okay, ich mache also offiziell mit meinem Leben weiter. Hudson ist bei Tea und das ist okay. Ich komme wirklich damit zurecht. Selbst wenn er nicht mit Tea zusammen wäre, bin ich nicht interessiert. Ich bin in jemand anderen verknallt. Wie geht das alte Sprichwort? Der beste Weg, über jemanden hinwegzukommen, ist, sich unter jemand anderen zu legen. Na ja, ich liege noch nicht unter ihm, aber ich bin interessiert.

Er ist groß, gebräunt und gut aussehend. Ich weiß weder seinen Namen noch sonst etwas über ihn, außer dass er gerne skizziert. So bin ich das erste Mal auf ihn aufmerksam geworden. Ich habe ihn gesehen, wie er auf einer Bank saß und in einem Notizbuch etwas skizziert hat. Gestern hat er einen kleinen Jungen gezeichnet, der mit seiner Mutter Ball spielt. Die Ähnlichkeit war verblüffend. Heute skizziert er Hände. Ich bin mir allerdings nicht sicher, wem sie gehören. Ich sitze ein Stück weiter hinter ihm unter einer Eiche. Anstatt mich auf Thomas Hobbes zu konzentrieren und seine Meinung zur Gesellschaft, suche ich weiter nach dem Besitzer dieser Hände. Dabei stelle ich mir vor, wie es wäre, den Fremden auf der Bank zu küssen.

Ich bin seit fast einer Woche so verknallt und ich fühle mich total berauscht. Es ist so eine Abwechslung, mich nicht mehr nur auf Hudson zu konzentrieren und mich tatsächlich auf etwas zu freuen. Ich versuche, mich an das letzte Mal zu erinnern, als ich wirklich in jemanden verknallt war. Das ist schon mehr als zwei Jahre her, eine wahnsinnig lange Zeit, in der ich keine Schmetterlinge im Bauch gespürt habe. Die Nervosität, wie das alles sein wird.

Ich bin erst achtzehn Jahre alt, um Himmels willen. Wann bin ich so eine alte Jungfer geworden? So was macht eine langjährige Beziehung in der High School aus dir.

Plötzlich wirbelt ein starker Windstoß um mich herum und Wolken bedecken die Sonne. Dicke Regentropfen beginnen vom Himmel zu fallen. Ich stecke mein Notizbuch und meine Arbeitsblätter in meine Tasche und gehe in Richtung Bibliothek. Jetzt werde ich wohl nie erfahren, wessen Hände mein Schwarm gezeichnet hat. Einige Minuten später befinde ich mich in der Bibliothek und suche vergeblich nach einem Platz zum Lernen. Der Raum ist voll mit durchnässten Studenten.

"Hey, hey!", sagt jemand. Er ist es. Mein namenloser Schwarm.

"Du hast das fallen lassen", sagt er. Ich lächle, aber das Lächeln verschwindet schnell, als ich sehe, was er in der Hand hält. Es ist eine Danksagungskarte für Nick. Ich habe sie geschrieben, während ich ihm beim Skizzieren beobachtet habe, als ich mich auf Hobbes hätte konzentrieren sollen.

"Danke." Ich nehme sie nur widerwillig an. Ich gebe nur ungern zu, dass sie mir gehört. Ich hoffe nur, dass er sie nicht gelesen hat. Er macht kehrt, um zu gehen, aber dann dreht er sich noch einmal zu mir.

"Ich finde es ziemlich beeindruckend, was du da geschrieben hast", sagt er.

"Du hast es gelesen?"

"Ich konnte nicht anders. Die Karte ist offen auf den Boden gefallen."

Ich schüttle den Kopf.

"Was, glaubst du mir nicht?", fragt er.

"Nein, nicht wirklich." Ich zucke mit den Achseln. Ich will gerade weggehen, aber etwas hält mich auf. "Du hattest kein Recht dazu. Das ist privat. Es war nicht dafür bestimmt, dass jemand Fremdes es liest."

Er macht einen Schritt auf mich zu. Sein dunkles Haar fällt in seine unglaublich blauen Augen. Einen Augenblick lang weiß ich nicht mehr, ob ich nass vom Regen bin oder, weil ich dahinschmelze.

"Ich bin Simon", sagt er.

Ich starre ihn an. Ich habe keine Ahnung, warum er mir gerade seinen Namen gesagt hat.

"Guck, jetzt bin ich kein Fremder mehr. Alice."

Woher zum Teufel kennt er meinen Namen? Ich schäume vor Wut. Es ist mir peinlich. Warum musste er ausgerechnet diese Notiz lesen? Ich werfe einen Blick auf den Zettel. Er ist nass und die Tinte ist verschmiert, aber ich kann immer noch alle Worte erkennen. Ich kann sie auswendig.

LIEBER NICK,

ich danke dir. Nein, wirklich. Ich meine das ernst. Ich will mich wirklich bei dir bedanken. Ich kann einfach nicht glauben, dass ich dir das hier schreibe oder dass ich dir dankbar dafür bin, dass du mich fast vergewaltig hast, aber ich tue es. Die Sache ist die: Wenn du es nicht getan hättest, dann wären Hudson und ich immer noch Fremde, aber weil du es getan hast, sind Hudson und ich wieder Freunde.

Ein Gefühl der Normalität hat sich zwischen uns wieder eingeschlichen und ich habe endlich das Gefühl, dass ich nicht auf Eierschalen um ihn herum laufe. Du bist trotzdem ein Arschloch für das, was du getan hast, und ich hoffe, dass du dir Hilfe suchst. Die brauchst du ganz dringend. Anscheinend weißt du nicht, was es heißt, wenn ein Mädchen Nein sagt. Trotzdem vielen Dank. Danke, dass du ein Arschloch bist.

NICHT IN LIEBE
Alice

"DU HAST KEIN RECHT DAZU, mich Alice zu nennen", sage ich, und meine Wangen erröten von einer Mischung aus Nervosität, Wut und Peinlichkeit.

"Ich habe kein Recht dazu, dich Alice zu nennen? Ist das denn nicht dein Name?" Er schaut mich belustigt an.

"Ja, aber ich habe dir meinen Namen nicht gesagt. Du hast ihn in dieser superpersönlichen Notiz gelesen. Ich habe ihn dir nicht freiwillig gesagt."

"Ich konnte ihn nicht nicht lesen", sagt Simon.

"Du konntest ihn nicht nicht lesen? Was soll denn das heißen?" Meine Stimme wird immer lauter und der Bibliothekar bringt mich zum Schweigen. Ich schalte auf lautes

Flüstern um. "Du hattest kein Recht dazu, es zu lesen."

"Ich weiß", flüstert er leise. Simon hat einen so selbstgefälligen Gesichtsausdruck, dass ich ihn am liebsten schlagen würde, um ihn dann zu küssen und ihn dann wieder zu schlagen. "Deshalb dachte ich auch, dass du ihn zurückhaben willst."

"Ist ja auch egal." Ich mache auf dem Absatz kehrt und gehe raus. Dieses Gespräch ist eindeutig sinnlos. Als ich auf meinem Weg aus der Bibliothek die zweite Doppeltür erreiche, bin ich mir sicher, dass ich ihn abgehängt habe. Ich fühle mich erleichtert und ein wenig enttäuscht.

"Warum lässt du mich das nicht wieder gutmachen?", fragt Simon mit seiner leisen, rauen Stimme. Meine Lippen kräuseln sich zu einem Lächeln, und ich bin dankbar dafür, dass er das nicht sehen kann. Ich will ihm die Genugtuung nicht geben.

"Und warum sollte ich das tun?", frage ich.

"Das würde sich so gehören und außerdem weiß ich, dass du es willst."

Jetzt werde ich wütend. "Wie bitte? Du

weißt, dass ich es will? Ich bitte dich." Ich rolle mit den Augen und gehe hinaus in den Regen. Warum habe ich keinen blöden Regenschirm mitgebracht? Ich verfluche mich selbst. Ich bin so ein Idiot.

"Du hast mich den ganzen Tag angestarrt." Simon folgt mir.

"Habe ich nicht!", schreie ich, ohne mich zu ihm umzudrehen. Ich gehe zügig, so schnell ich kann, ohne zu rennen, aber er hält problemlos mit mir Schritt. Wie schafft es der Regen, dass er die ganze Welt aussperrt und es so schwer macht, ein Wort zu hören? Ich kann mich selbst kaum denken hören.

"Du hast mich tagelang angestarrt", sagt er. Zum Glück ist es draußen kalt und zum Glück bin ich klatschnass, sonst würden meine Wangen jetzt brennen, weil ich so rot werde.

"Übrigens sind Künstler schrecklich scharfsinnig. Wenn du also in Zukunft wieder einen Künstler anstarrst, solltest du daran denken, dass er sich dessen wahrscheinlich bewusst ist."

Ich rolle mit den Augen, als ob seine

Aussage nicht einmal eine Antwort wert wäre. In Wirklichkeit weiß ich einfach nicht, was ich erwidern soll. Wieder fühle ich dieses seltsame Gefühl in der Magengrube – als ob ich ihn schlagen und gleichzeitig küssen wollen würde.

"Hey, komm schon." Er greift nach meiner Jacke und dreht mich um. "Lass mich das wieder gutmachen. Bitte? Nur eine Tasse Kaffee?"

Sein Blick ist jetzt aufrichtig. Sein Gesichtsausdruck ist nicht mehr selbstgefällig, sondern offen und einladend. Er will unbedingt mit mir Kaffee trinken gehen.

"Gut", sage ich schließlich.

"Prima!" Simons Augen leuchten auf. "Und übrigens, nur damit du es weißt, die Hände, die ich heute gezeichnet habe, sind deine."

24

Beim Kaffee erfahre ich, dass Simon aus Großbritannien kommt. Ich bemerkte einen leichten Akzent, aber anscheinend ist er in New York und Dubai aufgewachsen, wo sein Vater eine Abteilung für Erdöltechnik leitete. Seine Familie lebt jetzt in London. Simon ist in der Ausbildung und studiert Design. Er skizziert und zeichnet gerne im Freien, denn "dort ist das Leben", sagt er.

Simon redet so offen über seine Kunst, über seinen Lebenssinn, dass ich mich plötzlich fühle, als müsste ich mich outen. Als ob ich nicht ehrlich darüber wäre, wer ich bin. Als würde ich eine Lüge leben.

Vielleicht tue ich das auch. Also beschließe ich, das zu ändern.

"Also, was ist mit dir? Was machst du so?", fragt er. Ich bin beeindruckt von seiner Wortwahl. Er fragt nicht, was ich vorhabe, was ich zu tun gedenke, wenn ich erwachsen bin, was ich studiere. Stattdessen fragt er, was ich tue. Als ob ich mich nicht in einer Übergangsphase meines Lebens befände. Als ob ich bereits mitten im Leben stünde und bereits mein wahres Ich verkörpern würde.

"Ich bin Schriftstellerin", sage ich. Es ist das erste Mal, dass ich diese Worte laut ausgesprochen habe. Ich habe nicht gesagt: "Ich bin angehende Schriftstellerin" oder "Ich habe vor, Schriftstellerin zu werden". Ich fühle mich befreit. Ich habe mich geoutet. Ich verberge nicht, wer ich bin. Der Satz ist so einfach und elegant, und ich habe achtzehn Jahre gebraucht, um ihn zu formulieren und zu verkörpern, ihn der Welt und mir selbst gegenüber einzugestehen, dass ich genau das bin.

Ich schaue Simon an. Er zuckt mit den Achseln. Er akzeptiert es. Als ob es keine große Sache wäre.

"Das ist cool", sagt er.

Ja, das ist es.

Beim Kaffee finden Simon und ich heraus, dass wir viel gemeinsam haben. Das ist seltsam, weil wir so unterschiedlich erzogen wurden. Ich denke, Eltern können sich sehr ähnlich sein, unabhängig von der Kultur oder ihrem Wohnort in der Welt. Simon steht seinen Eltern nahe; sie reden jeden zweiten Tag miteinander, aber sie sind nicht glücklich über seine Berufswahl.

"Als ich noch kleiner war, meinte mein Vater immer, dass ich das tun soll, was mich glücklich macht. Nur bedeutete das für ihn, dass ich Ingenieurwesen studieren sollte. So wie er."

Ich weiß genau, was er meint.

"Er war wirklich ziemlich verzweifelt, als ich in der High School mit dem Malen angefangen habe. Er meint, dass man nur im Urlaub in Museen geht und auch nur, um zu sagen, dass man da gewesen ist. Aber ich habe diese Euphorie gespürt, als ich den *sterbenden Gallier* zum ersten Mal in Rom gesehen habe. Es war das Schönste, was ich bis dahin gesehen hatte, und es hat mich

einfach auf einer instinktiven Ebene
berührt. Ich war vierzehn, und ich wusste,
dass ich etwas tun wollte, was anderen
Menschen das Gefühl geben würde, das ich
hatte, als ich diese Skulptur gesehen habe."

AUS EINER TASSE Kaffee wurden im
Endeffekt drei. Wir bleiben fast drei Stunden
lang im Café und unterhalten uns,
diskutieren und vor allem lachen wir. Als er
mich schließlich zu meinem Gebäude
zurückbegleitet, bin ich tatsächlich ein wenig
traurig darüber, dass wir uns verabschieden.
Es ist so einfach, mit ihm zu reden, es fühlt
sich an, als läge Magie in der Luft. Ich habe
Angst davor, den Zauber zu brechen.

Unten in meinem Gebäude greift Simon
nach meiner Hand. Er zieht mich zu sich
heran und streicht mir ein paar
Haarsträhnen aus dem Gesicht.

"Du hast so schöne Augen", flüstert er
mit seiner rauen Stimme, die meine Knie
schwach werden lässt.

Seine rauen Finger liegen auf meinem

Hals, während er sich die Lippen leckt. Er lehnt sich näher an mich heran. Ich spüre seinen Atem auf meinem Gesicht. Dann küsst er mich. Er öffnet meine Lippen mit seinen.

Als er seine Hände in meinen Haaren vergräbt, erwidere ich seinen Kuss und die Leidenschaft, die sich in mir aufbaut, überkommt mich. Wir kommen uns noch näher, unsere Körper verbinden sich miteinander.

Wir stehen hier, bis ich jegliches Gefühl für Zeit und Ort verliere. Die ganze Welt fällt auseinander, und wir sind die Einzigen, die existieren. Die Einzigen, die von Bedeutung sind.

"Nehmt euch ein Zimmer!", höre ich jemanden leise hinter mir sagen. Plötzlich bricht die Außenwelt wieder herein.

Simon macht weiter und ignoriert den Kommentar, aber ich kann nicht anders, als mich zurückzuziehen.

"Alice?", fragt Dylan mit einem Lächeln. "Entschuldige, ich wusste nicht, dass du es bist."

Dann sehe ich sie. Hudson und Tea. Sie

stehen hinter Dylan. Sie beide sehen aus, als würden sie sich unwohl fühlen.

Ich tue das Einzige, was mir einfällt.

"Simon, das sind meine Mitbewohner, Dylan und Hudson. Und das ist ..." Ich weiß nicht, wie ich sie vorstellen soll. Ich dachte, sie sei eine Freundin, aber dann war sie es doch nicht. Dies ist das erste Mal seit langer Zeit, dass ich sie wiedersehe. "Und das ist Tea. Darf ich vorstellen, das ist Simon."

"Hallo, Simon", sagen sie praktisch alle gleichzeitig.

Simon nickt.

"Wir gehen nach oben, um abzuhängen. Kommt doch mit uns", sagt Dylan nonchalant. Tea, Hudson und ich starren ihn an, als sei er von allen guten Geistern verlassen, aber er scheint es nicht zu bemerken.

"Klar", sagt Simon.

Jetzt gucke ich Simon an, als ob er den Verstand verloren hätte, aber jetzt habe ich keine andere Wahl. Ich kann ihn nicht einfach ausladen.

25

A n diesem Abend hängen wir sechs zusammen ab. Ich hätte erwartet, dass es komisch wird, aber aus irgendeinem Grund ist es das nicht. Juliet bereitet Eier auf ihre übliche Art und Weise zu und lässt Simon in Ehrfurcht erstarren.

"Was machst du da?", fragt er, als sie die Eier mit einer Gabel verrührt und die Schüssel in die Mikrowelle stellt.

"Rührei." Sie zuckt mit den Achseln. Dylan, Hudson und ich sehen ihr jeden Abend dabei zu. Abends frühstückt sie gerne. Das ist "einer der Vorteile, wenn man erwachsen ist", sagt sie.

"In der Mikrowelle?", fragt Simon, der offensichtlich Probleme hat, das gesamte Konzept zu verarbeiten.

"Das macht sie immer", sagt Dylan, als ob es das rechtfertigen würde.

"Ich hatte keine Ahnung, dass das möglich ist." Simon schüttelt den Kopf. Mir fällt auf, dass sein britischer Akzent stärker durchkommt, wenn er aufgeregt ist oder emotional wird. Es ist so bezaubernd, dass es mich all meine Kraft kostet, nicht über die Couch zu springen und ihn zu küssen.

"Juliet ist eine Expertin im Mikrowellenkochen", erklärt Hudson. "Sie muss ein Buch darüber schreiben, um uns Normalsterbliche zu unterrichten."

Simon schüttelt den Kopf und lacht. "Oh mein Gott, das ist die reinste Blasphemie."

"Was?", frage ich.

"Kochen in der Mikrowelle natürlich. Dass man das überhaupt *kochen* nennt." Er lacht.

"Ich finde das zufälligerweise ziemlich cool", sagt Hudson. Wir alle machen Witze, machen uns darüber lustig, aber etwas daran, wie Hudson sagt, ändert den ganzen Ton der Unterhaltung. Ich weiß, dass es den anderen auch aufgefallen ist.

"Ich weiß, ich auch. Ich habe mir nichts dabei gedacht, Juliet", sagt Simon. Sie zuckt mit den Achseln und ist offensichtlich nicht interessiert. Juliet gehört zu den Menschen, die Dinge, die unwichtig sind, schleifen lassen. Das ist ziemlich beeindruckend. Ich bewundere sie sehr dafür, auch wenn ich sie dafür manchmal auch umbringen möchte. Ich meine, wie kommt sie so durchs Leben?

Der Abend geht reibungslos weiter. Viel besser, als ich erwartet hätte, ehrlich gesagt. Abgesehen davon, dass ich mit der Zeit immer mehr in mein Gespräch mit Juliet und Tea vertieft bin und plötzlich feststelle, dass Simon und Hudson in so ziemlich allem anderer Meinung zu sein scheinen.

Sie sind sich nicht einmal einig über den korrekten Text von Miley Cyrus' "Wrecking Ball". Sie googlen es und Simon hat Recht.

Sie sind sich uneinig darüber, ob Weihnachten in diesem Jahr auf einen Wochentag oder ein Wochenende fallen wird. Wie oder warum diese Themen überhaupt zur Sprache gekommen sind, werde ich nie erfahren. Sie schlagen es nach und Hudson hat Recht.

Sie sind sich nicht einig, wer in diesem Jahr im Super Bowl spielen wird. Das kann noch niemand wissen. Es ist erst Oktober.

Nach einer Weile ärgert sich Tea darüber, dass Hudsons Aufmerksamkeit ganz auf Simon gerichtet ist, und sie geht. Er winkt ihr zum Abschied zu, ohne sich die Mühe zu machen, aufzustehen oder sie zur Tür zu bringen, und sie geht sauer nach Hause. Hudson kann manchmal sehr unsensibel sein, und ich bin froh, dass ich ausnahmsweise einmal nicht davon betroffen bin. Eine halbe Stunde später verschwindet auch Simon, aber nicht bevor er und Hudson einen kleinen Streit anfangen.

Ich bin mir nicht sicher, wie es dazu kommt, denn ich bin mitten in einem sehr wichtigen Gespräch mit Juliet über die richtige Art und Weise, den Kleber von falschen Wimpern zu entfernen. Dann höre ich Hudson plötzlich sagen: "Ganz ehrlich, du musst deswegen aber jetzt nicht so ein Arsch sein."

"Wovon redest du? Ich sage nur meine Meinung."

"Ach, scheiß drauf. Du weißt genau, wovon ich rede", sagt Hudson und stürmt in sein Zimmer.

"Worum geht es?", frage ich.

"Dein Mitbewohner hört nicht gerne die Wahrheit", sagt Simon, offensichtlich unbeeindruckt. Er zuckt mit den Achseln und gibt mir ein Küsschen auf die Wange. "Ich muss jetzt los."

"Ich hatte heute viel Spaß", sagt Simon, während ich mit ihm auf den Aufzug warte.

"Ich auch."

"Kann ich dich wiedersehen?", fragt er.

"Ja, natürlich", sage ich und beuge mich vor, um ihn zu küssen.

ALS ICH ZURÜCK INS Wohnzimmer komme, geht Hudson im Wohnzimmer auf und ab. Er ist wütend. Sehr wütend. Ich habe ihn noch nie so gesehen.

"Kann ich mit dir reden?", fragt er. Ich nicke. "Unter vier Augen?"

Ich folge ihm in sein Zimmer. Plötzlich wird mir klar, dass ich zum ersten Mal hier bin. Ich schaue mich um. Fast jeder Quadratzentimeter der leeren Wandfläche ist mit Plakaten bedeckt. Mädchen in Bikinis. Lakers und 49er-Poster (eindeutig Hudsons). Plakate der Yankees und Knicks (Dylans). Das stereotype John-Belushi-College-Poster, das anscheinend für das Zimmer eines jeden College-Jungs obligatorisch ist. Und dann ist da noch der Geruch. Nein, nicht der Geruch. Der Gestank. Das Zimmer riecht nach alten Burritos und Schweiß.

"Lüftet ihr hier nie?", frage ich.

"Tut mir leid, wir waren in dem Kerzenladen, von dem Juliet und du immer schwärmen, aber die meinten, dass ihr schon alles leer gekauft habt", sagt er, ohne zu zögern.

"Haha, sehr lustig." Ich lächle. Es ist schön, wieder mit ihm Spaß zu haben. Mir ist klar, dass es dieses Geplänkel ist, das ich in den letzten Monaten wirklich vermisst habe. Es sind nicht einmal die Küsse, der Sex oder die Berührungen. Es ist das freundliche Geplänkel. Es fühlt sich wieder an wie in alten Zeiten. Längst vergangene Zeiten. Als wir noch Freunde und die Dinge weniger kompliziert waren.

"Also, worüber wolltest du sprechen?", frage ich.

"Dieser Typ. Simon", sagt Hudson und dehnt seinen Namen aus, um ihn lächerlich klingen zu lassen. Es funktioniert. Ich rolle mit den Augen.

"Du willst über Simon sprechen?", frage ich.

"Ja. Was ist mit dem?"

"Nichts." Ich zucke mit den Achseln. "Ich weiß nicht, was du meinst."

"Habt ihr was miteinander, oder so?", fragt Hudson.

"Ich weiß es nicht. Ich denke schon. Heute war unser erstes Date. Na ja, irgendwie", sage ich. Ich ertappe mich plötzlich. Ich weiß nicht, warum ich ihm das alles erzähle. Es geht ihn nichts an. "Was geht dich das an?", frage ich.

"Er überstürzt es ein bisschen, oder?" Hudson weicht meiner Frage aus.

"Wovon redest du?"

Hudson fängt wieder an, durch den Raum zu schreiten. Er redet nicht mehr mit mir, sondern auf mich ein.

"Der hatte seine Zunge schon in deinem Hals und hat dann erst deinen Mitbewohner kennengelernt", sagt er und vermeidet Augenkontakt mit mir.

So habe ich Hudson noch nie gesehen. Was zum Teufel geht hier vor? Dann fällt es mir wie Schuppen von den Augen.

"Moment mal", sage ich. "Was ist hier los? Bist du eifersüchtig?"

Ich lächle. Ich strahle förmlich. Ich versuche, das Lächeln zu unterdrücken, aber ich kann es nicht.

"Nein, ich bin nicht eifersüchtig", sagt Hudson schnell. Etwas zu schnell, um glaubwürdig zu sein.

Er kann es leugnen, wie er will, aber ich durchschaue ihn. Er ist eifersüchtig.

"Wie kannst du eifersüchtig sein? Du hast eine Freundin!", sage ich.

"Wen meinst du, Tea? Sie ist nicht meine Freundin", sagt er. Ich runzle die Stirn. Ich glaube ihm nicht

"Weiß sie das? Denn so wie es aussieht, scheint sie deine Freundin zu sein."

Er schüttelt den Kopf. "Nein, das denkt sie nicht. Wir hängen nur zusammen rum. Treffen uns. Aber wir sind nicht exklusiv. Das ist nichts Ernstes."

Ich schüttle den Kopf. Tea tut mir leid. Ich glaube nicht, dass sie das so sieht. "Na ja, dann solltest du mit ihr reden. Ich bin mir nicht sicher, ob ihr da einig seid."

Er schaut mich durchdringend an. "Lenk jetzt nicht ab", sagt er.

"Wovon?"

"Von dir."

"Das habe ich gar nicht." Ich zucke mit den Achseln.

"Also, stehst du auf den Kerl? Simon?"

Ich denke einen Moment darüber nach. Ich möchte so ehrlich wie möglich antworten. So gehen doch Freunde miteinander um, oder?

"Ja, das tue ich." Ich nicke. "Sehr sogar."

Er rollt mit den Augen und schüttelt den Kopf.

"Und warum magst du ihn nicht?", frage ich. Hudson hat keinen guten Grund.

"Ich habe einfach ein schlechtes Gefühl dabei, Alice", sagt er. Jetzt rolle ich mit den Augen.

"Hudson, du hast kein schlechtes Gefühl. Du bist nur eifersüchtig, aber du musst darüber hinwegkommen, weil wir nicht mehr zusammen sind", sage ich und verlasse den Raum.

26

Irgendwie fallen Hudson und ich in eine neue Normalität. Ein paar Wochen vergehen. Er trifft sich weiterhin mit Tea (ich hoffe, dass sie ein Gespräch über ihre Beziehung geführt haben und dass er sie nicht verarscht, aber ich weiß es nicht). Ich treffe mich immer noch mit Simon. Wir hatten vier Dates bis jetzt. Eins besser als das andere. Langsam, aber sicher kommen wir zur letzten Stufe. Du weißt schon, Sex. Möglicherweise.

"Ihr habt es also noch nicht getan?", fragt Juliet eines Abends, während sie sich neue Extensions ins Haar macht.

Es kommt aus heiterem Himmel, aber

ich wollte mit jemandem darüber sprechen. Sie war wahrscheinlich die beste Option.

"Nein, noch nicht", seufze ich. "Ich bin nicht sicher, ob ich bereit bin."

"Was? Was?" Sie starrt mich an, als ob ich den Verstand verloren hätte. Offensichtlich muss ich es ihr etwas unverblümter erklären.

"Na ja, ich habe es seit Hudson mit niemand anderem mehr gemacht. Deshalb fühle ich mich bei der ganzen Sache ein wenig unwohl."

"Du magst Simon, richtig?"

Ich nicke.

"Also, was hat das wieder mit Hudson zu tun?", fragt sie und bürstet eine der Extensions.

Für sie ist alles so einfach. Ich wünschte, ich wäre mehr wie sie. Keine Komplikationen. Keine Analyse. Ich lebe einfach mein Leben, ohne mir zu viele Gedanken zu machen. Das hat mir nie wirklich etwas Gutes gebracht. Ich weiß aber einfach nicht, wie ich damit aufhören soll.

Ich zucke mit den Achseln. Ich weiß

nicht, was ich antworten soll. "Es hat nichts mit ihm an sich zu tun. Es ist nur seltsam."

Sie rollt mit den Augen. Sie trägt so viel Make-up, dass das Augenrollen besonders übertrieben wirkt und mich an eine Zeichentrickfigur erinnert.

"Nein, seltsam ist, dass sich Hudson ausgerechnet mit dieser fetten Tussi trifft, nachdem er ausgerechnet dich abserviert hat, und sie treiben es wie die Karnickel, während du mit jemandem ausgehst, der heißer ist als dein Ex und mit dem du es nicht treibst."

Juliets Worte rauben mir für einen kurzen Augenblick den Atem. Ich weiß nicht einmal, wo ich anfangen soll, mich mit dieser actiongeladenen Erklärung von Schwachsinn auseinanderzusetzen, mit der sie mich gerade konfrontiert hat. Ich beschließe, am Anfang zu beginnen.

"Zunächst einmal: Tea ist nicht fett", sage ich.

"Sie hat einen schweren Knochenbau", sagen Juliet und ich gleichzeitig. Juliet verspottet mich.

"Und sie ist wirklich nett", füge ich hinzu.

Juliet zuckt mit den Achseln. "Gut, wenn du so tun willst, als wenn du die neue Freundin von deinem Ex magst, dann tu das. Ich sehe nicht, dass er dasselbe für dich tut, aber okay."

"Was meinst du damit?"

"Was ich damit meine?" Juliet dreht sich zu mir um und benutzt den Lockenwickler, um auf mich zu zeigen. "Alice, Hudson hat eine Freundin, und er ist super eifersüchtig auf das, was du mit Simon machst – einem Typen, mit dem du nicht einmal schläfst."

Ich gebe es nur ungern zu, aber das freut mich. Ich spüre, wie sich ein kleines Lächeln auf meinem Gesicht bildet, und versuche, es zu unterdrücken. Ich wechsle das Thema.

"Findest du wirklich, dass Simon heißer ist?", frage ich.

Juliet rollt wieder mit den Augen. "Ich würdige das nicht einmal mit einer Antwort. Es ist lächerlich, wie sehr du noch an Hudson hängst. Er hat es versaut. Er hat mit dir Schluss gemacht. Warum kannst du nicht einfach darüber hinweg kommen?"

"Ich bin darüber hinweg", sage ich. Es fühlt sich nicht mehr so an, als würden wir Witze machen. Jetzt werde ich wütend. "Ich will Hudson nicht zurück. Ich würde ihn nicht einmal zurücknehmen, wenn er wieder mit mir zusammenkommen wollte", füge ich hinzu.

Ich habe diese Worte nie laut ausgesprochen. Ich habe mich nicht einmal getraut, sie zu denken. Sie jetzt auszusprechen, fühlt sich ehrlich an. Wahr. Ja, ich würde ihn nicht zurücknehmen. Es ist vorbei. Mit uns ist es vorbei.

"Also, warum hast du dann solche Angst davor, mit Simon zu schlafen?", fragt Juliet.

"Ich weiß es nicht." Ich zucke mit den Achseln. "Das Einzige, was ich sicher weiß, ist, dass es nichts mit Hudson zu tun hat. Es hat nur mit mir selbst zu tun. Ich habe mit keinem anderen geschlafen. Vielleicht habe ich einfach nur Angst."

SPÄTER AM ABEND geht Juliet in einen der Clubs in Soho. Es ist Dienstagabend. Juliet geht unter der Woche gern aus, weil, wie sie meint, "dann die Clubs voller Einheimischer sind". Ich bin schon einmal unter der Woche mit ihr ausgegangen, konnte mich aber am nächsten Tag im Unterricht nicht konzentrieren. Sie geht ein paar Mal pro Woche aus und besteht darauf, dass sie am nächsten Tag vollkommen fit ist. Andererseits verbringe ich meine Mittwochvormittage nicht mit Ausschlafen und meine Mittwochnachmittage nicht mit einem Kurs übers Atmen. Wie kann man ein Semester lang übers Atmen sprechen? Gibt es überhaupt genug Material für zwölf Wochen? Wenn ja, wie zum Teufel kommt der Rest von uns ohne diesen intensiven zwölfwöchigen Kurs über etwas so Elementares und Lebensnotwendiges aus? Ich bezweifle, dass ich jemals die Antworten auf diese Fragen finden werde.

Ich hatte Simon zu einem früheren Zeitpunkt an diesem Tag zum Lernen eingeladen, und er kommt direkt, nachdem Juliet gegangen ist. Leider bin ich die Einzige, die lernen muss. Er kommt zum Zeichnen. Ich wollte keine definitiven Pläne

darüber machen, was später am Abend
passieren würde, aber ich beschloss, auf
Nummer sicher zu gehen und meine Beine
und andere wichtige Körperteile zu rasieren,
nur für alle Fälle. Ich ziehe mein bestes
Höschen an und verfluche mich selbst, dass
ich keinen passenden BH habe. Ich meine,
wie schwer kann es sein, ein passendes Set
zu bekommen? Du bist jetzt erwachsen,
Alice. Du bist eine Frau. Frauen haben
passende BH- und Höschen-Sets.

Ich betrachte mich im Spiegel. Ein
schwarzer No-line-Slip und ein schwarzer
Push-up-BH mit Spitze und kleinen Blumen
an den Trägern. Der BH lässt meine Brüste
aussehen, als wären sie ein C-Körbchen,
auch wenn sie eigentlich eher ein kleines B-
Körbchen sind. Meine Mutter sagt gerne,
dass diese BHs falsche Werbung sind und
dass Männer zweifellos enttäuscht sein
werden. Meine Schwestern und ich wissen,
dass sie nur Spaß macht, aber keine von uns
ist so gut ausgestattet wie sie. An diesem
Punkt in meinem Leben bin ich noch nicht
bereit, unters Messer zu kommen, wie es
viele Mädchen an meiner High School getan

haben. Der Push-Up-BH wird also reichen müssen. Wenn er enttäuscht ist … dann na ja.

Sobald ich die Entscheidung über die Unterwäsche getroffen habe, wende ich mich meinem Kleiderschrank zu und stehe vor einer viel schwierigeren und komplizierteren Entscheidung: was soll ich darüber tragen? Ich ziehe zwei Jeans, zwei T-Shirts, zwei Blusen, einen Rock und ein Kleid heraus. Ich probiere insgesamt vier Outfits an. Eines ist zu schick. Ein anderes ist viel zu schick. Eines ist zu leger und nicht feminin genug. Das letzte ist perfekt. Skinny Jeans, ein enger Polo-Pulli mit schwarzen und weißen Streifen und ein Paar Uggs mit kleinen Schleifen hinten. Ich betrachte mich im Spiegel. Niedlich.

Simon kommt pünktlich. Er trägt eine locker sitzende Jeans und ein sexy graues T-Shirt, das an den richtigen Stellen eng anliegt. Nachdem er mich kurz umarmt und mir einen warmen Kuss gegeben hat, wirft er seinen Mantel auf Juliets Bett und plumpst mit seinem Skizzenblock auf meines.

"Darf ich dich zeichnen, während du lernst?", fragt er und beginnt, eine Skizze zu zeichnen, ohne auf meine Antwort zu warten.

"Was?", frage ich. Meine Hände werden kalt und mir läuft ein Schauer über den Rücken.

"Komm schon, bitte?", fleht er.

Ich schüttle den Kopf. *Auf keinen Fall,* denke ich.

"Warum?" Er schaut zu mir auf mit seinen schönen blauen Augen. Das Licht im Raum lässt sie haselnussbraun und noch geheimnisvoller und listiger als sonst aussehen.

"Weil ich viel zu unsicher bin", sage ich. Ist das nicht offensichtlich? Wer zum Teufel wäre damit einverstanden, sich zeichnen zu lassen, und fühlt sich dabei wohl?

"Du hast keinen Grund, unsicher zu sein. Du bist schön."

Simon sagt das auf eine so ruhige, bescheidene Weise, dass ich ihm glaube. Ich weiß, dass er das genau so fühlt.

"Vielen Dank." Ich lächle. "Aber das ist immer noch ein Nein."

Er legt seinen Skizzenblock weg und kommt mir näher. Ich sitze mit verschränkten Beinen auf der anderen Seite des Bettes, und er legt seine Hände auf meine Knie und zieht sich näher an mich heran.

"Komm schon, ich bin sehr respektvoll", flüstert er und küsst mir die Hand. "Das wird nicht wie bei *Titanic* oder so, falls du dir darüber Sorgen machst. Du brauchst dich nicht auszuziehen."

"Vielen Dank." Ich rolle mit den Augen. Ich habe nicht einmal daran gedacht, dass es so weit gehen könnte, aber jetzt stelle ich es mir natürlich vor. Titanic ist mein Lieblingsfilm. Ich habe ihn mir eine Million Mal angesehen. Meine Schwestern können das nicht verstehen, weil er vor meiner Zeit herausgekommen ist, aber ich liebe alte Filme.

Simon lächelt mich an und weigert sich, den Blickkontakt zu unterbrechen. Die Erwähnung von *Titanic* hat mich fasziniert, aber ich kann auf keinen Fall nackt posen. Kate Winslet hat viel mehr Mumm als ich.

"Okay, gut. Wie du willst." Simon zieht

sich von mir zurück. Er gibt mir ein kurzes
Küsschen auf die Wange, um zu zeigen, dass
er mir nicht böse ist, und wendet sich wieder
seinem Skizzenblock zu. Ich öffne mein
Notizbuch und versuche, mich auf meine
Notizen über *Catcher in the Rye* zu
konzentrieren. Leider kann ich kaum meine
eigene Handschrift lesen oder etwas von
dem, was ich aufgeschrieben habe,
entziffern. Nichts, was ich lese, ergibt
irgendeinen Sinn, und nach fünf Minuten
des Kampfes beginnen meine Augen
umherzuwandern.

27

"Ey, warte mal! Was machst du da?", frage ich, als ich einen Blick auf Simons Arbeit werfe und einen Umriss meines Gesichts sehe.

"Nichts." Er lächelt und bedeckt sein Werk. Ich nehme es ihm aus der Hand und laufe zur anderen Seite des Raumes.

"Hey! Das ist privat!", ruft er aus Spaß.

"Ja! Genau!", rufe ich zurück und lache. "Das ist mein Gesicht! Das ist auch privat!"

Simon steigt aus dem Bett und jagt mich durch das Zimmer. Wir laufen zweimal im Kreis, bevor er mich einholt, mir seinen Skizzenblock aus der Hand reißt und mich auf das Bett wirft. Wir brechen in Gelächter aus, das schnell in Knutschen umschwingt.

Simons Zunge bahnt sich ihren Weg an meinem Hals herunter und hält an meinen Brüsten inne. Dann geht er weiter nach unten. Er zieht mein Oberteil hoch und küsst meinen Bauchnabel. Plötzlich wird alles verschwommen. Er zieht mein Oberteil aus. Ich knöpfe seine Hose auf. Er kämpft damit, mir die Jeans auszuziehen. Er zieht mir den BH aus. Ich ziehe ihm das Hemd aus. Er streichelt meine Brüste mit seiner Zunge. Ich fahre mit meiner Zunge auf seinen Bauchnabel zu und ziehe an seiner Boxershorts.

"Hey, hast du meine ..." Hudson stürmt in mein Zimmer.

"Was zum Teufel machst du hier?", schreie ich. Er erstarrt in der Tür. Ich greife etwas vom Boden und versuche, mich zuzudecken. Es ist zwecklos. Es ist mein BH, und ich bin nicht in der Verfassung, ihn richtig anzuziehen. Keine der Klammern ergibt irgendeinen Sinn. Stattdessen greife ich mir ein Shirt und wickle es um meinen Oberkörper.

Als ich den Blick hebe, ist Hudson immer noch da.

"Hudson! Was soll das?", sage ich. "Jetzt zieh schon Leine!"

Hudson steht einfach nur da, als wäre er versteinert. Ich sehe Simon verschmitzt lächeln. Der Ausdruck auf seinem Gesicht lässt ihn stolz aussehen. Wenn nicht stolz, dann definitiv unbeeindruckt.

"Hudson! Hudson!", versuche ich es noch einmal. Er scheint sich langsam zu sammeln.

Simon schaut mich und dann Hudson an. Dann wieder zurück zu mir.

"Es tut mir leid", flüstert er und geht.

Ich gerate in eine Art Schockzustand. Meine Ohren summen und meine Hände werden kalt. Ich kann die Enden meiner Fingerspitzen überhaupt nicht mehr fühlen.

"Er will dich zurück", sagt Simon und beginnt, meine Schulter zu küssen. Seine Lippen fühlen sich kalt und fremd an. Ich stoße ihn weg.

"Was?", frage ich. "Wovon redest du?"

Simon zuckt mit den Achseln.

"Dein Ex ... er will dich zurück", sagt er.

Die Worte, die aus seinem Mund kommen, ergeben für mich keinen Sinn. Ich schüttle den Kopf und schaue Simon dann genauer an. Er ist nicht eifersüchtig oder besorgt. Stattdessen strahlt er Zuversicht und Lässigkeit aus. Ist das alles nur gespielt?, frage ich mich. Sieht nicht so aus.

Simon lehnt sich näher an mich heran. Ich halte mir immer noch das Shirt vor die Brüste und versuche vergeblich, mich zu bedecken. Er berührt meinen Arm und versucht, es wegzuziehen. Ich halte ihn auf. Ohne ein Wort fängt er an, mich wieder zu küssen. Meinen Nacken. Dann meine Lippen. Ich weiß, was er tut. Er versucht, unseren Augenblick zurückzuholen. Er versucht, uns zu dem zurückzubringen, was wir vor der Unterbrechung getan haben, aber ich kann nicht klar denken. Ich kann mich nicht konzentrieren. Ich kann mich nicht in diese Welt zurückfallen lassen. Die Unterbrechung ist alles, woran ich denken kann.

"Warte warte." Ich ziehe mich zurück. "Halt. Ich kann das gerade nicht."

"Ach, komm schon. Lass ihn uns das

nicht ruinieren", flüstert er. Seine Stimme ist berauschend. Seine Lippen sind so sexy. Für einen kurzen Moment verliere ich mich, aber dann ziehe ich mich wieder zurück.

"Nein, ich kann nicht." Ich schüttle den Kopf. "Du musst gehen."

"Was?" Simon kann nicht glauben, was ich gerade gesagt habe.

"Es tut mir leid", sage ich und fange an, mich anzuziehen. "Ich muss lernen und wir sollten das sowieso nicht tun."

"Ich kann bleiben und mit dir lernen", sagt er. Darüber denke ich einen Moment lang nach. Vielleicht können wir einfach so tun, als wäre das alles nicht passiert. Dann schweifen meine Gedanken wieder zu Hudson ab. Nein, ich kann jetzt nicht. Ich brauche Luft. Ich muss aus diesem Zimmer raus.

"Nein, tut mir leid." Ich schüttle den Kopf und bringe Simon aus dem Zimmer.

"Ich rufe dich später an", sage ich beim Aufzug. Ich lehne mich für einen Kuss vor, aber Simon ist sauer. Er sagt nichts, aber ich merke es. Er dreht seinen Kopf von mir weg.

"Kann ich dich später anrufen?", frage ich. Ein Anflug von Angst durchströmt mich. Was, wenn er mich nicht wiedersehen will? Was dann?

"Mir egal." Simon zuckt mit den Achseln und steigt in den Aufzug.

"WAS HAST DU DIR DABEI GEDACHT?" Ich platze in Hudsons Zimmer, ohne zu klopfen.

Ich hoffe, ihn dabei zu erwischen, wie er etwas Peinliches und Erniedrigendes tut, aber er sitzt nur auf seinem Bett und hat ein Lehrbuch quer über seine Beine geöffnet. Er schaut zu mir auf, als ob ich mich verlaufen hätte, als ob er völlig vergessen hätte, was gerade passiert ist. Argh, er macht mich so wütend.

"Was?", fragt er und hebt seine Augenbrauen. "Was ist hier los?"

"Was? Was ist hier los?" Ich ertappe mich dabei, wie ich seine Worte wiederhole. "DU. Du bist bei mir hereingeplatzt."

"Hör zu, es tut mir leid, okay?" Hudson zuckt mit den Achseln. "Ich habe einfach nur meine Jacke gesucht. Ich dachte, ich hätte sie in deinem Zimmer vergessen."

Ich schüttle den Kopf. "Das ist unglaublich."

Ich verlasse sein Zimmer und schlage auf dem Weg nach draußen die Tür zu. Ich laufe im Wohnzimmer herum und überlege mir, was ich sagen soll. Ich suche nach Worten, mit denen ich meine Wut auf ihn ausdrücken kann, aber nichts kommt. Ich möchte zuschlagen. Etwas zerbrechen. Etwas schlagen. Ihn schlagen. Hudson!

"Okay, hör zu." Hudson kommt ins Wohnzimmer. "Es tut mir leid."

"Es tut dir leid?", schreie ich. Ich hasse es, wenn meine Stimme so zerbrechlich klingt.

"Es tut mir leid, okay? Ich wollte euch nicht unterbrechen. Es war wirklich aus Versehen." Hudson zuckt mit den Achseln.

Ich kann ihn einfach nur anstarren.

"Ist er noch hier?", flüstert er mir zu, als ich nicht antworte.

"Nein, natürlich nicht! Warum?", frage ich.

Hudson zuckt wieder mit den Achseln.

Unsere Blicke treffen sich. Er schaut weg.
Ich hasse es, wie sexy er aussieht, wenn er im
Unrecht ist. Er schaut dann immer auf seine
Füße und verlagert sein Gewicht von einem
Fuß auf den anderen. Ich warte darauf, dass
er seine Schultern senkt und ein paar
Seufzer ausstößt. Und genau das tut er.
Warum muss ich ihn nur so gut kennen? Ich
verfluche mich selbst. Ich sollte ihn und all
seine perfekten Unvollkommenheiten als
lästig und zum Kotzen empfinden, aber ich
tue es nicht. Stattdessen sorgen sie dafür,
dass ich Lust auf ihn bekomme ...

Ich schüttle den Kopf. Nein, daran
werde ich jetzt nicht denken. Es ist vorbei.

"Kann ich dich etwas fragen?", fragt
Hudson nach einigen Momenten der Stille.
Ich zucke mit den Achseln und schaue zu
Boden.

"Warum bist du so sauer geworden? Ich
meine, ich weiß, dass ich euch überrascht
habe, aber ... warum bist du so sauer
geworden, Alice?"

"Ich bin nicht sauer geworden", sage ich
zu schnell. "Du wolltest einfach nicht mehr
aus dem Zimmer gehen. Warum bist du

einfach da stehengeblieben wie eine Statue? Ich musste dich ein paar Mal anschreien, bevor du reagiert hast."

Hudson kommt mir einen Schritt näher. Er neigt den Kopf nach vorne, und die Haare fallen ihm ins Gesicht. Wir stehen uns so nahe, dass ich die Poren in seinem Gesicht sehen kann.

"Ich stand unter Schock", flüstert er.

"Warum?", flüstere ich. Ich kann seinen Atem auf meinen Lippen spüren.

"Weil du über mich hinweg bist", sagt er nach einem Moment und schaut weg. Er dreht sich um und geht in die Küche.

"Was?", frage ich mit normaler Stimme. Die Worte scheinen durch den Raum zu hallen. Hudson bleibt wie angewurzelt stehen.

"Was?", fragt er.

"Wovon redest du?", frage ich. Ich habe das Gefühl, dass wir uns im Kreis drehen und nicht weiter kommen.

"Ich war schockiert, weil du über mich hinweg bist", flüstert er. "Darum stand ich einfach nur da. Ich wollte nicht stören, wirklich nicht. Als ich euch beide gesehen habe, hat es sich aber wie ein Schlag in die Magengrube angefühlt."

Ich kann nicht verstehen, was er sagt. Es summt in meinen Ohren.

"Wovon sprichst du?", frage ich. "Wir haben uns getrennt, Hudson. Vor langer Zeit."

Er zuckt mit den Achseln.

"Du hast mit mir Schluss gemacht, erinnerst du dich? Und jetzt schläfst du mit meiner Peer-Review-Partnerin Tea. Erinnerst du dich? Und du bist überrascht, wenn du mich mit Simon im Bett erwischst? Bist du wahnsinnig?"

Er schaut mich verwirrt an. "Moment mal, was? Mit Tea schlafen? Wer hat dir erzählt, dass ich mit Tea schlafe?"

"Ihr habt nicht miteinander geschlafen?", frage ich.

"Nein." Er schüttelt den Kopf. "Nicht, dass es dich etwas angeht."

"Warte, ich verstehe das nicht", sage ich. "Ihr seid jetzt schon eine Weile zusammen."

Er zuckt mit den Achseln. "Der Zeitpunkt hat nicht gepasst. Wir gehen es langsam an. Aber das spielt jetzt keine

Rolle mehr. *Jetzt* ist alles anders, nicht wahr?"

Ich möchte auf ihn zugehen und ihm gegen die Brust schlagen. Was zum Teufel meinst du damit? Das ist *jetzt* nicht mehr wichtig. Was spielt keine Rolle? Warum ist es nicht wichtig? Was ist anders? Etwas hält mich zurück. Das ist nicht mein alter Hudson. Diese Person ist anders und unsere Beziehung ist anders. Zerbrechlich, neu, um es vorsichtig auszudrücken.

"Anscheinend schon", sage ich schließlich. Das ist alles, was ich sagen kann. Er schaut enttäuscht weg. *Wenn du willst, dass die Dinge anders sind, dann sag es mir. Sag mir, was du willst. Sag mir etwas, irgendetwas von Wert,* will ich am liebsten aus vollem Hals schreien, aber ich tue es nicht.

"Ich will dir damit nur sagen", sagt Hudson. Ich schaue voller Hoffnung zu ihm auf. Vielleicht ist das alles. Vielleicht ist dies der Moment, in dem er mir wirklich sagt, was er für mich empfindet. "Ich will dir nur sagen, dass es nicht wieder vorkommen wird." Er beendet den Satz und bricht mir damit das Herz.

28

Hudson und Tea haben keinen Sex. Zumindest bis heute nicht. Ich kann nicht glauben, dass ich das nicht wusste. Ich liege auf meinem Bett, starre an die Decke und höre Adele. Ich bin überzeugt, dass es für meine psychische Gesundheit gefährlich sein kann, zu viel Adele zu hören, aber ich kann gerade nicht anders. Sie ist wie eine Droge. Ich brauchte Monate, um über ihr letztes Album hinwegzukommen, aber jetzt hat sie ein neues Album herausgebracht.

Hudson und Tea hatten keinen Sex, aber jetzt, wo er mich mit Simon gesehen hat, werden sie es tun. Vielleicht ist das gar nicht so schlimm, entscheide ich nach einer Weile. Ich meine, was soll's? Ich habe doch sowieso schon gedacht, dass sie es treiben und jetzt werden sie es tatsächlich tun. Warum mache ich mir solche Sorgen?

Ich atme tief ein. Ich habe noch so viel Arbeit vor mir. Ich muss eine Arbeit in Englisch und etwas in Anthropologie schreiben. Ich habe mit beidem noch nicht angefangen. Heute hätte ich eigentlich lernen sollen, aber jetzt ist alles im Eimer. Ich kann genauso gut Junk Food essen und fernsehen.

Ich gehe ins Wohnzimmer. Als ich dort Hudson sehe, nicke ich ihm zu und stelle eine Packung Popcorn in die Mikrowelle. Dylan und Juliet sind nicht da, aber das wird mich nicht davon abhalten, im Wohnzimmer herumzuhängen. Mit Hudson und mir ist es vorbei. Wir treffen uns mit anderen Leuten. Wir sind erwachsen. Wir sind in der Lage, Freunde zu sein. Wir fangen jetzt direkt damit an.

Hudson sieht sich auf ESPN einige Sportanalysen an. Football, glaube ich.

"Wie läuft's denn so?", frage ich.

"Sieht schlecht aus für den USC an diesem Wochenende", sagt er. Hudson war schon immer USC-Fan. Jetzt, wo wir 3.000 Meilen von Los Angeles entfernt sind und er auf eine ganz andere Schule geht, ist er immer noch USC-Fan. Das mag ich an ihm. Seine Loyalität.

Ich frage ihn, gegen wen sie spielen. Er geht auf ein langes Gespräch über den neuen Trainer und den Quarterback in dieser Saison ein. Ich höre nur halb zu, aber ich genieße unsere Zeit trotzdem. Es sind erst ein paar Stunden seit dem Vorfall mit Simon vergangen, aber alles scheint wieder einigermaßen normal zu sein. Freunde. *Okay, ich schaffe das,* sage ich mir.

"Hey, hörst du mir überhaupt zu?", fragt er.

"Ja, sicher", lüge ich. Das ist Bestätigung genug, damit er wieder anfängt zu reden. Wir schauen ein paar Stunden lang gemeinsam ESPN. Die meiste Zeit verbringe ich am Handy und lese etwas und verschwende meine Zeit auf Facebook, aber unsere gemeinsame Zeit ist trotzdem schön.

"So, ich glaube, ich gehe jetzt ins Bett",

sage ich, als ich merke, dass es fast elf
Uhr ist.

"Ich wünschte, ich könnte auch schon ins
Bett", sagt Hudson mit einem Seufzer und
schaltet durch die Kanäle.

"Wie meinst du das?", frage ich.

"Oh, siehst du die Socke an unserer
Tür? Das bedeutet, dass Dylan mit einem
Mädchen da drin ist. Die sind schon fast den
ganzen Abend da drin."

Ich schaue auf die Socke. Sie ist knallrot
und so alt, dass sie aussieht, als wäre sie eine
Million Mal gewaschen worden
(wahrscheinlich von Dylans Haushälterin).

"Ich dachte, das sei nur ein Klischee.
Macht ihr das ehrlich mit den Socken?",
lache ich.

"Woher sollen wir sonst wissen, dass wir
besser nicht stören?", fragt er. "Wenn ich es
mir recht überlege, sollten Juliet und du auch
so ein System entwickeln. Sonst platzt noch
jemand herein."

Wir brechen beide in Gelächter aus.

"Ich werde es mir überlegen", sage ich
schließlich und rolle mit den Augen.

"Also, wen hat er da drin?", frage ich.

Er zuckt mit den Achseln.

"Ich wette, es ist Peyton", sage ich.

"Nein, das glaube ich nicht." Er schüttelt den Kopf.

"Woher willst du das wissen?"

"Immer wenn Peyton hier war, haben sie auch mit uns rumgehangen. Er hat es nicht verheimlicht. Aber dieses Mädchen? Ich weiß nicht, es ist irgendwie anders. Ich war nur ein paar Minuten draußen und plötzlich hängt eine Socke an der Tür. Nein, dieses Mädchen ist jemand anders."

Wir lachen wieder. Es ist schön, mit Hudson zu lachen. Entspannend und friedlich. Wir warten noch zehn Minuten und entscheiden uns dann, Wetten abzuschließen.

"Ich wette zehn Dollar, dass es Peyton ist", sage ich.

"Nein, nein. Ich will nicht um Geld wetten."

"Warum?", frage ich erstaunt.

"Weil es langweilig ist. Lass uns um Hausarbeit wetten oder etwas Lustiges."

"Was zum Beispiel?"

"Wenn du gewinnst, dann muss ich

etwas für dich machen. Dein Bett machen, deine Wäsche waschen, dich irgendwo hinbringen?"

Darüber denke ich eine Sekunde nach. Das klingt interessanter als Geld.

"Okay, wenn es Peyton ist, dann musst du meine Wäsche zwei Wochen lang waschen", sage ich.

"Abgemacht", sagt er. Er schaut mich von oben bis unten an, als ob er versuchen würde, mich abzuschätzen. "Und wenn ich gewinne, wenn es nicht Peyton ist, sondern ein anderes Mädchen, dann musst du mit mir zum Maskenball von Phi Kappa Beta gehen."

"Was?", frage ich. Das war das Letzte, was ich erwartet hatte.

"Ich will unbedingt hingehen. In ein paar Wochen findet der Maskenball statt, und wenn ich gehen will, muss ich ein Date mitbringen."

Das klingt wie eine Erklärung, ist es aber nicht wirklich.

"Aber was ist mit Tea?"

Er zuckt mit den Achseln.

"Ich weiß es nicht, okay? Das mit Tea

und mir ist kompliziert. Es ist gerade komisch zwischen uns. Ich möchte einfach eine heiße Freundin mitbringen. Jemanden, der unkompliziert ist."

Ich nicke und lache dann. Ich kann nicht anders.

"Was? Warum lachst du?", fragt er.

Ich zucke mit den Achseln. "Du und Tca müsst in einer wirklich komplizierten Lage stecken, wenn du lieber deine Ex-Freundin mitbringst. Als wäre es zwischen uns nicht auch kompliziert."

Er kommt nahe an mich heran. "Das Ding ist, dass du wirklich etwas Besonderes für mich bist, Alice. Was du und ich haben ... ist anders. Jetzt, wo wir Freunde sind, weiß ich einfach, dass sich die Dinge klären werden."

Ich lächle. Ich hoffe, er hat Recht.

Hudson und ich warten bis Mitternacht auf Dylan und sein mysteriöses Date. Ich schlafe einige Male ein und gebe schließlich um kurz nach Mitternacht auf.

"Ich kann nicht länger warten. Ich muss schlafen gehen", sage ich.

"Ich warte noch hier", sagt er, während

ich ins Bett klettere. Ich beschließe, meine Tür nicht zu schließen. Ich will sehen, mit wem Dylan die ganze Nacht verbracht hat. Ich bin mir ziemlich sicher, dass ich sie hören werde, wenn meine Tür offen ist.

29

"Alice? Alice? Aufwachen!", höre ich jemanden, der sich über mein Bett beugt, flüstern. Aus irgendeinem Grund bin ich zusammengerollt und eng an meine Wand gedrückt. Es ist auch nicht meine Decke, die über mir liegt, irgendetwas Großes scheint mich festzuhalten.

"Alice?", höre ich die Stimme wieder.

"Hey, was soll der Scheiß, Mann?" Ich erschrecke mich über die Stimme, die aus meinem Bett kommt.

Plötzlich wird mir klar, dass es Hudson ist. Hudson ist in meinem Bett.
Warum? Wie?

"Ich glaube das nicht, Alice", sagt Simon und stürmt aus meinem Zimmer.

Ich schiebe Hudson aus meinem Bett auf den Boden.

Die hellen Lichter im Wohnzimmer tun in meinen Augen weh. Ich erwische Simon beim Aufzug.

"Simon, Simon! Es tut mir so leid. Ich weiß nicht, was hier vor sich geht. Ich weiß nicht, warum er in meinem Bett liegt."

"Oh, bitte." Simon schüttelt den Kopf. "Ich komme zurück, um alles wieder gut zu machen, und finde dann deinen Ex in deinem Bett."

"Simon, es ist nichts passiert. Ich bitte dich. Ich bin allein ins Bett gegangen. Ich habe keine Ahnung, warum er da liegt."

Mir schwirren die Gedanken im Kopf herum. Warum zum Teufel liegt er in meinem Bett?

"Nein, ich weiß. Ich weiß, warum. Er kann nicht in seinem Zimmer schlafen, weil Dylan ein Mädchen da drin hat."

"Dann musste er also bei dir schlafen? Obwohl es noch die Couch und Juliets Bett gibt, die beide leer sind?"

Ich habe keine Antwort darauf. Ich werde Hudson umbringen! Simon steigt in den Aufzug und drückt den Knopf. Hilflos sehe ich zu, wie sich die Türen schließen.

"Es tut mir leid", sage ich, als sich unsere Augen ein letztes Mal treffen, aber er schaut weg.

Ich gehe wütend in mein Zimmer zurück.

"Was zum Teufel machst du hier, Hudson? Warum schläfst du in meinem Bett? Hast du den Verstand verloren?"

"Es tut mir so, so leid", sagt er schläfrig. Seine Haare sind durcheinander und seine Augen sind kaum geöffnet. Aber die Couch im Wohnzimmer ist so kalt geworden. Wir haben da nicht einmal eine Decke, wusstest du das?"

"Ja, natürlich weiß ich das! Das erklärt aber nicht, was du in MEINEM Bett gemacht hast." Ich verschränke meine Arme über der Brust.

"Na ja, ich wollte eigentlich in Juliets Bett schlafen, aber es war so dunkel und das Bett lag voller Klamotten, da konnte ich nicht mal eine Decke finden."

"Dann bist du also einfach zu mir ins Bett gestiegen?"

"Du hast dich so klein gemacht und lagst direkt an der Wand. Es war so viel Platz, und ich war so müde."

Hudson zuckt mit den Achseln. Sein Haar ist zerzaust und unordentlich, aber seine Augen funkeln. Ich bin wütend auf ihn, aber ich weiß, dass ich nicht lange wütend bleiben kann. Nicht deswegen.

"Wie kann ich das wieder gutmachen?", fragt er. "Was kann ich tun? Möchtest du, dass ich mit Simon spreche?"

Darüber denke ich eine Sekunde nach. Vielleicht ist das eine gute Idee. Wenn Simon von Hudson hören könnte, dass es mit uns wirklich vorbei ist, würde er mir vielleicht verzeihen. Was, wenn das die Dinge noch schlimmer macht? Was, wenn Hudson vor Simon eine große Klappe hat (und die Wahrscheinlichkeit dafür ist sehr hoch)? Was, wenn sie in einen Streit geraten? Das würde alles noch schlimmer machen.

"Nein, ich werde mit ihm reden. Ist schon in Ordnung." Ich zucke mit den Achseln. "Du hättest das trotzdem nicht tun sollen. Du hast kein Recht dazu, mit mir ins Bett zu steigen."

"Ich weiß." Er zuckt mit den Achseln. Ich bin enttäuscht, dass er sich nicht mehr wehrt.

"Du würdest nicht zu mir ins Bett steigen, wenn ich Juliet wäre, oder?"

"Nein, aber du bist nicht Juliet."

"Oder ein fremdes Mädchen?"

"Nein, aber du bist nicht irgendein fremdes Mädchen. Du bist Alice. Meine Alice."

Seine Worte überraschen mich. Seine Alice? Was soll das bedeuten? Ich starre in sein Gesicht, um zu versuchen, weitere Hinweise zu sammeln, aber ich kann ihn nicht lesen. Sein Gesichtsausdruck ist nicht leer, aber er ist auch nicht sehr aufschlussreich. Hudsons Lippen formieren sich zu einem verschmitzten Grinsen, das mich an die Unterstufe erinnert. Hudson hatte genau denselben Gesichtsausdruck, als er und sein bester Freund Tom in das Büro der Rektorin eingebrochen sind, ihr die Schlüssel gestohlen haben und ihr Auto vom zugewiesenen Parkplatz auf den hinteren

Parkplatz umgeparkt haben. Danach haben
sie ihr die Schlüssel einfach wieder in die
Tasche geschmissen und so getan, als wäre
nichts passiert. Nur sehr wenige von uns
wussten, was passiert war, und die
Verwaltung fand es nie heraus. Als Hudson
es mir gegenüber endlich zugab, hatte er das
gleiche Grinsen im Gesicht wie jetzt.

"Nein." Ich schüttle den Kopf. "Ich bin
nicht mehr deine Alice."

Ein Klopfen! Ein dumpfer Schlag! Das
Geräusch von etwas, das gegen die Möbel
schlägt, erschreckt mich.

"Scheiße, Scheiße", schreit jemand vor
Schmerz.

Ich laufe Hudson hinterher ins
Wohnzimmer. Juliet hat sich vor Schmerzen
hingesetzt und hält sich an den Knöchel.

"Scheiß-Couch!", sagt sie.

"Geht es dir gut?", fragt Dylan. Er steht
in einem T-Shirt und Boxershorts bekleidet
in der Tür.

Ich schaue mir Juliet genauer an. Sie
trägt das Kleid, das sie gestern Abend
angezogen hat, aber es ist hinten nicht ganz
geschlossen und sie ist barfuß. Ihre Schuhe

sind in ihrer Hand. Plötzlich wird alles kristallklar. Ich schaue Hudson an. Ich kann sehen, dass es auch für ihn ziemlich klar ist.

"Du weißt, was das heißt, oder?", fragt er. "Du musst dir für den Maskenball ein Kostüm besorgen. Oh, ja, und der ist nicht in ein paar Wochen. Er ist dieses Wochenende."

Er hat unsere Wette gewonnen. Es war nicht Peyton in Dylans Zimmer. Es war ein anderes Mädchen. Juliet! Ich kann nur mit den Augen rollen.

"Was? Habt ihr darauf gewettet, wer mit mir im Zimmer ist?", fragt Dylan. Für eine Sekunde denke ich, dass er sauer ist. "Ihr spinnt doch! Was hattet ihr denn gedacht, wer es ist?"

"Peyton", sage ich.

"Du hast auf Juliet getippt?", fragt Dylan Hudson.

"Nicht wirklich. Nur, dass es nicht Peyton ist."

"Ihr könnt mich mal." Juliet steht auf und watschelt in unser Zimmer. Ich bezweifle, dass sie wegen der Wette sauer ist, aber sie sieht aus, als hätte sie immer noch Schmerzen.

"Als was willst du dich verkleiden?", fragt mich Hudson. Er freut sich tatsächlich darauf, mich dorthin mitzunehmen.

"Ich hasse es, deine Seifenblase zu zerplatzen, aber ich werde nicht gehen. Nicht nach dem, was du getan hast", sage ich und drehe mich um, um wegzugehen.

"Warte! Warte mal." Hudson legt seine Hand auf meine Schulter. "Du hast die Wette verloren. Du musst mitkommen."

"Nein, muss ich nicht. Du hast gerade meine ganze Beziehung zu Simon mit deiner kleinen Nummer gefährdet. Jemand, den ich wirklich mochte. Also, ich werde nicht dein Date auf irgendeiner dummen Verbindungsparty sein."

"Dafür habe ich mich bereits entschuldigt. Außerdem, was hat das mit der Wette zu tun? Wir haben die Wette schon viel früher abgeschlossen. Wenn es Peyton gewesen wäre, würde ich noch zwei Wochen lang deine Wäsche waschen", sagt Hudson.

"Da bin ich mir nicht so sicher", sage

ich. "Aber das macht nichts. Ich will nicht gehen."

"Das ist der Punkt. Wenn du die Wette verlierst, dann musst du halt etwas tun, was du nicht tun willst." Hudson schaut Dylan hilfesuchend an. "Sag's ihr, Mann."

"Ja, Hudson hat Recht, Alice. Du hast die Wette verloren."

"Und?", frage ich.

"Wette ist Wette", sagen Hudson und Dylan fast unisono.

"Und?", frage ich.

"Wenn du nicht gehst, bekommst du schlechtes Karma", sagt Dylan.

"Ich habe bereits schlechtes Karma." Ich zucke mit den Achseln. "Ich wohne mit meinem Ex zusammen!"

30

I ch gehe in mein Zimmer und schlage die Tür zu. Es ist 5 Uhr morgens und ich habe in ein paar Stunden Unterricht. Ich brauche mehr Schlaf, aber es gibt dringendere Angelegenheiten.

"Und? Wirst du mir erzählen, was passiert ist?", frage ich Juliet.

"Ich wollte es dir schon lange sagen", sagt sie und klettert in mein Bett.

"Ich habe Dylan vor ein paar Tagen zum ersten Mal in einem Club gesehen. Er hat getanzt und getrunken, aber dann hat er mich gesehen und hat angefangen, über Peyton zu jammern. Dieses Mädchen hat ihn wirklich fertig gemacht. Jetzt ist sie in ihren R.A. verliebt, hast du davon gehört?"

Ich nicke.

"Jedenfalls hatte ich sein Gejammer satt, also habe ich ihn geküsst."

"Einfach so?", frage ich. "Wo? Und wie?"

"Wir standen an der Bar und haben auf unsere Getränke gewartet. Er hat immer wieder von Peyton angefangen. Ich habe ihm gesagt, dass er darüber hinweg kommen muss. Dass der beste Weg, über jemanden hinwegzukommen, darin besteht, sich unter jemand anderes zu legen. Dann hat er angefangen, sich über seine Dates zu beschweren und darüber, wie schwer es ist, bla, bla, bla, bla. Also habe ich ihn gefragt, was Dates damit zu tun hätten. Er starrte mich einfach an, als hätte ich den Verstand verloren. Dann habe ich mich nach vorne gebeugt und ihn geküsst."

"Und?" Ich warte gespannt. "Wie war es?"

"Es war gut. Er ist ein wirklich guter Küsser. Na ja, das weißt du ja bereits", sagt sie nonchalant. Ich bin froh, dass es stockdunkel ist und sie nicht sieht, wie rot ich werde.

"Und letzte Nacht? Was ist letzte Nacht passiert?", frage ich.

"Ich habe ihn wieder getroffen. Ich hatte nicht vor, mit ihm mitzugehen. Ich wollte feiern und tanzen und mich austoben, aber er ist zu mir rüber gekommen. Lady Gagas "Bad Romance" lief gerade und alle sind abgegangen. Er hat gesagt, dass ihm der Kuss mit mir gefallen hat, und hat es dann einfach wieder getan."

"Oh mein Gott!", quieke ich wie ein kleines Mädchen.

"Wir haben eine Weile rumgemacht und dann beschlossen, nach Hause zu gehen. Ich wollte mich irgendwann später aus seinem Zimmer schleichen, aber ihr beide ward einfach die ganze Zeit im Wohnzimmer. Was habt ihr da überhaupt gemacht? Dann bin ich eingeschlafen. Kannst du das glauben? Ich habe wirklich bei einem Typen übernachtet? Das ist eine große Sache für mich."

"Du wohnst hier", sage ich. Sie zuckt mit den Achseln.

"Trotzdem eine große Sache", sagt Juliet.

"Und?", frage ich. "Was ist zwischen dir und Dylan passiert?"

"Das verrate ich dir nicht", sagt sie. "Das ist privat!"

"Nein! Du kannst mich jetzt nicht so hängen lassen!"

Sie zuckt wieder mit den Achseln. Sie steht von meinem Bett auf und klettert in ihr eigenes.

"Ich muss mich etwas ausruhen."

"Habt ihr es getan? Verrate mir wenigstens das."

"Vielleicht. Vielleicht auch nicht." Sie rollt sich von mir weg.

Ich kann nicht glauben, dass sie mich jetzt so in der Luft hängen lässt. Das kann nur eins bedeuten. Sie mag ihn wirklich.

"Gut." Juliet dreht sich wieder um. "Ich werde dir nur eine Sache über letzte Nacht erzählen – mehr nicht."

Ich warte ungeduldig.

"Wenn ich Peyton wäre und er das mit ihr gemacht hat, was er mit mir gestern Nacht gemacht hat, würde ich ihn niemals gehen lassen."

Ich liege im Bett und starre für einige Augenblicke an die Decke. Ich höre Juliets Atmung zu und weiß, dass sie noch nicht schläft. Selbst wenn ich mich irre, ist mir das egal.

"Also, was bedeutet das?", frage ich. "Seid ihr zwei jetzt zusammen?"

"Nein. Wir können kein Paar sein! Er ist ein Wrack. Außerdem gehe ich nicht mit ihm aus", sagt Juliet.

"Ach, komm schon. Ich glaube, du magst ihn."

"Nein, tue ich nicht."

"Doch, das tust du!", beharre ich.

"Na ja, und du magst Hudson. Seid ihr beide wieder ein Paar?", fragt sie. Sie bringt mich zum Schweigen und schläft ein.

Ich lege mich auf den Bauch und starre aus dem Fenster. Die Sonne bleibt noch unten und New York schläft noch. Ich bin nicht gerade ein Morgenmensch; ich schaffe es kaum, mich um 9 Uhr aus dem Bett schleppen. Ich fühle mich gar nicht mehr müde und beschließe, spazieren zu gehen.

Ich habe New York zu dieser Stunde noch nie gesehen. Der Riverside Drive ist nass vom nächtlichen Regen und glitzert in der Morgensonne. Es gibt ein paar Jogger und Hundebesitzer, die der Welt trotzen, aber ansonsten ist der Park leer und fühlt sich an, als gehöre er ganz mir. Ich setze mich auf die Bank und durchsuche meinen Geldbeutel nach einem Stift und einer neuen Danksagungskarte.

LIEBER HUDSON,

danke, dass du bei Simon und mir reingeplatzt bist. Es ging alles zu schnell und ich glaube, ich hätte bereut, was passiert wäre, wenn du nicht hereingeplatzt wärst. Ich kann dir das nicht persönlich sagen, aus Angst, dass dein ohnehin schon großes Ego noch größer wird, aber es war schön, wieder neben dir zu schlafen. Ich hasse es, dass du mich nicht um Erlaubnis gefragt hast (obwohl ich sie dir nicht gegeben hätte) und dass Simon uns erwischt hat, aber es war schön. Es hat mich an früher erinnert. Damals, als wir Freunde waren. Ich hoffe, dass wir irgendwann wieder Freunde werden können wie früher. Ich weiß nicht, was ich tun soll, wenn wir das nicht können.

In Liebe

Alice

EIN VOGEL TÄNZELT ZU MIR, gerade als ich den Brief beende. Die Taube schaut mich neugierig an und neigt ihren Kopf von einer Seite zur anderen. Ich breite meine Arme aus, um ihr zu zeigen, dass ich kein Futter habe. Als sie überzeugt ist, dass ich nicht lüge, geht sie weg.

Ich komme mit frischen Bagels und Donuts wieder nach Hause. Die Bäckerei an der Ecke hat gerade geöffnet, und ich konnte nicht widerstehen, etwas von der ersten Ladung des Tages zu ergattern. Als ich unsere WG betrete, erwarte ich, dass ich etwas Zeit für mich habe, um die Morgennachrichten mit einer Tasse Kaffee zu genießen. Stattdessen finde ich Hudson beim Lernen am Esstisch vor.

"Das riecht unglaublich", sagt er.

"Du kannst welche haben. Ich habe ganz viele gekauft."

Er hat eine frische Kanne Kaffee gemacht und schenkt mir eine Tasse ein. Wir reden eine Zeit lang nicht miteinander, während wir das süße Gebäck und unseren Kaffee genießen. Die Stille zwischen uns ist angenehm. Wir kennen uns schon lange genug, um nicht ständig reden zu müssen. Ich entspanne mich und verliere mich in dem Moment. Als ich in die Realität zurückkehre, blicke ich zu Hudson hinüber, der sich in seinen Econ-Notizen vergraben hat. Keine der Formeln ergibt für mich einen Sinn, und ich bin dankbar dafür, dass ich diesen Kurs nicht belege.

"Also, ich habe darüber nachgedacht", sage ich. "Und ich habe mich gefragt, was ich zu dem Maskenball anziehen soll."

Seine Augen leuchten auf und ein breites Grinsen erscheint auf seinem Gesicht.

"Vielen Dank! Danke, danke, danke!" Hudson zieht mich auf meine Füße und umarmt mich ganz fest. Dann presst er seine Lippen auf meine und gibt mir einen dicken Kuss. Ich schmecke die Süße eines Schokoladendonuts auf seinen Lippen und atme das Aroma von frischem Kaffee ein.

Zuerst fühlt sich der Kuss an wie eine Geste zwischen Freunden. Ein freundschaftlicher Kuss ohne große Bedeutung. Als ich versuche, mich zurückzuziehen, verwandelt er sich plötzlich in etwas anderes. Hudson scheint davon genauso überrascht zu sein wie ich, aber keiner von uns zieht sich zurück. Zumindest nicht rechtzeitig. Stattdessen verweilen wir. Etwas zu lange. Als wir uns schließlich zurückziehen, hat sich der Ton des Morgens geändert. Wolken ziehen auf und verdrängen den Sonnenschein. Dunkelheit zieht über uns herein, und wir starren einander an, ohne ein Wort zu sagen.

"Also, was soll ich anziehen?", frage ich und versuche, das Thema zu wechseln. Etwas tief in mir sagt mir, dass, wenn wir darüber sprechen würden, was gerade passiert ist, die ganze Welt verschwinden würde. Ich weiß, dass es stimmt, genauso wie ich weiß, dass ich wieder auf den Boden der Tatsachen geholt werde, wenn ich mich jetzt freue.

"Ähm, es ist einfach schick. Also, ein Kleid und eine Maske sollten in Ordnung sein", murmelt er.

Ich nicke und gehe.

31

Juliet und Dylan sind so nervig. Jetzt, wo wir wissen, dass sie miteinander schlafen, müssen Hudson und ich herumschleichen, um sicherzustellen, dass *wir sie* nicht stören. Zu meinem Glück bleiben sie aber in Hudsons und Dylans Zimmer eingesperrt, nicht in Juliets und meinem. Ich weiß nicht, wie Hudson das verkraftet, aber er hat es bisher gut gemeistert.

Simon und mir ist es auch gelungen, die Dinge zu klären. Am Tag nach dem Vorfall suchte ich ihn überall auf dem Campus und habe ihn schließlich im Café in der Amsterdam Avenue gefunden. Nachdem wir eine Stunde darüber gesprochen hatten, willigte er ein, mir noch eine Chance zu geben, von der ich weiß, dass ich sie nicht verdiene. Ich weiß nicht, warum ich so sehr auf die zweite Chance gedrängt habe.

Mag ich Simon wirklich? Ja, aber irgendetwas scheint nicht zu passen. Vielleicht sind es all die Schuldgefühle, die ich wegen des Kusses habe. Ich habe Simon nichts von dem Kuss erzählt. Ich konnte es nicht. Ich könnte es nicht. Unsere Beziehung, wenn ich es so nennen darf, ist in diesem zerbrechlichen Zustand, in dem es sich anfühlt, als ob sie sich völlig auflösen könnte, wenn ich auch nur falsch atme. Der Kuss zwischen Hudson und mir – na ja, das ist viel mehr als falsche Atmung.

Der Kuss. Seit dem Kuss sind Tage vergangen. Der Kuss, über den Hudson und ich immer noch nicht gesprochen haben und wahrscheinlich auch nie sprechen werden, wenn es nach mir geht.

Neben dem Kuss gibt es noch etwas anderes, das mich bedrückt: der Maskenball. Ich gehe mit Hudson zu seiner dummen Veranstaltung, und das ist eine weitere

Sache, von der ich Simon noch nichts erzählt habe. Ich bin mir nicht sicher, ob ich es ihm schuldig bin. Er ist nicht mein Freund oder so, aber das Gefühl in meiner Magengrube sagt mir, dass ich mich irre. Ich sollte es ihm sagen. Ich kann es nur nicht.

Ich bin mir ziemlich sicher, dass Simon, wenn er von dem Ball wüsste, mich nie wieder sehen wollen würde. Ich mag ihn. Ich gebe es nur ungern zu, aber die Tatsache, dass Hudson ihn hasst, lässt mich ihn noch mehr mögen. Simon ist der erste Typ, den ich seit langer Zeit wirklich mag. Ich weiß nicht, wohin diese Sache mit ihm führt, aber ich will sie nicht ruinieren, bevor sie überhaupt in Gang kommt.

Ich sollte mich nicht schlecht fühlen, wenn ich es nicht sage, oder? Dieser Maskenball ist keine große Sache. Hudson ist mit Tea zusammen und ich mit Simon. Hudson und ich sind Freunde, die zusammen auf eine Party gehen.

Ich klopfe an Dylans Tür. Ich kann sie drinnen hören. Es klingt, als würden sie da drin Sex ganz neu erfinden.

"Hau ab", murmelt Dylan stöhnend.

"Ich muss mit Juliet sprechen", sage ich.

"Hau ab", sagt er, diesmal lauter.

Ich weigere mich, aufzugeben. Ich brauche fachkundigen Rat. Ohne sie schaffe ich das nicht.

"Juliet, ich brauche deine Hilfe", bitte ich. "Ich brauche ein Kleid für den Maskenball, und ich weiß nicht, wohin ich gehen soll oder was ich kaufen soll."

Plötzlich höre ich gar nichts mehr.

"Du gehst? Ist das dein Ernst?", höre ich Dylans schockierte Stimme durch die Tür.

"Sie braucht mich", höre ich Juliet durch das Rascheln der Kleidung sagen. Ich lächle. Bros before hoes! Juliet ist mein Bro.

Nach ein paar Stunden Extremshopping – ich habe fünf Geschäfte durchsucht und mindestens fünfzehn Kleider anprobiert, bevor ich aufgehört habe, zu zählen – kommen wir endlich mit meiner gesamten Ausbeute nach Hause. Wir haben das Kleid in dem letzten Laden gefunden – in einer kleinen, unscheinbaren Boutique in Soho namens Francesca's. Es ist ein goldenes Kleid mit Paillettenbesatz von Ralph Lauren mit V-Ausschnitt, das "das Licht an den richtigen Stellen einfängt und deine Hüften nicht größer als nötig aussehen lässt", so Juliet.

Ich kaufe keine Schuhe, weil Juliet wieder darauf bestanden hat, mir ein Paar von sich zu leihen. Meine Maske ist schwarz mit Juwelen und Federn, die Juliet in dieser schicken Halloween-Boutique im East Village gefunden hat.

"Deine Augen sehen so toll aus dahinter!", sagt Juliet. "Warte, bis ich dich geschminkt habe – Hudson wird seine Pfoten nicht von dir lassen können."

Sie sagt das so locker und weiß nicht einmal von unserem Kuss.

"Ich will keine Pfoten von Hudson auf mir haben", sage ich.

Sie rollt mit den Augen. "Nein, du willst seine Pfoten nicht auf dir haben, aber du willst die Möglichkeit haben, ihn abzuweisen."

Ich halte das nicht mehr aus. "Okay,

können wir bitte aufhören, über Pfoten zu reden?", frage ich.

AM FOLGENDEN ABEND verbringen Juliet und ich zwei Stunden damit, mich auf den Ball vorzubereiten. Ich habe ihr gesagt, dass sie nicht helfen muss, wenn sie nicht will, aber sie besteht darauf. Sie erinnert mich sehr an Cher aus dem Film *Clueless* – sie kann sich die Chance nicht entgehen lassen, jemandem Make-up zu verpassen.

Die Tür zu unserem Zimmer steht wegen der vielen Haarspraydämpfe offen, die uns sonst zweifellos töten würden. Ich sitze auf dem Stuhl vor Juliets Spiegel, während sie mein Haar föhnt und dann lockt. Von hier aus kann ich das Gespräch, das im anderen Raum stattfindet, einigermaßen mithören.

"Ich bin so froh, dass du dabei bist", höre ich Dylan zu Hudson sagen. "Du wirst sehen, dass du bei der Arbeit mit diesem Typen nichts falsch machen kannst. Er garantiert eine Kapitalrendite von 15 %, egal was passiert."

"Ich wusste nicht, dass das möglich ist", sagt Hudson.

"Oh doch, das ist es. Er sagt, dass es nicht für die Öffentlichkeit ist, aber das ist eine komplette Lüge. Sie wollen nur keinen Ärger bekommen, falls etwas passiert."

"Dann kann also etwas passieren?", fragt Hudson.

"Nein, das ist das Schöne daran. Dieses Geschäft ist nur für Insider. Jeder macht es. Zumindest jeder, der damit zu tun hat", sagt Dylan. "Mein Dad hat letztes Jahr 8 Millionen Dollar mit diesem Kerl gemacht. Er ist *der* Mann."

"Hast du das gehört?", frage ich Juliet. Sie schüttelt den Kopf und zuckt mit den Achseln.

"Weißt du, wie viel Hudson investiert hat?", frage ich.

Juliet zuckt wieder mit den Achseln. "Ich weiß nicht, Alice. Du kennst mich doch. Mir ist es nicht so wichtig, wie Geld verdient wird, sondern nur, wie es ausgegeben wird."

Mein Herz wird schwer, als eine dicke schwarze Wolke um mich aufsteigt. Was auch immer diese Investitionssache ist, die Dylan am Laufen hat, sie ist nicht gut. Hudson hat nicht viel Geld. Definitiv nicht genug, um es in irgendeinem Schneeballsystem zu verlieren.

Endlich bin ich angezogen. Juliets Zehn-Zentimeter-High-Heels drücken mir in die Zehen und meine Fersen tun jetzt schon weh, obwohl wir noch nicht einmal das Gebäude verlassen haben. Ich beschwere mich bei Juliet.

"Das liegt nur daran, dass du nie hohe Schuhe trägst", sagt sie. "Wenn du die mindestens ein paar Tage pro Woche tragen würdest, dann würden sich deine Füße daran gewöhnen und einfach taub werden wie die Füße anderer Frauen."

Der Gedanke, an ein paar Tagen pro Woche High Heels zu tragen, macht mir eine Höllenangst. Ich kann den heutigen Abend überstehen (glaube ich), aber auf keinen Fall unterziehe ich mich dieser Strafe für acht Stunden am Tag ein paar Mal pro Woche.

Als ich mich im Spiegel betrachte, muss

ich wirklich zuzugeben, dass ich wunderschön aussehe. Mein Haar fällt mir um die Schultern und rahmt mein Gesicht in Wellen ein. Es verkleinert meinen starken Kiefer auf die richtige Art und Weise und bringt gleichzeitig meine Augen zum Vorschein. Meine Augen sehen dank Juliets Experten-Make-up etwa doppelt so groß aus wie sonst. Ich muss mich zwar bemühen, meine Augen offen zu halten, aber wenn sie offen sind, sehen sie großartig aus.

"Oh mein Gott", sagt Hudson, als er mich sieht. "Alice."

Ich schaue ihn an. Er macht einen Schritt zurück und schnappt nach Luft. Mein Anblick hat ihm buchstäblich den Atem verschlagen. Ehrlich gesagt, wusste ich nicht, dass das möglich ist.

"Du siehst bezaubernd aus", flüstert er und küsst mich auf die Wange.

Bezaubernd? Ich hatte süß, hübsch, vielleicht schön erwartet. Nicht bezaubernd.

Ich mustere Hudson von oben bis unten. Er trägt einen schwarzen Smoking. Mit seiner Bräune, seinem herrlichen Haar und seinen funkelnden Augen sieht er ein wenig wie James Bond aus. Ich habe mich nie zu James Bond hingezogen gefühlt, wusste nicht wirklich, worum es geht, aber plötzlich ertappe ich mich bei der Hoffnung, dass Hudson eine elegante, sexy Waffe trägt und plant, einen gemeinen Diktator zu ermorden.

"Du siehst auch ziemlich gut aus", sage ich.

Dylan schaut kurz von seinem Xbox-Spiel auf. "Sieh an, sieh an, sieh an. Ihr habt euch ja ziemlich rausgeputzt", sagt er.

32

Hudson führte mich die 116th Street hinunter zu einem großen Sandsteinhaus an der Ecke. Die Häuser der Studentenverbindungen in New York unterscheiden sich ein wenig von anderen Häusern. Hudson klopft an die Tür, aber niemand macht auf. Wir können die Musik von drinnen hören, also versucht er es mit der Klinke. Sie ist offen, und wir gehen hinein.

Hier drinnen fühlt es sich an wie eine ganz andere Welt. Es ist, als gäbe es das College und die Amsterdam Avenue und die 116th Street und ganz New York überhaupt nicht. Stattdessen gibt es nur diese magische

Welt, in der alle schicke Kleider, Smokings und Masken tragen. Ah, die Masken. Die Masken sind überall. Manche tragen Masken, die ihr ganzes Gesicht bedecken, und andere tragen Masken, die nur die Augen bedecken. Die Masken sind fast so aufwendig wie die Kleider. Die meisten sind mit Federn, Perlen und Seide bedeckt. Eine Maske ist reicher verziert als die anderen. Gehen diese Leute tatsächlich mit mir zur Schule?

Ich war schon auf vielen Halloween-Partys, aber das hier ist etwas ganz anderes. Menschen, die Masken und Kleider tragen, haben etwas Mystisches an sich – sie wirken so normal und doch so außergewöhnlich.

Ich folge Hudson an der Wand entlang, während er seine neuen Freunde begrüßt und mich herumführt. Zu meiner Überraschung sind die Jungs alle recht höflich und charmant. Ob ich mich traue, es auszusprechen? Sie haben Klasse. Sie schütteln mir die Hand und sagen mir, wie schön ich aussehe. Ein paar machen sich über Hudson lustig und sagen mir, dass ich es mir verderbe, wenn ich mit Hudson zusammen bin. Er lacht natürlich und in diesem Lachen höre ich nicht die geringste Spur von Ärger.

Während wir auf meinen Long Island Ice Tea und seinen Whiskey warten, schaue ich mich im Raum um und beginne, Hudson in einem ganz neuen Licht zu betrachten.

"Was? Warum guckst du mich so an?", fragt er.

"Ich weiß es nicht. Es ist einfach nicht das, was ich erwartet habe", sage ich mit einem Achselzucken.

"Und was hast du erwartet? Rote Becher und Bierpong?"

Ich nicke. Natürlich. Dies ist eine Verbindungsparty. Haben die nicht so einen Ruf?

"Du solltest nicht so voreingenommen sein, Alice", sagt er. Er gibt mir meinen Drink und nimmt einen Schluck von seinem. Ich hätte nicht gedacht, dass er das so persönlich nehmen würde.

"Es tut mir leid", sage ich.

"Ich weiß, dass du Bruderschaften gegenüber voreingenommen bist. Ich weiß, dass du sie langweilig findest oder dass du denkst, dass sie nur eine Ausrede sind, um den ganzen Tag zu trinken oder so. Aber sie sind so viel mehr."

Ich nicke. Vielleicht hat er Recht.

"Weißt du, ich habe dich hierher gebracht, um dir zu zeigen, dass man Verbindungen auch aus einem anderen Blickwinkel betrachten kann. Es gibt zum Beispiel auch Partys wie diese."

"Ich weiß, es tut mir leid. Vielleicht war ich etwas zu voreilig mit meinem Urteil", sage ich schließlich.

"Oh mein Gott. Gibst du tatsächlich zu, dass du Unrecht hattest?" Er fasst sich ans Herz, als stünde er unter Schock.

"Ja, das tue ich. Manchmal liege ich falsch. Nicht oft, aber manchmal", sage ich und rolle mit den Augen. "Und jetzt lass uns tanzen gehen."

Die Tanzfläche ist überfüllt, und die Musik ist so laut, dass ich mich kaum denken, geschweige denn hören kann, was Hudson sagt. Schnell lassen wir uns gehen und verlieren uns in der Musik. Mein Kleid ist nicht zu eng, und ich liebe es, wie es im Licht funkelt.

Hudson schwingt seine Hüften, als er mir gegenüber tanzt. Er ist ein erstaunlicher Tänzer mit einem großartigen Sinn für Rhythmus. Als er jünger war, zwang ihn seine Mutter, Tanzunterricht zu nehmen. Diese Kurse sind eines von Hudsons tiefsten dunklen Geheimnissen, aber ihn vor mir tanzen zu sehen – so mühelos – bringt mich dazu, seiner Mutter eine Dankeskarte zu schreiben.

"Ich wollte schon lange mit dir über etwas sprechen!", schreie ich mir die Lunge aus dem Leib, gerade als die Musik abklingt und in ein langsames Lied übergeht. Alle um uns herum drehen sich um und schauen mich an.

"Entschuldigung", sage ich und breche in Gelächter aus.

Ich will gerade die Tanzfläche verlassen, aber Hudson hält mich auf. Er nimmt meine Hand und legt sie auf seine Schulter. Er legt seine Hand um meine Taille und zieht mich zu sich heran.

"Was machst du da?", frage ich.

"Tanzen", sagt er, während er im langsamen Rhythmus von Alicia Keys anfängt, sich zu bewegen. Er führt ein Bein zwischen meine Oberschenkel und drückt seinen harten Körper gegen meinen. Ich möchte mich zurückziehen, aber ich kann nicht. Ich schaffe es nicht. Ich weiß, dass er aufhören wird, wenn ich ihn darum bitte, aber auch das kann ich nicht tun. Ich nehme mir einen Moment Zeit, um Luft zu holen. Ich sollte das nicht tun, wegen eines anderen, aber plötzlich kann ich mich nicht mehr an seinen Namen erinnern.

Wir tanzen eine Weile, wenn man es tanzen nennen kann. Es fühlt sich eher an, wie sich in der Öffentlichkeit aneinander zu reiben. Das erinnert mich an unseren Abschlussball. Hudson reiste an, um mit mir und unseren Freunden zum Abschlussball zu gehen. Wir verbrachten die ganze Nacht aneinander geklebt und tanzten völlig unangemessen vor unseren Lehrern und dem Schulleiter.

"Worüber wolltest du mit mir sprechen?", fragt er.

"Was?", frage ich. Ich habe keine

Ahnung, wovon er spricht. Ich schaue zu ihm auf. Wir sind uns so nah, dass ich sein Gesicht riechen kann. Es riecht nach Vanille und Honig. Plötzlich habe ich das überwältigende Verlangen, ihn zu küssen.

"Du hast gerade gesagt, du willst mit mir über etwas sprechen?", sagt er.

"Oh, ja, genau. Wir können später darüber reden", sage ich vorsichtig.

"Nein, jetzt ist es gut", flüstert er und zieht mich näher zu sich heran.

"Okay", sage ich zögernd. "Es ist wegen vorhin. Über das, worüber du und Dylan im Wohnzimmer gesprochen habt, während wir uns fertig gemacht haben."

Er starrt mich einen Moment lang an. Langsam schleicht sich Enttäuschung in sein Gesicht. Offensichtlich dachte er, dass ich über etwas anderes reden würde.

"Sorry, wir können später darüber reden", sage ich. Das Lied endet, und er lässt mich los.

"Ich hole mir noch einen Drink", sagt er. "Willst du einen?"

Ich folge ihm zur Bar.

"Du meinst meine Investition?", fragt er,

nachdem er seine Bestellung aufgegeben hat.
"Ich investiere halt mit Dylans Mann. Na
und?"

"Na und? Er hat dir 15 % versprochen.
Das ist doch verrückt. Das klingt nach einem
Schneeballsystem."

"Das ist es aber nicht. Dylans Vater hat
im vergangenen Jahr 8 Millionen Dollar mit
diesem Kerl verdient, und Dylan hat etwa 20
Riesen investiert."

"Na ja, Dylan hat Geld zu verlieren. Du
nicht", sage ich.

"Hey, für wen zum Teufel hältst du dich,
Alice? Für meine Mutter? Es ist mein Geld
und ich finde, dass es eine kluge Investition
ist."

Ich schüttle den Kopf.

"Du guckst dir zu viele
Dokumentationen an und denkst jetzt, dass
du alles über Investitionen weißt. Na ja, das
tust du aber nicht", sagt Hudson und geht
weg von mir.

"Hudson, warte!", sage ich. Ich versuche,
ihm zu folgen, nehme seinen Arm, aber er
schüttelt mich ab. Innerhalb weniger

Sekunden verschwindet er in einem Meer von Menschen.

Ich weiß nicht, was gerade passiert ist, aber plötzlich finde ich mich allein auf einer Party wieder, wo ich keine Menschenseele kenne. Ich habe nur versucht zu helfen. Ich wollte nicht so klingen, als wäre ich seine Mutter, obwohl ich im Nachhinein weiß, dass es sich so angehört haben muss. Vielleicht gucke ich mir wirklich zu viele Dokus an. Vielleicht habe ich keine Ahnung, wovon ich spreche. Vielleicht macht Dylans Typ Hudson wahnsinnig reich und alles wird gut. Ich laufe auf der Party herum und hoffe, dass ich mich in dieser Sache irre.

33

Eine Stunde vergeht, aber ich kann Hudson nirgendwo sehen. Ich fange an, mich zu fragen, ob er abgehauen und nach Hause gegangen ist und mich hier auf dieser dummen Party ganz allein gelassen hat. Das würde ich ihm zutrauen. Ich schreibe ihm ein paar Nachrichten, und als er nicht antwortet, beschließe ich, auf die Toilette zu gehen und dann nach Hause zu gehen. Er will mich offensichtlich nicht sehen.

Der Ball erstreckt sich über drei Stockwerke und auf jedem Stockwerk gibt es einige Toiletten, aber vor allen steht eine

Schlange. Schließlich finde ich eins, wo die Schlange nicht so extrem lang ist, und stelle mich hinten an. Vor mir stehen zwei Mädchen, die beide an ihren Handys kleben, und zwei weitere Jungs vor ihnen. Ich lehne mich an die Wand und schließe meine Augen, um mich ein wenig zu entspannen. Ich habe ein bisschen zu viel getrunken, und bei der hämmernden Musik fühlt sich mein Kopf an, als würde jemand mit einem Hammer darauf hauen.

"Also, was hältst du von Alice? Das Mädchen, das Hudson mitgebracht hat?", höre ich jemanden sagen.

"Sie ist wirklich heiß", sagt jemand anderes.

Ich öffne meine Augen und stelle fest, dass es die Jungs sind, die vor mir in der Schlange stehen und reden. Sie haben keine Ahnung, dass ich hier bin, und ich gehe etwas näher an das Mädchen neben mir heran, damit ich sie besser hören kann. Es ist immer schön, solche Dinge zu hören.

"Ja, oder? Wirklich heiß!"

"Ich kann nicht glauben, dass die mal

zusammen waren. Warum zum Teufel sollte die mit Hudson ausgehen?"

"Oh, er ist ein netter Kerl und sieht nicht schlecht aus."

"Ach, halt die Klappe, du Schwuchtel", sagt der andere und beide brechen in Gelächter aus. Plötzlich wird die nette Unterhaltung, die ich gerne belauscht habe, hässlich und gemein. Ich kann nicht glauben, dass er dieses Wort tatsächlich benutzt hat. Ich will gerade etwas dazu sagen, aber dann redet er weiter.

"Ich bin nur froh, dass er vernünftig war und nicht diese Tussi, mit der er zusammen ist, hierher gebracht hat. Die Brüder hätten sich nie darauf eingelassen", sagt einer der beiden.

Mein Herz bleibt stehen. Sie reden über Tea.

"Ich weiß! Ich kann nicht glauben, dass er wirklich mit ihr zusammen ist. S muss extrem gut im Bett sein, weil diese fette Kuh sonst echt nichts zu bieten hat."

Dann habe ich genug gehört.

"Zu eurer Information: Tea ist eine

wunderbare Frau. Großzügig und freundlich und schön. Wenn ihr zwei das nicht sehen könnt, dann seid ihr einfach nur blind."

Ich schütte ihnen mein Getränk ins Gesicht und gehe davon.

ALS ICH EINEN Haufen voller Mäntel nach meinem durchsuche, spüre ich Tränen in meinen Augen. Ich halte sie zurück, bis ich nach meinem Mantel greife, mir den Schal um den Hals wickle und aus dem Haus herauslaufe. Zum Glück bemerkt es niemand und mich hält niemand auf. Als ich nach draußen komme, erwischt mich eine starke Böe des kühlen New Yorker Windes und kühlt mich bis auf die Knochen ab. Tränen fließen bereits über meine Wangen, und ich kämpfe damit, den Reißverschluss von meinem Mantel hochzuziehen, ohne dass sich der Stoff verfängt. Ich gehe weiter die 116th Street hinunter, gebe aber schließlich auf und halte meinen Mantel einfach zu. Ich wohne nicht weit.

Als ich den Broadway erreiche, warte ich

darauf, dass die Ampel umspringt, obwohl es schon spät ist und die Straße menschenleer ist. Ich schluchze und mir laufen die Tränen über die Wangen. Ich kann mir nur vorstellen, wie mein Gesicht jetzt mit zwölfhundert Pfund Make-up darauf aussieht. Die Grundierung, Juliets sorgfältige Konturierung, der flüssige, geschwungene Eyeliner und ein Tropfen Wimperntusche haben sich wahrscheinlich zu einer schmutzigen Pfütze in meinem Gesicht zusammengefügt.

Als die Ampel grün wird, halte ich plötzlich inne, um darüber nachzudenken, warum ich so wütend bin. So sauer. Ich bin wütend auf Hudson, weil er mir nicht die Wahrheit gesagt hat. Weil er mir nicht gesagt hat, warum er mich zu diesem lächerlichen Maskenball mitnehmen wollte. Ich bin wütend darüber, dass der einzige Grund, warum er Tea nicht mitgenommen hat, der war, dass seine Verbindungsbrüder es nicht billigen würden. Ich bin wütend auf ihn, weil es ihm so wichtig ist, was sie über ihn denken, aber die Tränen, die mir übers Gesicht laufen, sind nicht nur wegen

Hudson oder Tea. Ich würde es nie laut zugeben, aber ich weine hauptsächlich um mich. Darüber, wie ungerecht die Welt ist.

In der Mittelschule war ich fett. In der achten Klasse wog ich fast 90 Kilo zu meiner dicksten Zeit, aber ich war auch schon vorher ziemlich dick gewesen. In der sechsten Klasse war ich dick, ungefähr 70 Kilo schwer, und es wurde immer schlimmer, je älter ich wurde. Ich weiß nicht, wie es dazu kam. Ich erinnere mich nur daran, dass es ein Teufelskreis war. Ich fühlte mich schrecklich, weil ich so fett war, also aß ich etwas, damit ich mich besser fühlte. Jede Nacht versprach ich mir, am nächsten Tag nicht so viel zu essen, und jeden Tag tat ich es trotzdem. Beim Frühstück hatte ich einen Fehler gemacht und dann den Rest des Tages aus Enttäuschung und Wut auf mich selbst aufgegeben.

Fett zu sein, war eines der Dinge, über die ich nie gesprochen habe. Meine Eltern haben einfach so getan, als ob nichts wäre. Sie sagten, sie wollten, dass ich gesund bin, und ermutigten mich, Sport zu treiben. Wie hätte ich das tun sollen? Ich war riesig und es war mir peinlich, in irgendeiner Art von Trainingskleidung gesehen zu werden. Im vergangenen Sommer blätterte ich durch einige Familienalben und fand die wenigen Bilder, die es von mir aus der Mittelschule gibt. Oh, wie sehr ich es gehasst habe, fotografiert zu werden. Es fühlt sich an wie ein konkreter Beweis für die Person, die ich vergessen wollte. Bis zum heutigen Tag erinnere ich mich an den Hass, den ich bei jedem Bild gegen mich selbst empfand. Als ich sie im vergangenen Sommer angeguckt habe, war ich allerdings überrascht. Ich war nicht so hässlich, wie ich gedacht hatte. Ich war nicht einmal so dick. All die Jahre hatte ich mich selbst davon überzeugt, dass ich im Grunde das hässlichste und widerlichste Mädchen war, das es je gegeben hatte, aber das war ich nicht. Ich war pummelig, ja, aber ich sah nicht schrecklich aus. Ich war definitiv nicht so dick, wie ich gedacht hatte.

Während all dieser Jahre waren Hudson und ich Freunde. Er war ziemlich beliebt und ein Sportler, aber er hing immer noch mit mir herum. Wenn wir zusammen waren, vergaß ich irgendwie, wie hässlich ich war, weil er mir das Gefühl gab, schön zu sein und wertgeschätzt zu werden. Er brachte mich zum Lachen und er lachte über meine Witze. Dann, am Ende der achten Klasse, küsste er mich.

34

Hudson hatte die Hauptrolle in unserem Theaterstück *"Romeo und Julia"* in der achten Klasse, und er hat seine Rolle toll gespielt. Während des Stücks durfte er mit dem heißesten Mädchen unserer Schule, Natalie D'Achille, rummachen, und ich war mir sicher, dass sie bald anfangen würden, miteinander auszugehen. Bis dahin war ich fast ein Jahr lang in ihn verknallt, aber natürlich war ich zu feige, um ihm das zu gestehen. Also blieb ich stattdessen einfach seine beste Freundin. Ruhig und unterstützend. Immer für ihn da.

Auf der Abschlussparty nach dem letzten Auftritt des Jahres hingen Hudson und ich zusammen rum, tranken zu viel Soda und lachten uns kaputt. Wir waren hinter der Bühne, irgendwo in einer dunklen Ecke, in der niemand anders war und plötzlich lehnte er sich aus heiterem Himmel zu mir rüber und küsste mich. Ich schaffte es kaum, den letzten Schluck Soda zu schlucken, bevor ich seine Zunge in meinem Mund spürte. Ich war so naiv, dass ich noch nicht einmal wusste, wie Menschen mit Zunge küssen, aber ich werde mich für immer an das Gefühl erinnern, das meinen Körper durchzog. Es war, als ob kleine Funken von Elektrizität in mir aufstiegen, überall, und Glühbirnen wurden dort eingeschaltet, wo ich nicht einmal wusste, dass es Glühbirnen gab.

Ich konnte in dieser Nacht kein Auge zu tun. Während der Kuss in einer Schleife in meinem Kopf herumspielte, hatte ich eine Offenbarung. Ich hatte plötzlich das Gefühl, dass ich etwas wert war. Als ob ich als Person von Bedeutung wäre. Dass ich vielleicht gar nicht so hässlich war, wie ich mich fühlte. Am nächsten Morgen setzte ich mich nicht unter Druck, an diesem Tag nur eine bestimmte Menge an Kalorien zu essen und mich dann zu hassen, wenn ich versagte. Ich machte keine Versprechungen, außer dass ich mir selbst sagte, dass ich versuchen würde, nur dann zu essen, wenn ich wirklich hungrig war, und nur gesundes Essen zu essen. Normalerweise wäre der ganze Tag für mich im Eimer gewesen, wenn ich versagt hätte, und ich hätte noch mehr gegessen, um meine Gefühle zu ertränken. Stattdessen habe ich akzeptiert, dass ein Scheitern Voraussetzung für den Erfolg ist, und habe weitergemacht. Es hat mir nicht geschadet.

Nach diesem Einstellungswandel änderte sich alles in meinem Leben. Ich war nicht jeden Tag erfolgreich, aber ich habe mich nicht mehr unter Druck gesetzt. Nicht so wie früher. Langsam fing ich an, abzunehmen. Einen Monat später nahm ich drei Kilo ab. Einen weiteren Monat später schon fünf. Zu Beginn der neunten Klasse wog ich nur noch 60 Kilo. Ich war immer noch nicht sehr dünn, damals war ich nur 1,50 m groß, aber die Veränderung war erstaunlich. Ich war nie stolzer auf mich selbst, und das hatte ich alles Hudson zu verdanken. Er hatte mir gezeigt, dass ich liebenswert bin, und das reichte mir für den Anfang.

Warum weine ich dann jetzt? Warum bin ich so aufgebracht und wütend?, frage ich mich auf dem Weg zu meinem Gebäude. Er hat sich verändert. Zum Schlechteren. Anstatt Tea die gleiche Art von Liebe und Respekt zu erweisen, hat er sie zurückgewiesen. Ich weiß nicht, ob Tea von dem Ball weiß oder warum er sie nicht eingeladen hat, aber das spielt für mich keine Rolle. Wichtig ist, dass er sie nicht mitnehmen wollte, aus Angst davor, was andere Leute denken würden. Er wollte nicht in Verlegenheit gebracht werden. Als er jünger war, interessierte er sich nicht für solche Dinge; er wusste, dass seine Beliebtheit nicht darunter leiden würde, wenn er mit Leuten wie mir zusammen sein würde. Das war in der Mittelschule. Meine Güte! Es gibt keine Bevölkerung auf der Welt, die grausamer und herzloser und Trends mehr unterworfen ist als Mittelschüler.

Hudson ist so ein Arschloch. Ich kann

ihn nicht ausstehen. Eine neue Ladung Tränen beginnt über mein Gesicht zu fließen. Dafür gibt es keine Entschuldigung. Deshalb ist es ihm so peinlich, mit ihr gesehen zu werden, warum er nicht sagen will, dass sie zusammen sind. Mein Herz hängt an Tea, aber vor allem hängt es an meinem dreizehnjährigen Ich.

"Alice? Alice? Was ist los?" Simon rennt auf mich zu. Er packt mich und legt seine Arme um mich. Als ich zu ihm aufschaue, breche ich in Tränen aus.

"Was ist los? Was ist passiert?"

Durch eine Flut von Tränen und hässlichem Schluchzen erzähle ich ihm alles. Ich erzähle ihm, wie Hudson mich geküsst hat, vom Maskenball und schließlich von dem, was ich mit angehört habe. Die Worte kommen in einem Bewusstseinsstrom heraus, und ich bin mir nicht sicher, ob sie Sinn machen. Dann sage ich ihm, dass es mir leid tut. Wie sehr es mir leid tut und dass ich meinen Ex hasse.

"Er hat einfach so eine Wirkung auf mich, die mich betäubt. Aber jetzt kann ich wieder klar denken. Er ist weg. Keine

Betäubung mehr", sage ich. "Ich verstehe, wenn du mich nicht wiedersehen willst. Ich wollte dir das alles einfach nur sagen."

Ich fange an, davonzugehen. Es ist vorbei. Die Erleichterung, die ich spüre, weil ich es mir von der Seele reden konnte, ist es (fast) wert.

"Warte", sagt er. Ich drehe mich nicht um. "Warte auf mich." Simon holt mich ein. Ich schaue in seine weit geöffneten Augen und auf die schönen Wimpern, die sie einrahmen. Ich warte darauf, dass er mir sagt, dass er mich nicht mehr sehen will, aber das tut er nicht. Stattdessen schnappt er mich, zieht mich zu sich heran und küsst mich. Er schmeckt nach Lavendel und Minze. Sein Kuss sagt, dass alles gut wird, und ich weiß, dass er nicht lügt.

"Willst du noch mit zu mir kommen?", flüstert er durch den Kuss. Seine Lippen sind weich und einladend und ich kann nicht widerstehen. Ich nicke und folge ihm zu seiner Wohnung.

Wir küssen uns auf dem Weg die Treppe hinauf. Wir küssen uns, während er mit seinen Schlüsseln herumfummelt und schließlich die Tür öffnet. Wir beginnen, uns gegenseitig die Kleider in der Tür auszuziehen, und als wir sein Schlafzimmer erreichen, sind wir völlig nackt.

Morgens ist alles verschwommen. Ich wache früh auf und ziehe mich leise an, um Simon nicht zu wecken. Ich hätte nie gedacht, dass ich zu den Mädchen gehören würde, die sich aus dem Bett schleichen, während der Typ, mit dem sie gerade geschlafen haben, noch nicht wach ist, aber es gibt für alles ein erstes Mal.

Ich bin mir nicht ganz sicher, warum ich mich hinausschleiche. Es wäre keine große Sache, mit ihm zu reden, aber aus irgendeinem Grund will ich es nicht. Simon sieht so friedlich aus, wenn er schläft und einen seiner Arme unter sein Kissen gesteckt hat, dass ich ihn nicht stören möchte. *Ich schreibe ihm später eine SMS,* sage ich zu mir selbst, während ich mich auf Zehenspitzen aus dem Zimmer schleiche.

35

"Du hattest also eine wilde Nacht, hm?", fragt Juliet, als ich in unser Zimmer komme. "Wie war der Walk of Shame?"

Der sogenannte Walk of Shame ist der Moment, wenn man am nächsten Morgen in seiner Abendgarderobe nach Hause kommt, nachdem man eine Nacht bei einem Typen verbracht hat. Es war definitiv nicht toll. Es war nach 8 Uhr, als ich aufgewacht bin, was im Grunde bedeutet, dass die ganze Stadt bereits wach war. Ich versuchte, das Kleid, so gut es ging, mit meinem Mantel zu bedecken, aber es war trotzdem ziemlich offensichtlich. Der Obdachlose, der sich gerne in der 116th Street und am Broadway herumtreibt, hat mir sogar hinterhergepfiffen.

"Also, was ist passiert?", fragt Juliet. "Hudson ist wirklich sauer auf dich, das weißt du doch, oder?"

Ich rolle mit den Augen. Ich ertrage es nicht einmal, seinen Namen zu hören.

"Ich muss mir das Gesicht waschen", sage ich und gehe ins Bad.

Juliet folgt mir und weigert sich, mir Privatsphäre zu geben, bis ich ihr einige der schmutzigen Details erzählt habe. Zuerst sträube ich mich. Ich wasche mein Gesicht. Meine Augen sehen geschwollen und müde aus mit schwarzen Tränensäcken darunter. Nein, so kann ich nicht gesehen werden. Ich trage eine kleine Schicht Grundierung, etwas Eyeliner und ein wenig Wimperntusche auf. Ich schaue wieder in den Spiegel. Viel besser.

"Okay? Also, was ist passiert?", nervt mich Juliet wieder. Dieses Mal gebe ich nach und erzähle ihr die Geschichte im Groben.

"Ich freue mich so für dich!" Sie klatscht

vor Aufregung in die Hände, als ich ihr erzähle, dass ich mit Simon geschlafen habe.

"So aufregend ist es nicht." Ich zucke mit den Achseln und gehe zurück ins Wohnzimmer. Plötzlich schwingt die Tür zu Dylan und Hudsons Zimmer auf.

"Wo zum Teufel warst du?", fragt Hudson.

"Was geht dich das an?"

"Ich habe mir Sorgen gemacht, Alice. Man haut nicht einfach ab und lässt sein Date allein zurück. Wir sind in New York City. Ich dachte, du wärst entführt oder vergewaltigt worden oder so was!"

Seine Stimme ist angespannt und müde und wütend, aber ich bin auch wütend.

"Du bist doch abgehauen. Ich konnte dich nirgendwo finden!", schreie ich. Ich schreie nicht oft, fast nie, aber ich bin zu müde, um dieses Gespräch zivilisiert zu führen.

"Ich habe nur kurz frische Luft geschnappt."

"Na ja, du warst eine Stunde lang weg. Dann habe ich gehört, wie deine Brüder darüber geredet haben, wie heiß sie mich finden und wie froh sie sind, dass du Tea nicht mitgebracht hast."

"Und?"

"Und? Du hast deine Freundin nicht mitgebracht, weil sie fett ist? Weil du dich für sie schämst? Weißt du, was das über dich aussagt, Hudson?"

"Nein, was?"

"Dass du ein Arschloch bist. Ein richtiges Arschloch!"

"Oh, bitte." Er zuckt mit den Achseln.

"Selbst jetzt tut es dir noch nicht einmal leid. Es ist dir egal. Ich weiß echt nicht mehr, wer du bist, Hudson. Wann bist du so ein Arschloch geworden? Weil ich mich daran erinnern kann, als du noch ein netter Kerl warst. Ein wirklich netter Kerl."

Ich gehe zurück in mein Zimmer. Er folgt mir.

"Hör zu, das mit Tea tut mir leid", sagt er, aber es ist zu wenig, zu spät.

"Ich will dich nie wieder sehen, Hudson", sage ich leise. Meine Stimme ist jetzt ruhig. Sicher. "Mir ist schon klar, dass wir uns zwangsläufig sehen werden; wir wohnen immerhin zusammen. Ich will nur, dass du weißt, dass ich dich nie wieder sehen oder mit dir sprechen möchte."

Er starrt mich ungläubig an. Dann gehe ich einen Schritt zu weit. Ich kann spüren, wie ich diese Grenze überschreite, als die Worte aus mir herauskommen, aber ich kann sie nicht aufhalten.

"Ich hoffe, du verlierst dein ganzes dummes Geld", sage ich und schlage die Tür zu meinem Zimmer zu.

———

HUDSON und ich sprechen seit Wochen nicht mehr miteinander. Zuerst ignoriere ich ihn aktiv und reagiere nicht auf seine Gesprächsversuche. Nach einer Weile gibt er auf. Was sich zwischen uns aufbaut, ist eine Art Kalter Krieg. Wir gehen im Wohnzimmer und in der Küche aneinander vorbei, ohne ein Wort zu sagen. Wir sprechen nur mit unseren Mitbewohnern, aber nie miteinander. Ich bin tatsächlich etwas beeindruckt, dass wir das hinkriegen. Wir vier führen ganze Gespräche, in denen er und ich nur mit Dylan und Juliet

sprechen und ihnen antworten, aber nie
miteinander.

Juliet und Dylan nerven mich eine Weile
damit, aber am Ende der zweiten Woche
geben auch sie uns auf, und unser Kalter
Krieg ist perfekt in den Alltag integriert.

Nachdem wir dieses Gleichgewicht
erreicht haben, schreibe ich ihm schließlich
eine Danksagungskarte. Das wollte ich schon
seit einiger Zeit tun, aber ich wollte, dass
vorher etwas von der Wut in mir abklingt.
Als ich das Gefühl habe, einen
angemessenen Grad an Apathie erreicht zu
haben, nehme ich endlich einen Stift und
schreibe die Dankeskarte.

LIEBER HUDSON,

*vielen Dank. Danke, dass du mir auf dem
Maskenball dein wahres Gesicht gezeigt hast. Dieser
Moment, in dem mir klar wurde, was du mit Tea
(und in gewisser Weise auch mit meinem alten Ich)
getan hast, hat mich aus deiner Schlinge befreit. Es
hat mir erlaubt, dich endlich loszulassen. Wir sind
jetzt völlig andere Menschen. Ich mag diesen neuen
Menschen, der du geworden bist, nicht besonders,*

aber es steht mir nicht mehr zu, über ihn zu urteilen.
Manchmal vermisse ich immer noch meinen Freund
Hudson, der mir das Gefühl gegeben hat, das
hübscheste Mädchen der Schule zu sein, obwohl ich
dort nicht einmal das 100. hübscheste Mädchen war,
aber der ist weg, richtig? Du bist jetzt ein anderer.
Jemand, von dem ich hoffe, dass er nicht mehr lange
bleibt, aber das spielt jetzt auch keine Rolle mehr. Ich
schreibe dir diesen Brief einfach, um dir dafür zu
danken, dass du mir an diesem Punkt in deinem
Leben endlich dein wahres Ich gezeigt hast. Ich
glaube nicht, dass wir je wieder miteinander sprechen
werden (ich bin mir nicht sicher, ob das richtig oder
falsch ist, es ist einfach so), aber ich habe kein
Problem damit.

Ich hoffe, du hast ein schönes Leben und
erinnerst dich daran, dass es eine Zeit in deinem
Leben gab, in der du nicht so gemein warst.

Alice

ICH LESE MEINE DANKSAGUNGSKARTE
ERNEUT. Ich habe nicht die Absicht, sie
abzuschicken, aber ich bin immer noch
besorgt darüber, wie abfällig sie klingt.
Abfällig ist genau die Art von Stimmung, in

der ich gerade bin, und dafür entschuldige ich mich auch nicht. Ich habe es satt, mich zu entschuldigen.

Ich bin mir nicht sicher, aber die Karte fühlt sich in meinen Händen seltsam an. Es fühlt sich ein bisschen wie ein Abschied an.

Vielleicht ist dies die letzte Karte, die ich ihm je schreiben werde. Wäre das nicht etwas?

36

Nach unserer gemeinsamen Nacht verbringen Simon und ich mehr Zeit miteinander. Es war ihm egal, dass ich mich aus seinem Bett geschlichen habe, ohne mich zu verabschieden; er hat mich einfach gebeten, es nicht wieder zu tun.

"Es spielt keine Rolle, wie spät es ist, ich will dich zum Abschied küssen", erklärte er. "Versprich mir, dass du beim nächsten Mal Bescheid sagst."

Ich habe es versprochen und seitdem nicht gebrochen.

In den letzten Wochen habe ich viele interessante Dinge über meinen neuen

Freund herausgefunden. Erstens, dass es ihm nichts ausmacht, mein Freund genannt zu werden, und dass ich seine Freundin bin. Ich war mir nicht sicher, ob ich für das Label "Freundin" bereit war, aber er versicherte mir, dass es schon in Ordnung ist und ich mich entspannen soll.

"Wir sind doch zusammen, oder? Schlafen miteinander?", sagte er. "Warum solltest du mich nicht deinen Freund nennen wollen?"

"Das klingt nach einer Menge Verantwortung", sagte ich, nachdem ich einen Moment darüber nachgedacht hatte.

"Ist es aber nicht." Er zuckte die Achseln. "Es ist nur ein Wort."

Er hat Recht, aber nur irgendwie. Wir sind auf dem College. Kaum jemand geht mit irgendjemandem aus und noch weniger Menschen binden sich mit schweren Worten wie Freund und Freundin aneinander. Ich meine, Juliet und Dylan schlafen schon viel länger miteinander, und ich glaube nicht, dass sie sich in den nächsten sechs Monaten irgendwelche Labels geben werden.

Neben seiner Akzeptanz von Labels

erfahre ich auch andere Dinge über Simon.
Ich erfahre, dass er indisches Essen und
Sushi liebt, aber Burger und Pommes hasst.
Pommes! Ich meine, wer hasst Pommes?
Manchmal isst er ein oder zwei, wenn wir
etwas trinken gehen, aber er nascht immer
nur ein bisschen. Ich verstehe es nicht, aber
ich habe es aufgegeben zu versuchen, ihn
davon zu überzeugen, dass Pommes die
Nahrung der Götter sind. Ich will sie nicht
verschwenden. Mehr für mich, oder?

Juliet hat es auf sich genommen, mich
über Hudson auf dem Laufenden zu halten,
so wie sie es mit dem Rest der Leute auf
unserer Etage tut. Außer natürlich, dass
Hudson nicht wie der Rest der Leute ist. Ich
habe eigentlich kein Interesse daran, zu
erfahren, was in seinem Leben vor sich
geht, aber Juliet glaubt mir nicht und
informiert mich trotzdem über alles.
Anscheinend trifft er sich immer noch mit
Tea und es wird immer ernster. Ich weiß
nicht, was das genau bedeutet. Ich kann nur
spekulieren, dass es bedeutet, dass er
tatsächlich den Schritt gewagt und sie als
seine Freundin bezeichnet hat. Oder

vielleicht auch nicht. Vielleicht schlafen sie auch nur miteinander.

Obwohl Tea und ich uns in American Literature mäßig erfolgreich aus dem Weg gegangen sind, werden wir in der heutigen Stunde wieder als Peer-Review-Partner eingeteilt. Ich weiß, dass es zwangsläufig schlecht laufen wird, schon als ich meine Sachen zusammensuche und die Stühle umstelle, um näher bei ihr zu sitzen. Als wir die Texte der jeweils anderen durchgehen, sind wir beide großzügig und höflich. Es ist seltsam, aber von ihr scheint nicht einmal ein schlechtes Gefühl mir gegenüber auszugehen. Und Hudson? Es ist, als hätten wir beide stillschweigend vereinbart, ein bestimmtes Thema zu meiden, und wir beide halten uns daran.

Während unserer Peer-Review-Sitzung erinnere ich mich plötzlich, warum ich Tea so sehr mochte, als ich sie Anfang des Jahres kennengelernt habe. Wir haben viel gemeinsam. Zum Beispiel lieben wir beide Virginia Woolf und Colleen Hoover. Ich habe das vor Tea noch nie jemandem gegenüber zugegeben, aber Tea spricht

darüber, als ob es nichts Ungewöhnliches
wäre.

"Aber die meisten Leute sehen das
anders, oder?", frage ich. "Dass man sowohl
Hochkultur-Zeug wie Virginia Woolf als
auch so genannte niederschwellige Literatur
nicht mögen kann. Du weißt schon, Colleen
Hoover und die anderen
Liebesromanautoren."

"Mit solchen Leuten unterhalte ich mich
meistens auch nicht." Tea zuckt mit den
Achseln. Sie strahlt Zuversicht aus. Sie hat es
praktisch im Blut. Ich hoffe nur, dass sich
etwas davon auf mich überträgt.

"Okay, aber wenn du dich mit anderen
Leuten darüber unterhalten würdest? Wenn
jemand sich so schlecht darüber äußert, was
würdest du denen dann sagen?", will ich
wissen. Eigentlich möchte ich die Antwort
wirklich wissen. Ich habe viele Blogs und
Artikel zu diesem Thema gelesen und war
nie mit einem davon einverstanden.

"Ich werde ihnen sagen, dass sie mich
mal können. Den Menschen gefällt eben,
was ihnen gefällt, und sie lesen Dinge aus
verschiedenen Gründen. Ich gehe nicht in

den Buchladen und sage, okay, ich bin heute nur in der Stimmung für hohe Kunst. Wer macht das schon?"

"Ich weiß nicht." Ich zucke mit den Achseln.

"Du etwa?", fragt sie.

"Natürlich nicht. Ich nehme einfach ein Buch, das mir gefällt. Ich gucke mir das Cover an, lese den Klappentext und entscheide dann, ob ich in der Stimmung für die Geschichte bin", sage ich.

"Exakt! Und zufällig mögen wir beide Virginia Woolf und Colleen Hoover. Na und?"

Ich lächle. Sie hat natürlich Recht.

"Es ist schön, wenn jemand sagt, was ich denke", sage ich. "Ich verstehe nicht, was an dieser besonderen Weltanschauung falsch ist. Ich meine, sind solche Bücher nicht einfach offen, ehrlich und aufregend? Bedeutet es nicht, dass wir für alle Möglichkeiten offen sind? Dass wir nur nach Unterhaltung suchen, im besten Sinne des Wortes? Dass wir nicht an bestimmte Konventionen und die Meinung anderer Leute gebunden sind?"

"Ich glaube schon", sagt sie und schüttelt

den Kopf. "Und das gilt nicht nur für
Bücher. Auch für andere Kunstwerke. Für
mich ist alles möglich. Eminem und
Schubert. Taylor Swift und Edith Piaf."

Ich mustere sie ganz genau. Die Art und
Weise, wie sie mit dem Finger auf den Tisch
tippt, nicht aus Verzweiflung oder
Verärgerung, sondern einfach, um sich die
Zeit zu vertreiben. Tea hat etwas
Liebenswertes und Reines an sich, das ich
anscheinend nicht genau benennen kann.
Sie ist vorsichtig und ruhig, aber auf eine
Weise stark und selbstbewusst, wie ich es mir
noch nicht einmal vorstellen kann. Als sie
mich also für den nächsten Abend zu sich
einlädt, sage ich, ohne zu zögern, Ja.

37

W ir sollten eigentlich unsere Notizen von *Fänger im Roggen* durchgehen und analysieren, aber stattdessen reden wir über ein Buch, das sie gerade schreibt.

"Du schreibst einen Roman? Wirklich?", sage ich schockiert. Wir sind beide achtzehn Jahre alt, und der Gedanke, überhaupt mit einem Roman anzufangen, jagt mir eine Heidenangst ein, aber Tea ist unbeeindruckt.

"Die Idee hatte ich schon die letzten zwei Jahren im Kopf, und diesen Sommer habe ich mich dann einfach entschieden anzufangen. Ich meine, worauf soll ich warten?"

"Worum geht es?", frage ich.

"Ein mysteriöser Tod eines alten Auswanderers in Belize. Die Erzählerin ist eine junge Frau, die in einem Buch mit belizianischen Volksmärchen Hinweise auf seine Ermordung findet."

"Das klingt ... spannend", sage ich. Ich brauche einen Moment, um genau das richtige Wort zu finden. Das Buch klingt interessant, aber 'interessant' ist nicht immer ein positives Wort. Oft sagen das Leute, die nicht wirklich interessiert sind und nur kein besseres Wort finden.

"Es klingt auch düster", füge ich hinzu.

"Ja, irgendwie schon." Sie zuckt mit den Achseln, aber sie zwinkert mir zu, und ich habe das Gefühl, dass es eher spannend als düster ist.

"Okay, ich muss etwas Peinliches gestehen. Ich weiß nicht, wo Belize liegt", sage ich. Ich gebe es nur ungern zu, aber Geographie ist nicht meine Stärke. Der Name kommt mir bekannt vor, aber ich kann ihn in der Welt nicht zuordnen. Liegt es in Afrika? In Asien?

"Überhaupt nicht peinlich." Sie lacht. "Es ist ein kleines Land in Mittelamerika, direkt neben Mexiko und Guatemala."

"Wie klein?", frage ich.

"Sehr klein. Es hat eine Bevölkerung von etwa 320.000 Menschen. Wie eine mittelgroße Stadt hier, aber sie sprechen Englisch dort. Also irgendwie. Ihr Akzent ist etwas gewöhnungsbedürftig." Sie lacht.

"Bist du schon einmal dort gewesen?", frage ich. Ich habe keine Ahnung, warum jemand eine Geschichte über Belize schreiben sollte.

"Oh, ja! Meine Familie hat dort ein Haus und ich fahre jeden Sommer für mindestens einen Monat und oft auch in den Weihnachtsferien dorthin. Oh mein Gott, Alice. Es ist der schönste Ort der Welt. In der Luft liegen Salz, Hoffnung und Lebensfreude. Die Menschen dort tanzen, weil sie am Leben sind, sie brauchen keinen anderen Grund. Jeder Tag ist wie eine Feier des Lebens."

"Das klingt wirklich gut", sage ich. "Ich kann es kaum erwarten, das Buch zu lesen."

Dann wendet sich das Gespräch plötzlich mir und meinem Schreiben zu. Ein Thema, bei dem ich mich nicht wohl fühle. Ganz und gar nicht.

"Na ja, ich arbeite auf jeden Fall nicht an einem Roman", sage ich schüchtern.

"Aber du schreibst? Richtig?"

"Ja", gebe ich zu. "Ich liebe es sogar, aber ich habe einfach keine Zeit dafür."

Zeit war schon immer ein Thema für mich. Aus irgendeinem Grund lässt mich die Tatsache, dass ich andere Dinge zu tun habe, wie zum Beispiel Schularbeiten, völlig entgleisen und macht es mir unmöglich, zu arbeiten. Hausaufgaben lasten schwer auf mir und selbst wenn ich nicht daran arbeite, kann ich mich nicht auf etwas anderes konzentrieren. Also vergeude ich meine Zeit im Internet oder mit Netflix, anstatt die wenige Zeit, die mir noch bleibt, zu nutzen und zu schreiben. Dann fühle ich mich natürlich schuldig und Schuldgefühle machen es noch schwieriger, mich zu konzentrieren.

"Ich weiß, was du meinst", sagt Tea. "Das Ding ist aber, dass man sich Zeit nehmen muss. Du musst es einfach tun, wenn es dir wichtig ist. Niemand anders wird das für dich übernehmen."

"Da ist noch etwas anderes", sage ich. "Ich habe auch irgendwie Angst. Nein, nicht nur irgendwie, wirklich, ich habe Angst."

Ich will es eigentlich nicht zugeben, aber es kommt einfach irgendwie heraus. Ich hatte es vorher nie wirklich laut ausgesprochen. Ich habe es noch nicht einmal mir selbst gegenüber zugegeben, in der Privatsphäre meiner eigenen Gedanken. Und jetzt teile ich meine tiefen dunklen Ängste und Geheimnisse ausgerechnet mit Tea.

"Ich habe auch Angst", sagt sie. "Ich gebe es nur ungern zu. Es ist peinlich, oder? Ich meine, wovor sollte man sich fürchten? Es ist nur Stift auf Papier oder Tippen auf einer Tastatur. Aber das ist es doch. Du schüttest dein Herz auf ein paar Seiten aus und was ist, wenn es scheiße ist? Was, wenn es nicht gut ist?"

Ich nicke. Vielleicht können nur Schriftsteller diese Ängste verstehen.

"Dann muss ich mir einfach immer sagen, dass der Prozess das Wichtigste ist. Und sonst nichts. Wenn es Mist ist, dann ist es das halt. Das spielt keine Rolle. Das Endprodukt ist nicht so wichtig. Zumindest kann man sich erst später darum kümmern. Während du schreibst, musst du loslassen. Manchmal habe ich das Gefühl, dass ich in eine Art alternatives Bewusstsein eintrete, in dem ich nur noch tippe und jemand anderes die Geschichte erfindet."

"Ja, ich weiß, was du meinst." Ich nicke. "Ich weiß genau, wovon du sprichst. Es ist, als hätten alle Figuren ihren eigenen Kopf. Sie sind keine erfundenen Figuren mehr. Ich tue nicht mehr so, als ob. Ich habe sie erschaffen, aber irgendwann fangen sie an, von sich aus zu sprechen, zu denken und zu handeln."

"Exakt!" Sie nickt heftig, sodass sie beinahe aussieht wie ein Wackeldackel, und für einen Moment denke ich, dass ihr Kopf abfallen könnte.

"Was die Angst angeht", fährt Tea fort,

"muss man es einfach tun. Jeden Tag ein bisschen. Wenn du ein paar Tage lang jeden Tag ein paar hundert Worte schreibst, dann wirst du schon bald keine Angst mehr haben, dass du nicht schreiben kannst. Du baust Vertrauen auf und die Erfahrung wird dir zeigen, dass es möglich ist. Du merkst plötzlich, dass es nicht mehr als ein Aufbauprozess ist. Du baust jeden Tag ein paar Blöcke auf und nach ein paar Tagen hast du ein Gebäude."

"Und wie viele Blöcke hast du schon?", frage ich und gehe auf ihre Metapher ein.

"Ich habe 45.000 Wörter. Der Roman wird insgesamt etwa 60.000 Wörter lang werden."

"Dann bist du ja fast fertig!", sage ich. "Ich will es unbedingt lesen, wenn es fertig ist."

"Vielleicht." Sie zuckt mit den Achseln und schaut weg.

"Wie bitte?"

"Ich weiß nicht", sagt sie, ohne mir in die Augen zu sehen. "Ich habe Angst."

"Angst? Aber was ist mit dem, was du mir gerade über die Angst erklärt hast?"

"Diese Angst ist anders. Ich mache mir Sorgen darüber, was du sagen wirst", sagt Tea und schaut zu mir auf. Sie versucht, in meinem Gesicht abzulesen, was für eine Art von Kritiker ich bin.

"Das brauchst du nicht", sage ich und versuche, sie zu beruhigen. "Ich bin sicher, dass es toll ist, und wenn es das nicht ist, werde ich es dir nicht sagen."

Wir beide fangen an zu lachen. Ich lache so sehr, dass mir Tränen in den Augen stehen. Als wir endlich zu Atem kommen, wird Teas Gesichtsausdruck sehr ernst.

"Versprochen?", fragt sie.

"Ja."

GERADE ALS ICH GEHEN WILL, besteht Tea darauf, ein paar Pizzareste von gestern Abend aufzuwärmen. Ich habe eine Schwäche für aufgewärmte Pizza und bleibe.

"Und wie läuft es mit dem Typen, mit dem du dich triffst? Simon?", fragt sie und schenkt mir einen Becher Limonade ein.

Meine Brust zieht sich ein wenig zusammen. Sie hat das verbotene Thema angesprochen. Warum tut sie das? Weiß sie nicht, dass unsere Beziehung davon abhängt, dass wir ausdrücklich nicht über unsere Freunde sprechen? *Schon gut, bleib ruhig,* sage ich mir. Sie hat einfach nur nach meinem Freund gefragt. Simon ist neutrales Territorium. Vielleicht will sie ihren Freund gar nicht erwähnen. Ich werde definitiv nicht nach Hudson fragen.

"Gut." Ich nicke. "Er hat mich für das Wochenende in eine Hütte auf dem Land eingeladen."

"Wow, das ist ein großer Schritt", sagt sie.

"Ich weiß. Das ist es. Ich bin mir noch nicht sicher, was ich davon halte, aber er will wirklich, dass ich mit ihm dahin fahre."

Für einen Moment sehe ich Verwirrung auf ihrem Gesicht. Dann wird mir klar, dass es keine Verwirrung ist, die auf ihr Gesicht liegt. Es ist Enttäuschung. Mit einem Hauch von Traurigkeit.

"Du hast Glück. Hudson lässt mich ihn

nicht einmal meinen Freund nennen. Er meint, er mag keine Labels."

Ein kalter Schauer läuft mir über den Rücken. Ich kann nicht glauben, dass sie Hudsons Namen erwähnt hat, einfach so. Als ob es nichts wäre. Als wäre es einfach nur ein Wort.

38

"Alles in Ordnung?", fragt Tea und legt ihre Hand auf meinen Arm. Ich habe jetzt schon seit einer Weile nichts mehr gesagt. Die Stille ist ohrenbetäubend. Meine Lippen sind rissig und meine Kehle kribbelt. Ich bin plötzlich so durstig, dass ich eine ganze Flasche in einem Zug austrinken könnte.

"Ja", bringe ich endlich über meine Lippen. "Erzähl mir mehr über dein Buch."

"Versuch jetzt nicht, das Thema zu wechseln", sagt sie und trifft mich genau an meinem wunden Punkt.

Ich schaue weg, zucke mit meinen Achseln. Ich suche in meinem Kopf nach dem, was sie als Letztes gesagt hat. "Hudson mag also keine Labels, hm?"

"Nein, zumindest hat er das zu mir gesagt."

Ich zucke wieder mit den Achseln und denke darüber nach, wie ich so schnell wie möglich aus diesem Raum herauskommen kann.

"War er bei dir auch so?", fragt Tea.

Ihre riesigen Augen werden irgendwie noch größer. Juliet würde ihre Wimpern lieben. Sie sind so üppig und voll, im Gegensatz zu meinen. Vielleicht würde sie sogar sagen, dass Tea keine falschen Wimpern braucht. Nein, wenn ich es mir recht überlege, würde Juliet nie "weniger ist mehr" sagen.

"Hör zu, ich fühle mich nicht wirklich wohl, darüber zu reden", sage ich und fange an, meine Sachen zu packen, aber sie hält mich auf.

"Es tut mir leid, ich weiß, dass das wahrscheinlich unangenehm ist für dich", seufzt Tea. "Ich weiß einfach nicht, was ich tun soll. Ich weiß nicht, ob das einfach normal ist oder ob etwas nicht stimmt."

Ich zucke mit den Achseln.

"Also, war er bei dir genauso?", fragt sie erneut. Ich muss hier weg. Und zwar sofort.

Wenn ich einfach meine Sachen packe und sage, dass ich wirklich nicht darüber reden will, kann ich einfach abhauen. Sie kann mich nicht davon abhalten. Als ich in ihre Augen schaue und diesen verlorenen Blick in ihrem Gesicht sehe, weiß ich, dass ich es nicht kann. Ich seufze und gebe nach.

"Wie denn?", frage ich.

"Geheimnisvoll? Gegen Labels? Hatte er ein Problem damit, dich seine Freundin zu nennen?"

"Das war etwas anderes, Tea. Wir waren beide auf der High School. Die elfte Klasse ist nicht wie das erste Jahr auf dem College. Man dachte, man ist schon so erwachsen. Die meisten wollen gerne eine Beziehung haben. Vielleicht aus keinem anderen Grund, als sagen zu können, dass sie in einer Beziehung waren."

Sie nickt und seufzt. Sie versteht, was ich damit sagen will. Ich suche in meinem Kopf nach anderen Erklärungen, die ihre Gefühle nicht verletzen würden.

"Außerdem waren Hudson und ich die besten Freunde. Viele Jahre lang, bevor wir überhaupt zusammen gekommen sind", sage ich. "Als wir zusammen gekommen sind, war es also anders. Es war von Anfang an ernster."

Wieder seufzt sie und schaut weg. Ich lege meinen Arm um ihre Schultern. Sie krümmt sich unter meiner Berührung.

"Wie lange ward ihr zusammen?", fragt sie.

"Zwei Jahre."

"Glaubst du, dass er jetzt nichts Ernstes mit mir will, weil er gerade erst aus einer ernsten Beziehung kommt?", fragt sie. Genau das denke ich.

"Ja, da bin ich mir ziemlich sicher. Mir geht es genauso, falls dich das tröstet."

"Wie meinst du das?", fragt Tea.

Ich lasse meinen Arm von ihrer Schulter fallen und versuche, mich ihr zu entziehen, aber sie lehnt sich einfach an mich und wartet auf meine Antwort.

"Na ja, Simon nennt mich seine Freundin", sage ich. "Aber ich nenne ihn nicht wirklich meinen Freund. Wir haben nie wirklich darüber geredet. Er hat einfach damit angefangen. Ohne meine Erlaubnis. Vielleicht denkt Hudson genauso. Vielleicht will er die Dinge im Moment einfach nicht kompliziert machen, weißt du? Bei mir ist das zumindest so."

Ich sehe, dass sie mir zuhört, aber ich bin mir nicht sicher, ob es wirklich bei ihr ankommt.

"Also, was ist zwischen euch beiden passiert?", fragt sie plötzlich.

"Was meinst du?" Mein Herz setzt aus. Ich will nicht über unsere Trennung sprechen. Nach ihrem verwirrten Gesichtsausdruck zu urteilen, glaube ich nicht, dass sie das gemeint hat.

"Na ja, ihr seid doch irgendwie wieder Freunde geworden, oder? Er hat ein bisschen davon erzählt, dass es freundschaftlicher und positiver zwischen euch geworden ist. Jetzt redet ihr nicht mehr miteinander? Er meinte, dass du sauer auf ihn bist. Was ist passiert?"

Scheiße! So eine Scheiße. Scheiße, Scheiße, Scheiße! Ich beschließe, sie anzulügen. "Eigentlich gar nichts." Ich zucke

mit den Achseln und versuche, so zu tun, als
wäre alles in Ordnung.

Ich beobachte Tea. Sie kauft es mir nicht
ab. Ich habe keine Ahnung, ob Tea über den
Maskenball von Hudson Bescheid weiß,
aber ich habe das Gefühl, dass sie es nicht
weiß. Ich werde es ihr auf keinen Fall sagen.
Das ist Hudsons Sache. Er muss ihr sagen,
warum er sie nicht mitgenommen hat.
Verdammt, ich hasse den Kerl!

"Ich weiß es nicht. Es ist irgendwie
schwer, nach einer Trennung wieder
befreundet zu sein. Wir haben es eine Zeit
lang versucht, aber es hat sich einfach nicht
richtig angefühlt. Also geben wir uns
gegenseitig etwas Raum", sage ich.

Ich fange wieder an, meine Sachen
einzupacken. Dieses Mal gehe ich wirklich.
Bevor Tea mich in noch ein Gespräch
verstrickt, an dem ich kein Interesse habe.

"Aber Hudson meinte, dass du sauer auf
ihn bist", beharrt Tea. "Was hat er
gemacht?"

"Hör zu, Tea, ich muss gehen. Wir sind
einfach keine Freunde mehr. Können wir es

dabei belassen?", frage ich und ziehe meinen Mantel an.

Tea steht auf. Ich glaube, sie ist kurz davor, mich zu umarmen und mich zum Aufzug zu begleiten, aber stattdessen blockiert sie die Tür.

"Ich habe das Gefühl, dass du mir etwas verheimlichst, Alice. Ist etwas passiert?", fragt sie. "Ich verspreche, ich werde nicht sauer sein. Ich muss einfach die Wahrheit wissen."

"Es ist nichts passiert, Tea", sage ich. Ich betone ihren Namen absichtlich, so wie sie es getan hat. "Ich habe kein Interesse an Hudson. Wir sind nicht einmal mehr Freunde. Im Ernst, Du hast nichts zu befürchten."

Sie bewegt sich nicht von der Tür weg.

"Kann ich bitte vorbei?", frage ich. "Ich muss wirklich gehen."

Schließlich geht sie aus dem Weg. Sehr widerwillig.

"Versprochen?", fragt sie. "Versprichst du, dass zwischen dir und Hudson nichts passiert ist?"

"Ja, ja, ich verspreche es", lüge ich.

Ich weiß nicht einmal, wie ich anfangen soll, diese Frage zu beantworten.

Ich verlasse das Gebäude und bin mir sicher, dass sie mir nicht geglaubt hat. Ehrlich gesagt, war ich nicht sehr überzeugend, aber es steht mir nicht zu, es ihr zu verraten. Ich bin aus einem sehr guten Grund sauer auf Hudson, aber es ist keiner, den ich mit ihr teilen kann, ohne ihre Gefühle zu verletzen und sie in Verlegenheit zu bringen. Das ist Hudsons Sache. Es liegt in seiner Verantwortung, es ihr zu erzählen oder nicht zu sagen.

"Ahh!", schreie ich, sobald ich im Aufzug bin. "Scheiße! Scheiße. Scheiße, Hudson. Warum musst du so ein Arschloch sein?"

Der Aufzug pingt und die Türen öffnen sich. Zwei Personen treten ein, und ich atme tief ein. *Reiß dich zusammen,* sage ich zu mir selbst und beiße mir auf die Unterlippe, um ruhig zu bleiben.

39

Ich packe ein paar Sachen zusammen für das Wochenende mit Simon. Es ist nicht wirklich *Upstate*, weil es nur zwei Stunden von Manhattan entfernt liegt, aber New Yorker haben die seltsame Neigung, alles außerhalb Manhattans *Upstate* zu nennen.

Ich durchwühle meinen Kleiderschrank und weiß nicht wirklich, was ich einpacken soll. Ich schaue auf meinem Handy nach, wie das Wetter werden soll. Es soll fünf bis zehn Grad warm werden. Beziehungsweise kalt. So richtig kalt, zumindest für mich. Ich weiß, dass es noch kälter werden kann.

Ich ziehe einen kleinen Koffer unter

meinem Bett hervor. Ich bin kein guter
Packer. Ich tue es nicht oft, und es fehlt mir
an Übung, zumindest der Meinung meiner
Eltern nach, die beide praktisch jede Woche
fliegen und das in keinster Weise
ungewöhnlich finden. Mein Kopf tut weh
und meine Arme fühlen sich schwer an, als
ich meinen Schrank nach geeigneten
Pullovern durchsuche. Ich gebe es nur
ungern zu, aber der Hauptgrund dafür,
dass ich Probleme beim Packen habe, ist,
dass ich nicht wirklich wegfahren will. Ich
bin einfach noch nicht so weit mit Simon.
Ein Kurztrip für das Wochenende. Warum
hat er so darauf bestanden, dass wir
fahren? Warum hat er diese blöde Hütte
gebucht, ohne mich überhaupt zu fragen?
Mädchen mögen Spontaneität in
Beziehungen. Sie mögen es, wenn Jungs die
Initiative ergreifen und romantische
Ausflüge ganz allein buchen. Ich bin
natürlich nicht anders. Nur, was die meisten
Mädchen einem nicht sagen werden, ist,
dass wir Spontaneität nur von Jungs wollen,
mit denen wir bereits auf Reisen gehen
wollen. Ansonsten ist es peinlich.

Unangenehm. Man fühlt sich unter Druck gesetzt.

Wenn Simon mich vor der Buchung nach dieser Reise gefragt hätte, hätte ich Nein gesagt, aber er hat es nicht getan. Er meinte nur, dass er es gebucht hat und dass er nicht stornieren könne, ohne sein ganzes Geld zu verlieren. Das ist eine Menge Druck.

Ich gucke mir die Hütte auf meinem Handy an. Sie sieht gemütlich und warm aus. Ein süßer Ausflug in die Berge. Wenn Simon nicht wäre, würde ich mich sehr auf diese Reise freuen. Seit ich hier bin, war ich noch nie außerhalb von New York City, und ich bin wirklich neugierig darauf, die Natur an der Ostküste zu erkunden. Sie soll ganz anders sein als die Natur, die ich gewöhnt bin.

Ein Klopfen an meiner offenen Tür holt mich aus meinen Gedanken. Ich lasse fast mein Handy fallen.

"Was?", frage ich Hudson. Er beschwert sich, dass meine Musik zu laut sei. Widerwillig drehe ich Elle Kings "Ex's and Oh's" leiser und wende mich ihm zu.

Hudson lehnt am Türrahmen."Kann ich mit dir reden?", fragt er. Irgendwie verhält er sich komisch. Er sieht verloren aus, verwundbar.

Ich sage nichts und packe weiter.

"Alice?"

"Los, rede", sage ich und falte meinen lila Merinowolle-Lieblingspullover mit breitem Rollkragen in meinem Koffer zusammen.

"Ist das der Pullover, den ich dir letztes Jahr zu Weihnachten geschenkt habe?", fragt er.

Ich nicke und lege noch einen Pullover darüber. Ich will es nicht laut zugeben, aber es ist einer meiner Lieblingspullis.

"Schön, dass er dir noch gefällt", sagt er leise.

Ich schaue zu ihm auf. Seine haselnussbraunen Augen sehen in diesem Licht grün aus, und sie suchen in meinem Gesicht nach etwas. Was immer er mit mir zu besprechen hat, es ist ernst.

"Ich liebe ihn", gebe ich zu.

Ich kann nicht lügen. Normalerweise mag ich Wolle nicht. Normalerweise ist sie mir zu dick und heiß oder juckt einfach höllisch, aber dieser Pullover ist toll. Superbequem und weich. Er kratzt nicht. Außerdem passt er praktisch zu allem. Strumpfhosen. Jeans. Sogar zu Pyjamas.

Hudson hat ihn mir am Heiligabend am Strand von Malibu geschenkt. Wir haben den ganzen Tag mit surfen und knutschen verbracht. Nachdem wir ein Picknick am Strand gemacht und den Sonnenuntergang beobachtet hatten, überreichte er mir die Schachtel mit dem Pullover. Er hat dafür sein Taschengeld von einem Monat ausgegeben.

"Was willst du, Hudson?"

"Ich habe gehört, dass du mit diesem Typen wegfährst. Simon."

Ich zucke mit den Achseln.

"Stimmt das?"

"Ich bin doch am Packen, oder?", frage ich. Ich klinge zickig und meine es gar nicht so. Ich bereue es, dass ich es so gesagt habe, aber ich werde mich nicht entschuldigen.

"Für wie lange?"

"Nicht lange. Morgen bis Sonntag."

"Das ist lang, Alice. Sehr lang", sagt er.

Ich starre ihn an. Ich habe keine Ahnung, was das soll.

"Glaubst du nicht, dass das etwas zu früh ist?", fragt er.

Meine Geduld ist am Ende. Wir reden nicht einmal miteinander, und jetzt soll ich mir einen Vortrag von meinem Ex über "zu früh" anhören?

"Zu früh? Bist du bescheuert?", frage ich. "Verschwinde, Hudson."

Ich versuche, die Tür zu schließen, aber er stellt einen Fuß in den Spalt. "Nein, hör zu, Alice. Das hat nichts mit mir zu tun. Ich mache mir nur Sorgen."

Ich rolle mit den Augen.

"Langsam nervt es echt, dass du den eifersüchtigen Ex spielst, Hudson. Ich habe es satt."

"Nein, damit hat es nichts zu tun", sagt er. So wie er es sagt, glaube ich ihm plötzlich. In seiner Stimme liegt Aufrichtigkeit.

"Ich habe etwas über Simon herausgefunden", sagt Hudson.

"Was denn?", frage ich, bevor ich

darüber nachdenken kann. "Nein, weißt du was, es spielt keine Rolle. Es ist mir egal."

"Alice, bitte. Hör zu. Ich will nicht, dass du mit ihm dahinfährst", sagt Hudson. Er kneift seine Augen zusammen, seine Pupillen weiten sich.

"Es ist mir egal, was du willst. Es geht dich nichts an", sage ich und weigere mich, dem unangenehmen Gefühl in der Magengrube Aufmerksamkeit zu schenken.

"Er nimmt Drogen, Alice", platzt es schließlich aus Hudson heraus. "Ich wollte es dir nicht sagen, aber du hast mich dazu gezwungen, und ich meine nicht, dass er am Wochenende ein bisschen Gras raucht. Er raucht Kokain. Meth. Und zwar eine Menge davon."

"Meth? Ist das dein Ernst?", frage ich und rolle mit den Augen. Das glaube ich definitiv nicht. "Das tut er nicht. Das ist eine Lüge."

"Ich habe es vor einer Weile von Juliet gehört. Sie hat es von jemand anderem gehört."

"Oh, wow, dann muss es ja wohl stimmen", sage ich spöttisch.

Hudson ignoriert mich und fährt fort: "Zuerst wollte ich nichts sagen, weil ich dachte, du würdest es einfach selbst herausfinden. Dann habe ich gehört, dass du mit ihm wegfahren willst."

"Ich glaube dir nicht." Ich zucke mit den Achseln.

"Er ist verhaftet worden, Alice. Er ist vorbestraft."

Ich zucke mit den Achseln. Ich weiß nichts von alldem, aber ich glaube Hudson nicht. Ich will ihm nur nicht die Genugtuung geben. Außerdem, ist eine Verhaftung Grund genug für eine Absage? Dann wird mir plötzlich klar, dass es eine tolle Ausrede wäre. Dann sehe ich Hudson an. Er sucht in meinem Gesicht nach Hoffnung, dass ich auf seiner Seite bin. Nein, ich kann nicht nachgeben.

"Alice, bitte, fahr nicht mit ihm. Ich habe ein schlechtes Gefühl dabei."

"Hudson, ich verstehe nicht, was du von mir willst", sage ich, obwohl er gerade meine Frage beantwortet hat. Ich atme tief durch und versuche es noch einmal. "Hudson, es ist vorbei. Verstehst du das nicht? Warum suchst du nach irgendwelchen Fehlern an meinem neuen Freund? "

Er antwortet nicht. In der Hoffnung, dass er einfach geht, fange ich wieder an zu packen.

"Alice ...", fängt er an, aber ich unterbreche ihn.

"Du bist nur eifersüchtig, Hudson. Wir sind nicht zusammen, und ich rede nicht mehr mit dir, weil du ein Arschloch bist. Und jetzt bist du sauer. Du willst mir das Leben schwer machen. Ich hätte wirklich gedacht, dass du es nicht nötig hast, solche Gerüchte zu erfinden."

Er schüttelt den Kopf, macht aber keine Anstalten zu gehen.

"Übrigens, bitte kümmere dich darum, dass ich nicht zwischen dir und Tea stehe, was auch immer das zwischen euch beiden ist. Sie weiß, dass ich aus irgendeinem Grund sauer auf dich bin, aber sie weiß nicht, warum. Sie hat mich damit genervt. Ich will nichts mit eurem Drama zu tun haben, Hudson. Hast du das verstanden?", sage ich bestimmt.

Ich wende mich ihm zu. Er steht immer noch in der Tür.

"Alice, bitte", versucht er noch einmal. Ich bin fertig mit ihm. Ich trete seinen Fuß aus dem Türrahmen und schlage ihm die Tür ins Gesicht.

40

Simon hat für diesen Anlass ein Auto gemietet. Ich war seit mehr als zwei Monaten in keinem Auto mehr, das kein Taxi war, und ich freue mich. Ich hatte ehrlich gesagt nicht geahnt, wie sehr ich das Auto und die Freiheit, die das Fahren mit sich bringen, vermissen würde. Simon lässt mich fahren, obwohl der Mietwagen nicht auf meinen Namen läuft. Als ich nach all dieser Zeit wieder am Steuer sitze, wird mir klar, wie beengt ich mich in New York City gefühlt habe. Ich kann jetzt überall hinfahren. Ich kann den ganzen Tag lang fahren und in Kanada ankommen oder achtzehn Stunden fahren und in Florida sein oder vier Tage und wieder zu Hause in LA landen.

"Wie können Menschen ihr ganzes Leben in der Stadt leben, ohne irgendwohin zu reisen?", frage ich Simon rhetorisch.

"Viele New Yorker denken, dass es eine große Sache ist, durch den Park zu gehen." Er zuckt mit den Achseln.

"Na ja, das kann ich irgendwie verstehen." Ich lächle. "Immerhin müssen sie den Bus nehmen oder sogar umsteigen, aber wenn man ein Auto hätte ..."

Ich lasse meinen Worten freien Lauf, während ich mir all die wunderbaren Orte vorstelle, die ich bereisen könnte, und all die Dinge, die ich sehen könnte, wenn ich ein Auto hätte. Connecticut. Boston. Maine. Scheiße, sogar Neufundland.

Leider werde ich heute an keinen dieser Orte fahren. Innerhalb von zwei Stunden erreichen wir eine kleine Hütte in einem Wald. Es ist nicht weit entfernt von New York, aber es fühlt sich an, als wären wir in ein anderes Universum gereist. Eine Welt, in der Manhattan mit all seinen Lichtern und Verrücktheiten nicht existiert. Die Bäume glitzern im Sonnenlicht. Kein einziges Blatt ist grün; alle haben verschiedene Farbtöne des Herbstes: gelb, orange, rot, gold. Ein leichter Wind weht und einige wenige goldene Blätter lösen sich und tanzen unter dem wolkenlosen Himmel. Die Luft ist frisch und riecht nach Tau und frischen Kiefern.

"Es ist wunderschön", flüstere ich und vergesse sofort all meine Bedenken, die ich vorher hatte.

In der Natur fühle ich mich immer wohl. Anders als in New York, wo der Weg zur Natur, zur wirklichen Natur, eine Autovermietung erfordert. Zu Hause ist es ein Kinderspiel, in die Natur einzutauchen. Die Wildnis ist nur fünf bis zehn Autominuten entfernt, je nachdem, wo man wohnt. Auch wenn viele Menschen das anders sehen, Südkalifornien ist ein wildes Fleckchen Erde. Die Berge und Hügel sind voll von Berglöwen und Kojoten. Sogar in den Vorstädten, in denen meine Eltern leben, kommen Kojoten oft bis zum Haus, um ihre kreischenden Lieder der Hoffnung und des Verlusts zu singen.

Jetzt, wo ich wieder hier in der Wildnis,

auf dem Peekamoose Mountain bin, habe ich Heimweh und spüre gleichzeitig Frieden.

"Ich bin wirklich froh, dass ich mit dir hierhergekommen bin", sage ich. "Am Anfang war ich mir nicht so sicher, aber jetzt, wo wir hier sind, fühlt es sich wirklich gut an. Ich brauchte wirklich eine Pause von der Stadt."

Simon lächelt mich an. Seine Augen funkeln und seine Wangen erröten.

NACH EINER EINSTÜNDIGEN Wanderung kommen wir energiegeladener und lebendiger als zuvor in die Hütte zurück. Wir haben praktisch die ganze Wanderung über gelacht, und mein Seitenstechen kommt weniger von der Anstrengung vom Laufen als viel mehr vom vielen Lachen.

"Ich gehe Brennholz holen", sagt Simon. "Ich will ein Feuer machen."

Ich nicke und gehe in die Hütte. Es ist definitiv malerisch und gemütlich. Der Vermieter hat nicht gelogen. Das Bett ist weich und voll mit Decken, Kissen und

Überwürfen. In der Ecke steht ein großer Kleiderschrank, der mich dazu verleitet, meine Tasche auszupacken. Ich öffne den Reißverschluss, komme aber nicht weiter, als mein verschwitztes Shirt gegen Hudsons Merinopullover zu tauschen. Nein, nicht Hudsons Pullover. Es ist mein Merino-Pullover. Der aufmunternde Gesang eines blauen Eichelhähers erregt meine Aufmerksamkeit. Ich gehe zum Fenster, um einen besseren Blick zu erhaschen. Ich bewundere die Art und Weise, wie die blauen Federn des Vogels in der Sonne glitzern und wie er sorglos singt. Etwas weiter unten auf dem abgenutzten Pfad zwischen den Bäumen entdecke ich Simon.

Ich will ihn rufen, aber etwas hält mich auf. Stattdessen beobachte ich ihn einfach nur. Er lässt den Holzstapel, den er unter seinem Arm getragen hat, auf den Boden fallen und zieht eine schmutzige Glaspfeife aus seiner Tasche. Er guckt sich um, um sicherzugehen, dass niemand da ist, und zündet sie an. Es könnte Gras sein. Ich bin in LA aufgewachsen und kenne viele Leute, die Gras rauchen. Keiner von ihnen macht es heimlich und mit diesem paranoiden Blick in den Augen.

Ich öffne das Fenster und rufe seinen Namen. Ich will seine Reaktion sehen. Er weiß nicht, woher meine Stimme kommt und versucht sich hinter einem Busch zu verstecken. Durch das Gebüsch hindurch sehe ich, wie er einen tiefen Zug nimmt und die Pfeife in seine Tasche steckt.

Wenige Minuten später geht Simon zurück in die Hütte und hält das Brennholz mit beiden Händen.

"Was ist los?", fragt er atemlos.

Ich sitze auf dem Bett und weiß nicht, wie oder wo ich anfangen soll. Ein seltsames Gefühl des Unwohlseins macht sich in mir breit. Schnell merke ich, dass es nicht so sehr Unwohlsein, sondern Enttäuschung ist. Ich dachte wirklich, dass Simon besser sei als das. Ich spreche nicht einmal von seiner Sucht. Ich hätte einfach gedacht, dass er kein Lügner ist.

Ich kann nicht um den heißen Brei herumreden. Ich muss einfach ehrlich sein und ihn fragen, ohne Umschweife.

"Was hast du geraucht?", frage ich.

"Was? Gar nichts. Ich habe nichts geraucht." Er weicht vor mir zurück.

"Lüg mich nicht an. Ich habe dich gesehen", sage ich, ohne vom Bett aufzustehen. Ich fühle mich, als würde ich einen hundert Kilo schweren Stein in meinem Schoss halten, und wenn ich aufstünde, müsste ich ihn hochheben.

"Okay, okay. Es ist nichts Wildes. Nur etwas zum Entspannen." Simon zwinkert mir zu.

Er meint, er könne seinen Charme und seine Niedlichkeit einsetzen, um dem Gespräch aus dem Weg zu gehen. Um mich vergessen zu lassen, was ich gesehen habe. Das kann ich nicht. Es ist nicht nur etwas zum Entspannen. Wie er sich vorhin verhalten hat, hat mir das ziemlich deutlich gemacht. Ich sage gar nichts.

"Komm schon, Alice. Mach dir keine Gedanken darüber, okay?"

"Nein." Ich schüttle den Kopf.

"Vergessen wir es einfach. Ich werde es nicht wieder tun, das verspreche ich." Er kauert sich neben mich.

Er legt seine Arme auf meinen Schoß

und schaut mit flehenden Augen zu mir auf. Für eine Sekunde bin ich versucht, die Sache einfach zu vergessen. Ich streite nicht gerne und es könnte so entspannend sein hier in der Hütte. Dann rieche ich es. Definitiv kein Gras. Ich habe noch nie Meth gerochen, aber genauso stelle ich es mir vor.

"Ich kann nicht, tut mir leid", sage ich und stoße ihn weg.

Der unsichtbare Stein in meinem Schoß verschwindet, sobald ich aufstehe. Meine Wangen erröten. Ich bin sauer. Ich bin wütend. Nicht ganz auf Simon. Ich bin verdammt sauer auf Hudson. Ich gehe rüber zu meiner Tasche. Ich drehe mich um. Plötzlich fühle ich mich Simon gegenüber völlig apathisch.

"Bist du jemals verhaftet worden?", frage ich.

Ich untersuche sein Gesicht ganz genau. Simon begegnet meinen Augen und schaut nicht weg. Sein Blick ist entwaffnend.

"Nein", lügt er. Ich weiß, dass es eine Lüge ist. An meinem Gesichtsausdruck erkennt er, dass ich weiß, dass es eine Lüge ist.

"Okay, okay, ja." Simon kommt zu mir rüber und nimmt meine Hand. Er denkt, dass Körperkontakt mich ihm gegenüber sympathischer macht.

"Aber das war letztes Jahr. Es war wirklich keine große Sache, Alice."

"Ja, das glaube ich dir nicht", sage ich. Ich sammle die wenigen Dinge ein, die ich aus meiner Tasche genommen habe, und stopfe sie wieder hinein. Ich gehe wegen der Drogen, aber es ist nur eine Ausrede. Das weiß ich. Diese ganze Reise war viel zu früh für uns. Ich bedaure nur, dass ich nicht auf mich selbst gehört habe.

"Wohin gehst du?", fragt Simon.

"Nach Hause", sage ich. "Ich gehe nach Hause."

"Was? Was? Aber was ist mit der schönen Hütte? Bleib doch, bitte."

"Ich hatte sowieso schon an der Reise gezweifelt und das hat sich gerade bestätigt", sage ich und zeige auf die Tasche, in die er die Pfeife gesteckt hat.

"Das ist nichts, Alice. Es ist nur zum Spaß."

"Wirklich? Warum wurdest du dann

verhaftet? Warum musstest du dich dann hinter den Büschen verstecken, wenn es nichts ist, wofür du dich schämst?", frage ich und greife nach meiner Tasche.

Ich bin froh, dass ich nicht schon alles ausgepackt habe.

"Alice, bitte. Komm schon, sei vernünftig."

"Das bin ich. Deshalb will ich nicht bleiben."

"Ich aber und ich werde vor Sonntag nicht in die Stadt zurückkehren", sagt Simon trotzig und lässt sich aus Protest auf das Bett fallen.

Diese Möglichkeit hatte ich nicht in Betracht gezogen. Scheiße!

"Gut", sage ich nach einem Moment.

"Was wirst du tun? Es ist schon dunkel da draußen."

"Ich werde ein Taxi oder ein Uber nehmen", sage ich.

"Den ganzen Weg in die Stadt? Das kostet dich die Miete von einem Jahr!" Er lacht. Diese Seite von ihm habe ich noch nie gesehen. Die spöttische, unsensible, launische, kindliche Seite.

"Ich werde ein Taxi zum Bahnhof nehmen", erkläre ich. Ich weiß nicht, warum ich mir überhaupt die Mühe mache. Es geht ihn nichts mehr an.

Simon springt aus dem Bett und hält mich an der Tür auf.

"Alice." Er legt seine Hand auf meine Schultern. Ich zucke ihn mit den Achseln. "Alice", sagt er diesmal lauter. "Du kannst nicht gehen."

"Doch, ich gehe jetzt."

"Verdammt, Alice." Er schlägt mit der Faust gegen die Tür und schlägt sie zu.

Er erschreckt mich. Die Tür fällt mit solcher Wucht zu, dass mir die Haare auf meinem Arm zu Berge stehen. Ein Schauder der Angst fließt durch meine Adern.

Was, wenn er mich nicht gehen lässt?

Was dann?

Ich wende mich Simon zu. Sein Gesicht ist nur Zentimeter von meinem entfernt. Ich kann seinen heißen, feurigen Atem auf meinem Gesicht spüren. Das Blut fließt aus meinen Wangen und Lippen. Mein Herz pocht so laut in meiner Brust, dass ich es in meinen Schläfen höre.

Dumm-Dumm.

Dumm-Dumm.

Dumm-Dumm.

Ich atme tief ein. Ich schaue nicht weg. Irgendwie komme ich schon von hier weg.

Die Dunkelheit in seinen Augen verblasst langsam und der alte Simon kehrt zu mir zurück.

"Es tut mir so leid, Alice, wirklich", sagt er. Er legt seinen Kopf auf meine Schulter.

"Ich weiß", flüstere ich. "Aber ich muss gehen."

Ich öffne die Tür wieder. Diesmal hält er mich nicht auf.

Sobald die Hütte außer Sichtweite ist, seufze ich erleichtert.

41

Etwa zwei Kilometer weiter fange ich an mich zu fragen, ob ich meine Entscheidung, zu gehen, zu überstürzt getroffen habe. Ich habe versucht, ein Taxi zu rufen, aber ich habe erst bemerkt, dass ich hier absolut keinen Empfang habe, als ich schon ein Stück gegangen war. Trotzdem kann ich nicht zurückgehen. Es hat mir Angst gemacht, wie sehr Simon wollte, dass ich bleibe. Ich war mir vorher nicht ganz sicher darüber gewesen, ob ich gehen sollte, aber das änderte sich, nachdem er mich so unter Druck gesetzt hatte. Es gibt vieles, was ich nicht über ihn weiß, und es war nicht schlau von mir, mit ihm hierherzukommen.

Ich erinnere mich, was ich vor einiger Zeit über Frauen und Intuition gehört habe. Die weibliche Intuition ist eine Gabe. Das Problem ist, dass man oft nicht darauf hört und aus verschiedenen Gründen nicht danach handelt. Man will zum Beispiel die Gefühle der anderen nicht verletzen. Es ist einem peinlich. Man denkt, dass es unlogisch ist. Es macht keinen Sinn.

Von nun an werde ich viel mehr auf meine Intuition hören, entscheide ich. Hätte ich früher darauf gehört, würde ich nicht in diesem Schlamassel stecken.

Die Straße ist kurvenreich und nur durch das blaue Licht des Mondes beleuchtet. Das Mondlicht schafft es nicht, jede Kurve zu beleuchten; die Bäume, die beide Seiten der Straße umarmen, blockieren den Großteil der Straße.

Der Duft der Kiefern ist nicht mehr einladend und tröstlich. Stattdessen fange ich an, Angst zu bekommen. Seit ich sechs Jahre alt war, habe ich keine Angst mehr vor der Dunkelheit, aber allein im Wald schleichen sich all meine alten Ängste ein. Ich schalte mein Handy ein. Ich habe noch jede Menge Akku. Ich klicke auf den Knopf der Taschenlampe und die helle LED bringt mir etwas Erleichterung.

Ein Auto fährt an mir vorbei. Dann noch eins. Ein paar Minuten später ein weiteres. Alle werden langsamer, als sie mich sehen. Wieder läuft mir ein Schauer über den Rücken. Ich hätte gestern Abend nicht so lange aufbleiben dürfen, um mir Aktenzeichen XY anzuschauen. Die ganzen Morde, die in der Sicherheit meines Bettes einfach interessant schienen, flößen mir jetzt Angst ein. Ein College-Mädchen, das ganz allein eine verlassene Landstraße entlangläuft.

"Okay, okay. So darfst du nicht denken", sage ich laut. "Der Bahnhof ist fünf Kilometer von der Hütte entfernt, Dann musst du jetzt nur noch ungefähr drei Kilometer laufen, oder? Das schaffst du locker. Es wird nichts passieren. Hör einfach auf, dich verrückt zu machen."

Ich schaue wieder auf mein Handy. Es hat etwas Tröstliches, auch wenn ich keinen

Empfang habe. Mein Rettungsanker. Ich danke Gott, dass die Wegbeschreibung zum Bahnhof immer noch zwischengespeichert ist. Sonst wäre ich total am Arsch.

Neben mir hält ein Auto an. Ich höre es nicht, bis der Fahrer hupt.

Scheiße. Es ist Simon. Er hat mich gefunden. Ich steige auf keinen Fall in sein Auto. Ich gucke mich um, bevor ich mich zu ihm umdrehe. Was soll ich tun? Ich kann in den Wald laufen, entscheide ich. Dann muss er erst begreifen, was ich getan habe, und wenn er mir folgen will, muss er anhalten, das Auto parken, aussteigen und mir dann nachlaufen. Das wird mir einen ausreichenden Vorsprung verschaffen.

Egal, was du tust, steige nicht in das Auto, flüstere ich mir selbst leise zu. Wenn es eine Sache gibt, die ich aus all diesen Verbrechensdokus gelernt habe, dann, dass alles schief geht, wenn das Mädchen ins Auto steigt.

"Alice!" Ich kann nicht glauben, was ich höre. Die Stimme ist definitiv nicht die von Simon. Aber es kann doch nicht … Oder doch?

Ich drehe mich um. Meine Ohren haben mich nicht getäuscht. Es *ist* Hudson.

"Was machst du hier?", frage ich. Die kalte Luft zwickt an meiner Kehle. Ich ziehe den Mantel am Hals zu und wünsche mir, dass ich nicht vergessen hätte, meinen Schal einzupacken.

"Steig ein", sagt er. "Es ist eiskalt da draußen."

Das will ich. Wirklich sehr gern. Es ist eiskalt. Kälter als eiskalt wahrscheinlich, aber ich bin wütend auf ihn, und er hat meine Frage immer noch nicht beantwortet.

Ich schüttle den Kopf. Für heute habe ich genug von Typen, die mich herumkommandieren. Ich gehe weiter, wohl wissend, dass es mein Stolz ist, der mich davon abhält, in sein Auto zu steigen. Nicht irgendeine Intuition. Hudson ist ein toller Kerl und ich würde mich nie unwohl bei ihm fühlen. Er kann mir das Herz brechen und mich unglaublich traurig machen, aber er würde mir niemals Angst machen.

Er fährt langsam neben mir her.

"Komm schon, Alice. Hör auf mit dem

Scheiß. Steig ein", sagt er durch das heruntergekurbelte Fenster.

Ich schüttle den Kopf.

"Was machst du hier?", schreie ich, teils wegen des heulenden Windes und teils, weil ich wütend auf ihn bin. "Verfolgst du mich?"

"Was machst *du* hier?", schreit er zurück. Offensichtlich antwortet er nicht auf meine Fragen. "Wenn du dich mit Simon so gut amüsierst, warum gehst du dann mitten in der Nacht ganz allein die Straße entlang?"

"Fick dich!"

"Komm schon, Alice. Bitte, steig ein." Der Ton in seiner Stimme ändert sich. Er fleht jetzt, aber mein Herz bleibt kühl. Mein Stolz ist groß.

"Du brauchst mich nicht verfolgen, Hudson. Mir geht es gut", sage ich.

Ich erwarte, dass unser Geplänkel weitergeht, bis ich den Bahnhof erreiche. Ich kann eine Eskorte gebrauchen. Es ist kalt und dunkel und windig. Ich habe Angst davor, hier draußen ganz allein zu sein. Aber das lässt er nicht zu.

"Gut!", schreit Hudson und fährt davon.

Das Quietschen der Reifen, als er davonfährt, bricht mir das Herz.

"Nein, nein, nein", sage ich und sehe zu, wie er in der Dunkelheit verschwindet. "Bitte fahr nicht weg."

Ich laufe dem Auto nicht hinterher. Ich halte an und bliebe wie angewurzelt stehen. Unfähig, mich zu bewegen. Ein Gefühl des unvermeidlichen Untergangs breitet sich in meinem Körper aus. Mein Bedauern. Warum bin ich nicht einfach in sein Auto eingestiegen? Warum musste ich so dumm sein? Er ist den ganzen Weg hierhergekommen. Er wollte mir helfen. Er liebt dich. Warum musste ich so kalt sein? So unversöhnlich? Eine Million anderer Dinge, die ich hätte sagen und tun sollen, gehen mir durch den Kopf.

Ich schaue in die Ferne. Ich warte auf seine Rückkehr. Er kommt nicht zurück. Er ist weg. Wirklich weg.

Ich atme tief ein.

Man kann sich im Leben nur auf sich selbst verlassen. Es gibt sonst niemanden. Definitiv keinen Kerl.

Dann werde ich geblendet von

Scheinwerfern, die mir entgegen kommen.
Das Auto macht einen U-Turn auf der
anderen Straßenseite und hält neben mir an.

"Tea und ich haben uns getrennt!",
schreit Hudson durch das offene Fenster.

42

Diesmal braucht er mich nicht mehr zu überreden. Keiner von uns sagt ein Wort, während ich auf den Beifahrersitz klettere. Ich steige nicht ein wegen dem, was er gesagt hat. Ich wäre eingestiegen, wenn er gesagt hätte, dass er mich hasst. Es kommt nicht jeden Tag vor, dass man die Chance hat, die falsche Entscheidung, die man gerade getroffen hat, zu korrigieren. Ich war mich sicher, dass es genau das war, was ich tun musste.

Als ich das Fenster hochkurble, wird mir erst klar, wie kalt mir ist und die Wärme im Auto tut unglaublich gut. Langsam wärme ich auch von innen auf.

"Bringst du mich zum Bahnhof?",
frage ich.

"Warum? Ich fahre nach Hause."

"Ich glaube, ich würde lieber zum
Bahnhof", sage ich. Ich habe keinen guten
Grund. Ich will nicht mit ihm zurückfahren.
Irgendetwas stört mich daran. Wenn ich
mich von ihm nach Hause bringen lasse,
wird er mein Ritter in glänzender Rüstung
oder so sein.

"Warum musst du immer so stur sein?",
fragt er.

"Bringst du mich da jetzt hin oder
nicht?", frage ich. Er macht ein genervtes
Geräusch und zuckt mit seinen Achseln.

Wir fahren für einige Augenblicke in
Stille. Es ist ohrenbetäubend. Früher
konnten wir stundenlang im selben Raum
herumhängen und nicht reden, ohne uns
unwohl zu fühlen. Jetzt ist das anders.

"Übrigens, was hast du dir dabei
gedacht?", fragt Hudson. Der Ton seiner
Stimme ist anklagend. Er ist sauer. "Was
wäre, wenn ich nicht zurückgekommen
wäre, um dich zu holen? Du weißt schon, du
und dein dummer Stolz. Der bringt dich

noch um." Er schüttelt den Kopf. "Es ist okay zuzugeben, dass du manchmal Hilfe brauchst, weißt du das? Es ist in Ordnung, sich verloren zu fühlen. Du musst nicht immer alles allein machen."

Hudson setzt seinen Vortrag fort. Er ist kein großer Redner. Normalerweise versperrt er immer alles hinter einer Tür, fest mit einem Schloss verriegelt. Einem Schloss, zu dem ich keinen Schlüssel habe. Seinem Vortrag zuzuhören zaubert mir ein Lächeln ins Gesicht. Ich weiß, dass ich ihm am Herzen liege, aber es kommt nicht jeden Tag vor, dass mir diese Tatsache bestätigt wird.

"Was? Warum grinst du so? Ich bin wirklich sauer auf dich, Alice."

Ich nicke. "Ich weiß. Du hast Recht", sage ich.

"Ich habe Recht? Moment mal, was?" Er wird langsamer, um anzuhalten.

"Was machst du da?"

"Ich muss diesen Moment festhalten. Ich kann nicht glauben, dass du gesagt hast, dass ich Recht habe."

"Na ja, dann solltest du das besser genießen." Ich lache. "Ich bin mir nicht sicher, ob das jemals wieder vorkommen wird."

Wir fahren weiter.

"Was hast du dir dabei gedacht, hierher zu kommen?", frage ich. "Ich meine, was wäre, wenn zwischen Simon und mir alles in Ordnung gewesen wäre? Was, wenn ich ihn nicht damit konfrontiert hätte?"

"Ich wäre einfach dageblieben." Er zuckt mit den Achseln. "Ich wollte sichergehen, dass es dir gut geht."

"Dageblieben? Wo?"

"Auf dem Parkplatz."

"Das ganze Wochenende?"

"Vielleicht." Er zuckt mit den Achseln. "Ich weiß es nicht. Ich hatte nicht wirklich einen Plan."

Ich rolle mit den Augen und sage eine Weile nichts.

"Ich hatte keine Ahnung, dass es so passieren würde. Ich wollte einfach zu dir und mit dir reden. Das ist alles", sagt er nach einer Weile. Er schaut geradeaus. Haarsträhnen fallen ihm ins Gesicht. Er streicht sie hinter sein Ohr. "Ich will nicht,

dass du denkst, dass ich dein Stalker bin",
fügt Hudson hinzu.

"Das weiß ich doch."

"Dann habe ich gesehen, dass du
abgehauen bist, also bin ich dir gefolgt."

Ich nicke. Das macht Sinn.

Eine Zeit lang sagt keiner von uns ein
Wort. Dann erinnere ich mich an etwas, was
er gesagt hatte.

"Was ist zwischen dir und Tea passiert?",
frage ich.

Hudson zuckt mit den Achseln und
schüttelt den Kopf. Er schaut geradeaus. Ich
weiß, dass er Augenkontakt mit mir
vermeidet.

"Hudson?" Ich kann es nicht lassen. Ich
bin mit ihr verabredet und ich muss wissen,
was mich erwartet.

"Wir haben uns getrennt", sagt er. Er zuckt
wieder mit den Achseln, die Art von
Achselzucken, die mir die Gewissheit gibt, dass
nicht alles gut ist. "Ich bin mir nicht sicher, ob
es eine Trennung ist, da wir nicht wirklich
offiziell zusammen waren, aber was soll's."

"Was meinst du damit?"

"Wir waren nicht offiziell zusammen. Ist es eine Trennung, wenn es nichts zu trennen gibt?"

"Wusste sie das denn?", frage ich.

"Nicht du auch noch." Jetzt schaut er mich direkt an. "Ja, ich war diesbezüglich sehr deutlich mit ihr."

"Als wir miteinander geredet haben, schien ihr das noch nicht so klar zu sein", sage ich.

Hudson schüttelt den Kopf. Verärgert.

"Warum hast du es dann … beendet?", frage ich.

"Das habe ich nicht. Sie war es", sagt er.

"Was?", frage ich. Das ist schwer zu glauben. Tea war wirklich verknallt in ihn. Warum sollte sie das tun?

"Sie meinte, dass sie nicht in einer undefinierten Beziehung sein wolle. Sie wollte mehr. Entweder sind wir zusammen, exklusiv, oder halt nicht. Das konnte ich ihr nicht geben."

Ich frage ihn, warum, obwohl ich die Antwort kenne.

Wir halten an der Ampel. Er dreht sich herum, um mich anzugucken. Er schaut mir direkt in die Augen. Ich sehe die Spiegelung der roten Ampel in seinen Augen und frage mich, ob er sie in meinen Augen sehen kann.

"Es ist schwer, dich zu verstehen, Alice", sagt Hudson leise.

Ein Schauer läuft mir über den Rücken. Meine Fingerspitzen werden kalt. Dann werden sie taub. Ich weiß nicht, was er meint. Nein, das ist nicht wahr. Ich weiß es sehr wohl. Ich habe einen Verdacht, aber ich wage es nicht, es zu denken. Ich *will* es gar nicht wissen.

"Was –", beginne ich. Meine Kehle ist rau und die Wörter kommen nur gebrochen heraus. "Wovon sprichst du?" Ich versuche es noch einmal.

Die Ampel wird grün. Er biegt an der Kreuzung ab und hält am Straßenrand an.

"Was machst du da? Warum hältst du an?", frage ich schnell. Ich spüre, wie ich in Panik gerate über das, was passieren könnte ,und über das, was nicht passieren könnte.

"Ich möchte dir etwas sagen", sagt Hudson leise.

Ich schaue nicht von der Frontscheibe

weg, selbst als Hudson sich wieder zu mir umdreht.

"Alice? Guck mich an. Bitte", sagt er und berührt dabei meine Hand. Ich schrecke vor seiner Berührung zurück. Ich atme tief ein. Mein pochendes Herz beruhigt sich. Dann drehe ich mich zu ihm um.

"Ich liebe dich", sagt er und lässt jedem Wort langsam Zeit und Raum.

"Was?", murmle ich.

"Ich liebe dich, Alice", sagt er erneut. Ich versuche, sein Gesicht zu lesen. Es ist leer. Alles, was ich sehe, ist, wie sehr seine sonnengeküsste Haut in der Tristesse eines New Yorker Herbstes verblasst ist.

"Ich liebe dich auch", sage ich ein wenig zu schnell.

Es ist keine Lüge, aber es ist auch nicht die Wahrheit. Ich bin mir nicht sicher, was er mit seinem "Ich liebe dich" gemeint hat. Ich liebe dich als Freund. Ich liebe dich wie früher. Ich liebe dich und will wieder mit dir zusammenkommen. Ich liebe dich und ich möchte, dass wir Freunde sind. Wir sitzen hier für eine Weile in Stille. Es scheint, als sollten wir uns küssen, aber der Moment ist nicht der richtige. Da ist eine Distanz zwischen uns. Gefüllt mit all den Dingen, die ungesagt geblieben sind. Mit all den Dingen, die erklärt werden sollten.

Langsam startet Hudson den Wagen wieder und setzt ihn in Fahrt. Den Rest des Weges zum Bahnhof fahren wir als Fremde.

43

Der Parkplatz ist leer und Hudson parkt direkt vor dem Behindertenschild.

"Ich begleite dich hinein", sagt er, während ich aussteige.

"Nicht nötig", sage ich, aber er ignoriert mich. Ich halte ihn nicht auf. Wir gehen gemeinsam in den Bahnhof. Er ist klein und verlassen. Es gibt nur ein paar Stühle, die an den Wänden angeordnet sind. Es ist niemand am Fahrkartenschalter. Ich sehe auf der großen elektronischen Fahrplantafel hinter dem Schalter nach. In fünfundzwanzig Minuten kommt ein Zug, der zurück in die Stadt fährt.

Ich gehe zum Fahrkartenautomaten und kaufe eine einfache Fahrkarte.

"Bist du sicher, dass du nicht mit mir zurückfahren willst?", fragt er, während ich auf 'Kaufen' drücke. Ich schüttle den Kopf.

"Ich sehe dich dann dort", sage ich. "Aber danke, dass du gekommen bist. Wirklich. Ich weiß es wirklich zu schätzen."

Hudson starrt auf seine Schuhe. Es ist ein altes Paar Turnschuhe ohne Schnürsenkel, die er schon seit Jahren hat. Er trägt sie nicht oft. Ich weiß, dass es seine Lieblingsschuhe sind, die er immer dann anzieht, wenn er sich wohl fühlen will.

"Wie lange hast du die Schuhe schon?" Ich lächle. "Mindestens seit der zehnten Klasse."

"Neunte." Er nickt. Als sich unsere Augen treffen, funkelt sein Gesicht unter der rauen Fluoreszenz im Raum.

"Schmeißt du die jemals weg?", frage ich.

"Schmeißt du Bär jemals weg?"

Mein Atem bleibt mir im Hals stecken und ich huste. Bär ist ein alter Teddybär, den ich seit meiner Kindheit habe. Ich spiele nicht mehr mit ihm. Er ist zu alt und zerbrechlich, aber er sitzt auf meiner Kommode, und ich halte ihn fest, wann immer ich mich verloren, verwirrt oder einsam fühle.

"Nein, natürlich nicht!", keuche ich.

"Na also. Wer im Glashaus sitzt …?", scherzt er.

"Schon gut." Ich lächle.

Ich fühle mich plötzlich entspannt. Ich weiß, dass zwischen Hudson und mir alles gut wird. Freunde. Diesmal aber wirklich. Ich weiß, dass er nicht gelogen hat, als er sagte, dass er mich liebt. Ich habe definitiv nicht gelogen. Was passiert mit Liebe nach Liebe?, frage ich mich. Vielleicht das hier. Diese Freundschaft, die ein bisschen mehr ist als nur Freundschaft. Etwas, das ein bisschen tiefer geht. Näher. Ungewöhnlicher.

"Oh, hey, du wolltest doch mit mir über etwas reden, oder? Vorhin im Auto. Was war das?", frage ich.

"Einfach über uns. Darüber, wie sehr ich dich vermisse."

"Du vermisst mich?"

Er nickt. Ich spüre seinen Blick auf

meinen Lippen. Er kommt einen Schritt näher auf mich zu. Ich spüre seinen sanften Atem auf meiner Wange. Wir stehen so nahe beieinander, dass es mehr Mühe erfordern würde, voneinander wegzugehen, als uns noch näher zu kommen. Plötzlich sammelt er sich wieder.

"Ich vermisse es, mit dir befreundet zu sein. Das mit dem Maskenball tut mir leid. Ich hätte dir die Wahrheit sagen sollen. Ich war ein Arschloch, weil ich sie nicht mitnehmen wollte. Deshalb überstürze ich das mit der Studentenverbindung nicht. Ich will nicht so ein Typ sein."

Ich nicke.

Der Moment vergeht. Ich trete einen Schritt zurück und zerreiße die magnetische Kraft, die uns beinahe in einen Kuss getrieben hätte.

"Okay, wir sehen uns zu Hause", sage ich und drehe mich um, um zum Ticketschalter zu gehen.

Hudson greift nach meiner Hand. Er zieht mich zu sich heran.

Seine Augen suchen meine.

Er schiebt mir die Haare aus dem Gesicht und küsst mich.

Hudson presst seine Lippen auf meine. Zuerst ganz sanft. Als ob er um Erlaubnis bittet. Es dauert einen Moment, bis ich begreife, was hier vor sich geht. Dann erwidere ich seinen Kuss.

Das Feuer zwischen uns wird stärker.

Er fährt mit seiner Zunge über meine.

Ich vergrabe meine Hände in seinen Haaren.

Er schlingt seine Arme um meine Taille. Er sucht die Stelle, an der mein Oberteil aufhört und berührt mich dann am Rücken. Die Berührung seiner Haut auf meiner ist berauschend. Mein ganzer Körper wird von einem Kribbeln durchzogen. Ich fühle mich, als hätte man mir den Atem aus meinen Lungen geschlagen. Ich küsse ihn fester und spüre, wie sein Atem heftiger wird.

"Bitte nimm nicht den Zug", flüstert er. "Komm mit mir nach Hause."

Wir küssen uns noch etwas länger. Es ist nicht seltsam wie die meisten ersten Küsse. Hudson weiß genau, wie er mich küssen muss. Er weiß, dass ich es liebe, seinen Atem auf meinem Nacken zu spüren. Er weiß, dass ich es liebe, wenn er an meinen Ohrläppchen knabbert. Er weiß, dass ich es liebe, wenn er seine Hände in meinen Haaren vergräbt und leicht an ihnen zieht. Er weiß noch viel mehr als das. Viel mehr als das, was wir in einem öffentlichen Bahnhof tun können, auch wenn er verlassen ist.

WIR HALTEN uns an den Händen und küssen uns den ganzen Weg zurück zum Auto. Ich kann mich nicht erinnern, dass ich zugestimmt habe, nicht den Zug zu nehmen, aber das spielt kaum eine Rolle. Er öffnet mir die Wagentür und küsst mich weiter, während ich auf den Sitz klettere. Ich sehe ihm zu, wie er um den Wagen herumläuft und auf die Fahrerseite springt.

"Ich hatte vergessen, wie gut du riechst", sagt er und atmet tief ein.

Ich lache. So hat er schon lange nicht mehr mit mir gesprochen. Ich sehe ihn an. Es ist, als ob er verzaubert wäre.

"Es ist wahrscheinlich nur mein Shampoo." Ich zucke mit den Achseln und berühre instinktiv mein Haar.

Hudson schaut mich von oben bis unten an, als ob er in seinem Kopf eine Art komplizierte Analyse durchführen würde. Dann packt er meinen Kopf und zieht mich zu seiner Nase. Ganz sachte.

"Hey!" Ich ziehe mich zurück, aber nicht bevor er mich einatmet.

"Dein Haar riecht gut; Himbeere, richtig?"

Ich nicke.

"Aber nein, das ist es nicht." Hudson schüttelt den Kopf. "Es riecht noch nach Vanille und etwas anderem", fügt er hinzu.

Schließlich gebe ich nach. Ich lächle und gebe zu, dass es mein Parfüm ist. Victoria Secret's Noir-Tease.

"Noir Tease? Dein Ernst? Alice Summer, oh Gott!", scherzt er.

Ich deute auf die Quelle des Duftes. Meine Handgelenke. Er nimmt meine Hände in seine und führt sie zum Mund. Vorsichtig küsst er ein Handgelenk und dann das andere.

"Seit wann trägst du Parfüm?", fragt er.

"Seit etwa einem Monat." Ich zucke mit den Achseln. "Es hat gut gerochen. Außerdem gibt es das in so einem schönen Flacon. Es ist ein bisschen peinlich, aber ich fühle mich wie eine richtige erwachsene Frau, wenn ich Parfum aus einem Flacon benutze."

"Ich liebe es", sagt er.

Er küsst mich wieder auf den Mund und teilt meine Lippen mit seiner Zunge. Zuerst ist der Kuss reserviert. Schüchtern. Schön. Schnell beginnt er, sich in etwas anderes zu verwandeln. Irgendwo tief in mir beginnt sich ein Feuer zu entzünden. Ich möchte ihm die Kleider vom Leib reißen und seinen Körper gegen meinen pressen. Hudsons Atmung wird schneller. Als meine Hand über sein Bein streicht, merke ich, dass er noch erregter wird.

Seine Hände laufen an meinem Shirt entlang und bahnen sich dann ihren Weg darunter. Fleisch an Fleisch. Meine Atmung beschleunigt sich zusammen mit meinem Herzschlag. Mit einer schnellen Bewegung löst er meinen BH und befreit meine Brüste aus dem Stoff. Seine Hand streicht an meinem Bauchnabel entlang und wandert dann nach oben. Höher und höher.

"Warte", flüstere ich. Er hört nicht sofort auf.

"Warte, warte", sage ich lauter und ziehe mich zurück.

"Was ist los?", fragt er mit einem tief enttäuschten Gesichtsausdruck.

"Nichts." Ich schüttle den Kopf. "Nichts. Außer, dass ich es nicht hier tun will. Wir sind nicht mehr in der High School. Wir haben unsere eigene Wohnung."

Ich warte darauf, dass er verärgert wird, aber er zuckt nur mit den Achseln. Nickt.

"Bist du sicher? Wie wäre es um der alten Zeiten willen?", fragt er.

Ich schüttle den Kopf und versuche, meinen BH wieder zu schließen.

In der Highschool haben wir es früher ständig im Auto getrieben. In seinem Auto. Meinem Auto. Den Autos unserer Freunde. Es gab viele diskrete Orte, an denen Teenager spät nachts in Autos Sex hatten. Der Parkplatz unserer High School. Die Parkplätze anderer Highschools. Die

Parkplätze der Grund- und Mittelschule. Der Parkplatz der Bibliothek. Der Parkplatz leerer Bürogebäude.

Wir haben viele Stunden auf leeren Parkplätzen verbracht. Manchmal mit Freunden. Wir haben getrunken, wenn einer von uns Bier oder Wein ergattern konnte.

"Hey, erinnerst du dich an den Parkplatz der Bibliothek in der Nähe von mir zuhause?", fragt Hudson.

"Welches Mal?", frage ich.

Wir haben dort viele lange Abende verbracht. Anders als im Büro und auf den Schulparkplätzen wurde die Bibliothek fast nie patrouilliert. Es war auch das kleine Geheimnis von Hudson und mir. Wir wagten es nicht, es mit einem unserer Freunde zu teilen, aus Angst, dass es sich herumsprechen und unser privater Platz öffentlich bekannt werden könnte.

"Erinnerst du dich, was mit Rachel Prince passiert ist?", fragt er.

"Wie könnte ich das vergessen?", lache ich. "Immer wenn ich daran denke, Sex in einem Auto zu haben, denke ich an sie."

"Wirklich?" Er verzieht sein Gesicht

angewidert. "Und wie oft denkst du daran, Sex im Auto zu haben?"

"Okay, das kam falsch rüber." Ich lächle. "Du weißt, was ich meine."

Rachel Prince war in unserer Klasse und wir alle waren in der elften Klasse eng befreundet. Ein Polizist erwischte sie und ihren damaligen Freund beim Sex auf dem Parkplatz von einem leeren Bürogebäude. Anstatt sie einfach mit einer Verwarnung gehen zu lassen, zwang er sie, aus dem Auto auszusteigen und sich völlig nackt daneben zu stellen, während er sich ihren Ausweis angeguckt hat. Während es draußen fünf Grad waren!

"Wenigstens hatten sie noch ihre Schuhe an", scherzt Hudson.

Rachels Vorfall ging durch die Schule wie eine Gruselgeschichte, die nur für Teenager bestimmt war. Fast jeder, so schien es, hörte für ein paar Wochen auf, herumzualbern. Lange genug, bis der Schock nachließ und die Hormone wieder anspringen konnten.

"Ich kann nicht glauben, dass er sie wirklich zum Bahnhof gebracht hat und sie dort auf ihre Eltern warten musste. Was für ein Arschloch." Hudson schüttelt den Kopf.

"Wenigstens durften sie ihre Kleider wieder anziehen", sage ich.

"Ich habe mir damals nicht viel Gedanken darüber gemacht, aber ich glaube, es war illegal, was der Polizist gemacht hat. Ich meine, er kann nicht einfach ein sechzehnjähriges Mädchen dazu bringen, nackt draußen zu stehen, und sie anschauen, ohne irgendein Gesetz zu brechen. Oder?"

Ich habe keine Ahnung. Es klingt tatsächlich so, als sollte es illegal sein.

"Meinst du nicht, dass wir Glück hatten?", frage ich. "Dass uns so etwas nie passiert ist?"

Er nickt. "Wir haben wirklich Glück gehabt."

"Oh mein Gott." Hudson wendet sich von der Straße ab und dreht sich zu mir um.

"Was ist los?"

"Oh Gott, ich muss dich jetzt sofort haben, Alice. Es ist viel zu lange her."

"Konzentrier dich auf die Straße!", sage ich und drehe sein Gesicht von mir weg.

"Bist du sicher, dass wir nicht irgendwo anhalten können? Das wird spaßig", plädiert er.

Ich will ihn auch. Ich will ihn wieder küssen. Ich möchte meine Hände in seinen Haaren vergraben. Seinen Bauchnabel küssen und mehr, aber ich bleibe standhaft.

"Nein." Ich schüttle den Kopf. "Es ist kalt. Wir haben zwei tolle Betten zur Auswahl. Ich möchte duschen. Simon und die ganze Nacht von mir abwaschen."

Dann denke ich noch einmal darüber nach. Das ist nicht richtig. Die Nacht ist eigentlich viel besser ausgegangen, als ich erwartet hatte.

"Na ja, nicht die ganze Nacht", füge ich hinzu.

"Gut." Er zuckt mit den Achseln. "Du hast Recht. Zu Hause wird es etwas Besonderes sein."

44

W ir sind immer noch mehr als anderthalb Stunden von zu Hause entfernt. Ich versuche, die Vorfreude, die sich in meiner Magengrube aufbaut, mit anderen Gedanken zu füllen. Ich frage ihn nach seiner Familie. Ich habe schon lange nichts mehr von ihnen gehört. Als wir anfangen zu reden und zu lachen, wird mir klar, dass es so vieles gibt, über das wir nicht gesprochen haben.

Hudson glaubt zum Beispiel, dass sein kleiner Bruder Cayden schwul ist, aber dass er es noch nicht weiß.

"Wie kann er es nicht wissen?", frage ich.

"Er ist fünfzehn! Vielleicht ist er einfach nicht schwul."

"Na ja, dann verleugnet er es oder so. Ich bin mir ziemlich sicher, dass er schwul ist."

"Vielleicht hat er einfach Angst, sich zu outen?", frage ich.

"Warum sollte er? Er weiß, dass es meinen Eltern egal ist. Die würden sich wahrscheinlich freuen", sagt er.

"Es dauert eine Weile, bis man sich in seiner eigenen Haut wohl fühlt", sage ich. "Man muss Geduld haben. Ich meine, ich kann den meisten Leuten immer noch nicht sagen, dass ich Schriftstellerin bin."

Wir reden nicht nur über ernste Dinge. Wir reden auch über lustige, von Herzen kommende Dinge. Wie letztes Weihnachten.

"Weißt du noch, als du mich wegen meiner Zuckerstange durch das Haus gejagt hast?", frage ich.

"Nein!", sagt er bestimmt. "Es war nicht deine. Du hast sie geschenkt bekommen, ja, aber du hasst Zuckerstangen. Und übrigens, wer zum Teufel hasst Zuckerstangen? Es ist

Pfefferminz und Zucker. Ich weiß ganz sicher, dass du Pfefferminztee liebst."

"Das ist doch etwas ganz anderes." Ich schüttle den Kopf und lächle. "Wichtig ist, dass das meine Zuckerstange war und dass du einfach erwartet hast, dass ich sie dir gebe."

"Weil du sie nicht essen wolltest."

"Das konntest du doch gar nicht wissen."

"Oh doch, das wusste ich ganz sicher." Er nickt eingeschnappt. "Ich habe den Vorrat an Zuckerstangen aus dem Vorjahr in deinem Schrank gefunden. Du hast keine einzige gegessen. Du hast die einfach nur vor den Leuten, die sie wirklich mögen, versteckt. Du gieriges Mädchen!"

Wir brechen in Gelächter aus. Ich lache so sehr, dass mir die Augen tränen. Als er zu Atem kommt, dreht sich Hudson zu mir um.

"Ich habe dich vermisst, Alice", sagt er, als wir auf den Parkplatz von unserem Gebäude fahren. Er plant, den Mietwagen morgen zurückzugeben. Nachdem wir geparkt haben, gehen wir direkt zu unserem Schlafsaal.

"Ich habe dich auch vermisst", sage ich im Aufzug.

Eine Flut von Emotionen fängt an, meinen Körper zu durchströmen, je mehr wir uns unserem Stockwerk nähern. Wenn ich jetzt nichts tue, werden mir die Tränen in die Augen steigen und ich werde sie nicht mehr aufhalten können. Ich strecke mich zu Hudson hinauf und küsse ihn.

Mitten in diesem leidenschaftlichen und explosiven Kuss, als er an meinen Kleidern zerrt und meine Haare durcheinander bringt, wird mir plötzlich klar, dass ich von ihm keine Entschuldigung für die Trennung brauche. Ich will nicht eine Sekunde darüber nachdenken, was das alles bedeutet. Ich will nicht einmal wissen, ob ich ihn zurückhaben will. Ich will nur mit ihm zusammen sein.

Wir knutschen heftig, bis der Aufzug piept und sich die Türen öffnen. Wir stolpern hinaus und vergessen dabei fast unsere Taschen. In letzter Minute schiebt Hudson seine Hand zwischen die Türen, um den Aufzug daran zu hindern, sich zu

schließen. Widerwillig geht die Tür
wieder auf.

Als wir in unserem Schlafsaal
ankommen, gehe ich direkt auf die Toilette.

"Okay, ich hüpfe unter die Dusche und
komme dann in dein Zimmer, ja?", frage ich.

"Es sei denn, du willst, dass ich mich dir
anschließe?" Er zwinkert mir zu.

Ich rolle mit den Augen und schüttle den
Kopf.

ALS ICH AUS der Dusche komme, trage ich
ein bisschen Make-up auf. Ich bürste mein
Haar, locke es leicht, um ihm etwas Leben
einzuhauchen, und lasse es feucht. Ich
schaue in den Spiegel. Passiert das wirklich?

"Einfach atmen", sage ich zu mir selbst.
Plötzlich wünsche ich mir, ich hätte eines
dieser Tattoos am Handgelenk, auf denen
"Just breathe" steht. Ich habe mich bei vielen
Gelegenheiten über diese Tattoos lustig
gemacht. Ich meine, wer vergisst schon zu
atmen? An diesem Punkt könnte ich eins
gebrauchen. Eine visuelle Erinnerung zum

Entspannen. Mach eine Pause. Einatmen. Ausatmen.

Mein Herz schlägt so heftig, dass es sich anfühlt, als würde es mir aus der Brust springen. Ich klopfe an seine Tür. Niemand antwortet. Ich klopfe fester. Als er wieder nicht antwortet, öffne ich sie.

Hudson sitzt mit seinem Laptop auf seinem Bett. Er schaut kaum auf. Er hat einen verzweifelten Ausdruck in seinem Gesicht. Als er hochguckt, schaut er nicht mich an, sondern schaut viel mehr durch mich hindurch. Irgendwo weit weg.

"Was ist los?", frage ich.

Er schüttelt den Kopf, aber nur ganz leicht. Es ähnelt einem Nicken, aber es ist anders. Ich warte darauf, dass er etwas sagt. Eine Minute vergeht. Es fühlt sich an wie ein Jahrhundert.

"Ich ... ich ... habe das Geld verloren", sagt er schließlich. Seine Stimme zittert.

"Welches Geld?"

"Das Geld, das ich bei Dylans Mann investiert habe", sagt er langsam. In jedem Wort steckt eine Schwere, als würde ihm jedes einzelne Wort die größte Mühe kosten.

"Oh mein Gott, es tut mir so leid." Ich schlinge meine Arme um ihn. Er stößt mich nicht weg. Er sitzt einfach nur da. Verloren in einer Welt, die ich nicht erreichen kann.

"Ich habe 15.000 Dollar verloren", flüstert er und vergräbt den Kopf in seinen Händen. "Wie konnte ich nur so dumm sein?"

"Es tut mir so, so leid." Ich umarme ihn.

Ich weiß nicht, was ich tun soll, damit er sich besser fühlt. Ich wünschte, es gäbe etwas, aber ich fühle mich völlig hilflos. *Sei einfach für ihn da,* sage ich mir. *Einfach hier sitzen und zuhören.*

"Es lief so gut. Aus meiner 5.000-Dollar-Investition wurden 10.000 Dollar. Ich wollte sie abheben, aber dann habe ich es nicht getan. Ich habe alles wieder reingesteckt, Alice", sagt er.

Während er die Worte zunächst kaum über seine Lippen bringen konnte, sprudeln sie jetzt praktisch aus ihm heraus. "Warum habe ich das getan?", fragt er. "Ich bin so dumm."

"Nein, bist du nicht", flüstere ich.

"Ich habe weitere 5.000 Dollar verdient und dann ... dann ist alles verschwunden."

"Wie?", frage ich.

Er holt tief Luft, atmet sie wieder aus und sagt dann: "Die Aktie ist abgestürzt, nachdem der CFO des Pharmaunternehmens wegen Insiderhandels verhaftet worden war."

Wir sitzen lange Zeit in Stille. Ich weiß nicht, was ich sagen soll, und Hudson hat nichts anderes zu sagen. Irgendwann, und mit viel Mühe, schalte ich das Licht aus und nehme ihm den Laptop vom Schoß. Ich ziehe die Decke über ihn und gebe ihm einen Kuss auf die Wange.

"Wohin gehst du?", flüstert er.

"Ich dachte, ich gebe dir etwas Zeit zum Ausruhen", sage ich.

"Kannst du bleiben? Bitte!"

Ich klettere mit ihm ins Bett. Hudson schlingt seine Arme um mich. Er presst sich an mich. Wir liegen eine Zeit lang in der Löffelstellung. Die Minuten vergehen wie im Flug. Irgendwann später drehe ich mich zu ihm um. Ich dachte, er schläft, aber er ist hellwach. Er starrt immer noch in die Ferne.

"Du solltest schlafen", sage ich. "Morgen Früh sieht es schon wieder anders aus."

Hudson schaut mich an. Er löst seine Hand von der Decke und streicht mit dem Zeigefinger an meiner Unterlippe entlang. Seine Fingerspitze fühlt sich weich wie Seide an. Langsam zieht er sich näher an mich heran. Ich spüre seinen Atem auf meinen Lippen. Unsere Lippen berühren sich.

Seine Lippen sind prickelnd. Er teilt meine Lippen mit seiner Zunge. Es fühlt sich vertraut und fremd zugleich an. Während wir uns küssen, verwandeln sich unsere Körper in eins. Ich merke nicht mehr, wo er beginnt und wo ich aufhöre.

Plötzlich werden seine Küsse eindringlicher. Er drückt seinen ganzen Körper gegen meinen. Bis auf den letzten Zentimeter ist er hart und stark. Er klettert auf mich und küsst mich fester. So hart, dass es fast weh tut. Ich versuche mitzuhalten. Ich drücke mich auch fester gegen ihn. Er erhebt sich ein wenig über mich. Ich bin überrascht über meine eigene Kraft.

Wir machen bis tief in die Nacht rum. Weiter geht es nicht. Wir reißen uns nicht die Kleider vom Leib. Wir machen einfach nur rum. Wie Teenager. Denn vor allem sind wir das noch immer. Ich will nicht lügen. Es ist nicht so, dass mir der Gedanke, ihm die Kleider vom Leib zu reißen, nicht gefällt, aber ich gehe nicht weiter. Er tut es auch nicht. Für den Moment reicht es. Das ist mehr als genug. Irgendwann später, als wir beide erschöpft sind, schlafen wir in den Armen des anderen ein.

45

E s ist 3:37 Uhr morgens, als ich aus dem Bett schleiche, um etwas zu trinken zu holen. Als ich mir eine Tasse Milch einschenke, kommt Dylan herein und macht das Licht an. Er erschreckt mich. Ich kneife meine Augen zusammen, so gut ich kann, aber die hellen Lichter stechen mir immer noch in die Augen.

"Hey, sorry. Ich wusste nicht, dass du hier bist", sagt er.

Dylan trägt einen Anzug. Diesen Anzug trägt er ausschließlich für Clubs.

"Scheiße, Alice, ich hatte keinen guten Tag", sagt Dylan.

"Hudson auch nicht", sage ich.

Er schaut weg. Er gießt sich einen Becher Wasser ein. "Oh, er hat es gehört? Ich wollte es ihm morgen Früh sagen."

"Er hat 15.000 Dollar verloren, Dylan", sage ich und verschränke meine Arme vor der Brust.

"Oh, Scheiße, ich wusste nicht, dass es so viel ist. Ich dachte, er hätte nur fünf investiert."

"Nein, er hat seine Gewinne wieder investiert."

"Ah, na ja, das kann passieren." Dylan zuckt mit den Achseln.

"Ist das alles, was du dazu zu sagen hast?", frage ich. "Das sind seine ganzen Ersparnisse. Er hat alles verloren."

Ich bin so sauer, dass ich ihm am liebsten eine reinhauen möchte.

"Hey, falls es ein Trost ist, ich habe zwanzig Riesen verloren. Ungefähr." Er zuckt mit den Achseln.

"Ja, aber er hat keinen reichen Vater, der ihm aus der Klemme hilft", sage ich. "Du kannst es dir immer noch leisten, die ganze Nacht Party zu machen. Er nicht."

Dylan zuckt mit den Achseln. Er sieht nicht so aus, als ob es ihn stört.

"Wie konntest du das zulassen?", versuche ich noch einmal.

Ich muss es ihm verständlich machen. Ich weiß, ich sollte das nicht um drei Uhr morgens tun, nachdem ich nicht viel geschlafen habe und er die ganze Nacht unterwegs war, aber ich kann mich nicht zusammenreißen.

"Hey, hör zu, es war eine Investition. Er wusste, worauf er sich einlässt."

"Aber es war dein Mann!"

"Na und? Der Typ hat ihm 10.000 Dollar eingebracht! Würdest du mich hier anbrüllen, wenn er das Geld ausgezahlt bekommen hätte?"

"Nein, aber das hat er nicht, oder? Er hat sein ganzes Geld verloren!"

"Ich will diese Scheiße nicht hören, Alice", sagt Dylan. "Ich habe auch eine Menge Geld verloren. Hudson ist ein großer Junge."

"Er hat Recht", sagt Hudson, als er aus seinem Zimmer kommt. "Er hat Recht, Alice. Ich wusste über die Risiken Bescheid."

"Aber findest du nicht, dass Dylan dich hätte warnen sollen?"

"Nein", unterbricht Hudson mich. "Es ist in Ordnung, wirklich. Es ist nicht Dylans Schuld."

"Es ist einfach scheiße", sage ich. "Du hast so viel Geld verloren. Ich wünschte einfach, ich könnte dir helfen."

"Ich weiß, aber das kannst du nicht. Niemand kann das. Das ist in Ordnung", sagt er.

"Nein, ist es nicht." Ich schüttle den Kopf und öffne die Tür zu meinem Zimmer.

Ich lasse Hudson und Dylan in Ruhe. Wenn er nicht sauer auf ihn ist, warum sollte ich es sein? Ich reibe mir die Augen. Juliet dreht sich im Bett um. Sie liegt eingewickelt in ihrer Bettdecke und ich kann kaum ihr Gesicht sehen. Nur ihre Augen.

"Sorry, dass ich dich wecke", flüstere ich und schließe die Tür hinter mir, um das Licht aus der Küche zu dämpfen.

"Schon okay", sagt sie. Ihre Stimme ist rau und brüchig. "Dylan und ich haben uns getrennt."

"Oh, das tut mir so leid", sage ich und ziehe meinen Schlafanzug an.

"Schon okay", seufzt sie. "Er ist wieder mit Peyton zusammen. Schon wieder. Er ist besessen von Peyton."

Obwohl ich nicht viel sehen kann, sehe ich, dass ihre Augen geschwollen sind. Sie hat geweint.

"Hey, solltest du nicht übers Wochenende weg sein?", fragt sie.

Ich informiere sie über die Einzelheiten. Simon. Hudson. Hudson und ich knutschen. Hudson verliert sein Geld. Wow, das war ein lächerlich langer Tag. Allein ihn in ein paar Sätzen durchzugehen, erschöpft mich.

Sie hört leise zu und nimmt alles in sich auf. Sie gibt keinen Kommentar ab. Dafür bin ich ihr dankbar. Ich könnte mich jetzt nicht mit einer abfälligen Bemerkung befassen, ohne dabei zu emotional zu werden.

"Und, wie geht es dir?", frage ich. Sie antwortet nicht sofort.

"Eh, gut. Man lebt und lernt, denke ich", sagt sie.

Ich habe mich immer gefragt, was dieser

Ausdruck bedeutet. Es ist, als ob es möglich wäre, einen großen Teil des Lebens einfach abzuschreiben und sich nicht damit auseinanderzusetzen. Es scheint aufschlussreich und weltlich, aber es klingt wie eine Ausrede. Wie eine Aussage, die jemand macht, wenn er gar keine Aussage machen will.

"Und? Was hast du gelernt?", frage ich.

Sie versucht einfach, damit klarzukommen. Ich sollte sie nicht so in Verlegenheit bringen. Ich weiß das, und ich hasse mich dafür, dass ich es trotzdem tue.

"Was ich gelernt habe?", fragt Juliet, als wolle sie Zeit gewinnen. "Dass ich nicht mit Arschlöchern ausgehen soll."

Wir lachen beide.

"Das wird in dieser Stadt ziemlich schwer sein", scherze ich.

ICH SEHE Hudson nicht vor dem Nachmittag. Morgens geht er laufen, und dann gehe ich mit Juliet zum Brunch. Sie ist immer noch verzweifelt wegen Dylan, versucht aber, sich möglichst tapfer zu zeigen. Am Nachmittag geht sie mit einigen ihrer Schauspielfreunde zu einer Matinée-Show von *A Streetcar Named Desire*. Ich bin auch eingeladen, bleibe aber lieber zu Hause. Der Nieselregen, der am Morgen angefangen hat, hat sich in einen ausgewachsenen Regenschauer verwandelt, und es fällt mir schwer, bei diesem Wetter den Straßen New Yorks zu trotzen.

Das Gute an dem geplanten Wochenende in der Hütte, ist, dass ich jetzt Zeit habe, mich um die Aufgabe zu kümmern, den ich bis Montag fertig haben muss. Ich habe sie vor der Reise auf die Schnelle fertig gemacht und jetzt bin ich zum ersten Mal in diesem Semester tatsächlich zwei Tage vor dem Abgabetermin fertig. Das fühlt sich tatsächlich ziemlich gut an. Das schwere Gefühl, das ich sonst habe, ist verschwunden. Ich habe keine dunkle Wolke über meinem Kopf, weil ich eigentlich etwas für die Uni machen sollte. Es fühlt sich sogar so gut an, dass ich beschließe, zu versuchen, auch andere Arbeiten vorzeitig abzuschließen. Es mag ein Wunschtraum sein, aber es ist doch gut, Träume zu haben, oder?

Es klopft an meine Tür, gerade als ich den letzten Satz meiner Arbeit noch einmal gelesen habe.

"Herein", sage ich. Ich klicke auf "Speichern" und schließe meinen Laptop.

Als ich mich in meinem Stuhl umdrehe, sehe ich Hudson unbeholfen in der Tür stehen, unsicher, ob er hereinkommen kann.

"Oh, hey, wie geht es dir?", frage ich.

"Okay, denke ich." Er lässt den Kopf hängen. "Ich war heute Morgen joggen. Um meinen Kopf frei zu bekommen."

"Und?", frage ich hoffnungsvoll.

"Es fällt mir immer noch schwer, über die Tatsache hinwegzukommen, dass ich fünfzehn Riesen verloren habe, aber ich glaube, ich fühle mich besser als gestern Abend."

Ich nicke und bitte ihn, hereinzukommen. Wir setzen uns gemeinsam auf mein Bett.

"Das Positive daran ist", sage ich, "dass

du fünfzehntausend Dollar zum Verlieren hattest. Ich meine, das ist doch was, oder?"

Das war mein schlechter Versuch, einen Witz zu machen. Er ging nach hinten los. Er sieht ziemlich zerknirscht aus. Ich fühle mich wie ein riesiger Idiot, überhaupt so etwas Unsensibles zu sagen.

"Es tut mir leid", sage ich. Zu wenig, zu spät.

"Nein, du hast ja Recht. Nur ein bisschen zu früh, glaube ich."

Ich nicke, dankbar, dass er es nicht persönlich nimmt.

"Also, ich bin eigentlich gekommen, um mit dir über Dylan sprechen", sagt er.

"Dylan?"

"Ich will, dass du nicht mehr mit ihm darüber sprichst. Du hättest ihn nicht so belehren sollen."

"Ich habe nur versucht, dir zu helfen", sage ich defensiv.

"Ich weiß, aber ich brauche das nicht." Er schüttelt den Kopf. "Es ist nicht Dylans Schuld. Ich glaube nicht, dass er mich abgezogen hat. Er hat auch eine Menge Geld verloren."

"Ich weiß, aber ...", fange ich an zu sagen.

"Kein Aber, Alice", unterbricht er mich.

Ich empfinde dieses unaufhörliche Bedürfnis, Hudson zu verstehen zu geben, dass ich es nur gut meine. Ich weiß nicht, warum. Ich glaube nicht eine Sekunde lang, dass er das bereits wissen könnte.

"Es war eine Investition. Das passiert mit Fehlinvestitionen", fügt er hinzu. Seine Stimme ist eindringlich, sicher. Ich schaue zu ihm auf. In seinen Augen stehen Flammen der Wut.

"Was ist los? Warum bist du sauer?", frage ich.

"Warum? Weil du dich in meine Angelegenheiten einmischst. Weißt du, wie peinlich das ist?"

"Ich habe nur versucht zu helfen."

"Alice, ich brauche ...", schreit er. Dann hört er am Ende des Satzes kurz auf. Er beendet ihn nicht. Es ist, als hätte er Angst davor, ihn zu beenden.

"Du brauchst mich nicht", sage ich. "Ich hab's kapiert."

Ich steige aus dem Bett. Ich will sein

Gesicht nicht sehen. Gestern war wie ein Traum. Nicht unbedingt ein schlechter Traum, nur ein Traum. Es fühlt sich nicht real an. Ich gehe zum Fenster und schaue hinaus auf den strömenden Regen. Die ganze Stadt weint.

"Das habe ich nicht gemeint", sagt Hudson.

Ich warte darauf, dass er seinen Arm um mich legt, aber er tut es nicht. Er geht einfach zur Tür und aus meinem Zimmer.

46

_____

Ich weiß nicht, ob es an Schlafmangel und allgemeiner Erschöpfung liegt, aber plötzlich breche ich schluchzend zusammen. Das ist das erste Mal seit unserer eigentlichen Trennung, dass ich so weine. Ich habe das Gefühl, dass ich das alles so lange zurückgehalten habe, und jetzt ist es endlich raus.

"Nein, ich kann das nicht mehr", flüstere ich mir durch die Tränen zu.

Eine Stunde vergeht. Meine Tränen versiegen. Ich schlage ein Lehrbuch auf, um zu versuchen, noch vor den Abschlussprüfungen nächste Woche etwas zu

lernen. Ein Klopfen an der Tür stört meine
Konzentration.

"Kann ich reinkommen?", fragt Hudson.

"Nein." Ich schüttle den Kopf. "Ich bin
beschäftigt."

Er setzt sich trotzdem neben mich.
Nimmt meine Hand. Ich versuche, ihn
wegzustoßen, aber er lässt mich nicht. Ich
schaue ihm in die Augen. In ihnen liegt ein
Hauch von Hoffnung und eine ganze Menge
Bedauern.

Hudson lehnt sich zu mir und nimmt
mir meine Bücher weg. Er lässt alles auf den
Boden fallen. Ich lasse ihn.

Er lehnt sich näher an mich heran.
Drückt seine weichen Lippen auf meine.
Atmet mich ein. Während wir uns küssen,
gleiten seine Hände an meinem Körper
herunter. Irgendwann finden sie die Stelle,
an der mein Pullover endet. Er findet seinen
Weg darunter. Mit einer schnellen
Bewegung liege ich auf dem Rücken, und er
liegt halb über mir. Das fühlt sich so gut an.
Ich kann ihn nicht aufhalten, selbst wenn ich
es wollte. Er folgt den Kurven meiner
Hüften und zieht an den Fäden meiner

Pyjamahose. Er zieht meine Hose ein wenig
herunter, bis meine Hüftknochen freigelegt
sind. Dann zieht er sich von meinem Mund
zurück und küsst meine Hüften. Erst die
eine Seite. Dann die andere. Seine Finger
necken meinen Bauchnabel. Ich seufze,
schließe meine Augen und lasse das alles
geschehen. Hudson war schon immer ein
Experte mit seinen Händen und Lippen.

Mein Körper hebt und senkt sich mit
jedem Kuss. Langsam ziehe ich erst mein
Oberteil und dann seins aus. Er öffnet
seinen Gürtel. Ich lasse meinen BH auf den
Boden fallen. Er streift sich die Hose ab. Er
hilft mir aus meiner Hose.

"Das habe ich vermisst, Alice", flüstert er
mir ins Ohr.

Ich liebe es, wie er meinen Namen sagt.
Auch das habe ich vermisst. Als ich nackt
neben ihm liege und unsere Körper
ineinander verschlungen sind, fühle ich mich
wie zu Hause. Als ob ich noch nie zu jemand
anderem gehört hätte. Sein Atem passt sich
meinem an. Unsere Herzen schlagen im
gleichen Rhythmus.

Er klettert auf mich und umschließt

mich mit seinem ganzen Körper. Ich bin in einem Kokon. Ich bin in Sicherheit. Ich greife haltsuchend nach seinen Schultern. Seine Muskeln sind hart und stark, aber die Haut ist weich wie Seide. Wir bewegen uns im Gleichklang. Wir stöhnen im Gleichklang. Als er kommt, schaue ich in seine Augen und sehe Sterne.

"DAS WAR SCHÖN", sagt Hudson, schlingt seine Arme um meine Schultern und schmiegt sich an mich. "Danke."

"Nein, ich danke dir", flüstere ich.

Als wir zusammen waren, haben wir diese alberne Tradition angefangen, uns nach dem Sex zu bedanken, wenn wir beide zufrieden waren. Ich hatte das völlig vergessen, bis er es gerade gesagt hat. Es bringt mich zum Lächeln. Wir liegen immer noch im Bett, als die Dunkelheit hereinbricht. Es ist noch nicht einmal 17 Uhr, aber die Dämmerung kommt schnell, besonders an regnerischen und bewölkten Tagen. Ich weiß, dass Juliet bald zurückkommt, also fange ich an, mich anzuziehen.

"Ich habe dich vermisst, Alice", sagt Hudson und stützt seinen Kopf mit der Hand ab.

"Du hast mir auch gefehlt", sage ich und werfe ihm seine Unterwäsche und Jeans zu. "Juliet kommt gleich."

Als wir beide angezogen sind, mache ich das Bett wieder.

"Ich will dich zurück, Alice", sagt Hudson.

Ich wollte diese Worte schon lange hören. Seit dem Sommer. Jetzt, wo ich sie tatsächlich höre, fühle ich mich nicht mehr so, wie ich es mir vorgestellt hatte. Mit ihm zu schlafen war wunderbar, aber ich will ihn nicht zurück. Wir haben einen schönen Moment geteilt, aber vielleicht ist das alles, was es sein soll.

"Nein, ich kann nicht, Hudson." Ich drehe mich zu ihm um.

Er hat eine andere Reaktion erwartet. Ich sehe das Feuer und die Hoffnung in seinen Augen erlöschen. Enttäuschung macht sich breit.

"Wie meinst du das?", fragt er.

"Hudson, das war schön. Wirklich schön."

"Schön? Bist du verrückt? Das war unglaublich."

"Okay, ja, das war es", gebe ich zu. "Aber ich glaube nicht, dass es richtig ist, dass wir wieder zusammenkommen. Nicht jetzt."

"Nicht jetzt?", fragt er. Ich sehe, dass ich ihm Hoffnung gegeben habe. Das ist nicht das, was ich tun wollte.

"Niemals", sage ich definitiv.

"Warum?", fragt Hudson. Er legt seine Arme um mich, aber ich stoße ihn weg.

Ich weiß nicht, warum. Es fühlt sich nicht richtig an. Ich versuche herauszufinden, warum.

"Du bist gerade in einer wirklich schwierigen Lage, Hudson. Das verstehe ich. Ich werde als Freund für dich da sein. Als wirklich, wirklich guter Freund. Aber du willst gerade nur mit mir zusammen sein, weil du einsam bist und in Schwierigkeiten steckst. Das musst du aber nicht, ich bin für dich da, aber ich kann nicht wieder deine

Freundin sein, nur weil du gerade eine
schwere Zeit durchmachst."

Enttäuscht geht er davon, bleibt aber vor
der Tür stehen.

"Ich will nicht wegen der Sache mit dem
Geld mit dir zusammen sein. Damit hat es
nichts zu tun. Du hast mich gefragt, warum
ich zur Hütte gekommen bin. Es war, weil
ich mir Sorgen wegen Simon gemacht habe,
aber das war nicht der einzige Grund. Ich
bin nicht gekommen, weil Tea und ich uns
getrennt haben. Ich bin zu dir gekommen,
weil du mir gefehlt hast und ich dich
zurückhaben möchte. Ich habe einen Fehler
gemacht, Alice."

Ich nicke. Atme tief durch. Ich gehe
nicht auf ihn zu.

"Alice, ich war ein richtiger Idiot. Ich
hätte nie mit dir Schluss machen sollen. Es
war alles in Ordnung mit uns. Ich habe es
nur getan, weil ich es keine gute Idee fand,
über die Entfernung etwas Ernstes zu haben.
Wir waren zu glücklich. Ich dachte, dass es
niemals anhalten könnte, weil unsere
Beziehung zu gut war. Ich war so dumm,
Alice. Kindisch. Ich wollte mit anderen

Leuten ausgehen. Aber ich konnte es nicht. Nicht wirklich."

"Danke", sage ich nach einer Weile. "Jetzt verstehe ich dich besser."

Ich bin dankbar für die Erklärung. Ich wusste es nicht, aber ich habe lange auf die Wahrheit darüber gewartet, warum wir uns getrennt haben. Jetzt ist sie da draußen. Ich habe einen Schlussstrich gezogen.

Er wartet darauf, dass ich zu ihm komme. Um ihm zu verzeihen und ihm zu sagen, dass ich ihn liebe und dass alles gut werden wird. Seine Arme hängen an seinen Seiten herunter. Er hat seine Karten offen gelegt. Ich weiß, dass er die Wahrheit sagt, aber etwas hält mich zurück.

"Ich liebe dich, Alice", sagt er. Es ist sein letzter Versuch.

"Ich liebe dich auch", sage ich leise. "Es tut mir leid. Aber ich kann einfach nicht."

Tränen trüben meine Augen. Eine große löst sich und rollt mir die Wange hinunter. Meine Kehle schmerzt vor Kummer.

47

Es ist die Woche der Abschlussprüfungen. Wo ist die Zeit hin? Halloween und Thanksgiving sind nur verschwommen. Über Thanksgiving bin ich nach Hause gefahren, aber ich erinnere mich kaum noch an etwas davon. Zum Glück sind meine Abschlussprüfungen verteilt und nicht wie die von Dylan und Hudson alle direkt nacheinander. Ich habe keinen Tag, an dem ich zwei Klausuren schreibe und habe mindestens einen Tag Zeit, um für die nächsten zu lernen. Es könnte natürlich schlechter sein, aber es könnte auch besser sein. Ich betrachte Juliet. Sie übt für ihren

Atemkurs. Ich wünschte, ich hätte einen Atemtest anstelle von drei Abschlussarbeiten.

Ich habe seit ein paar Tagen nicht mehr mit Hudson gesprochen, bis auf ein kurzes *Hallo, wie geht's?*. Je mehr Zeit vergeht, desto stärker habe ich das Gefühl, dass meine Entscheidung richtig war. Ich kann nicht einmal ansatzweise ausdrücken, wie schön es war, ihm wieder nahe zu sein, aber im Leben geht es nicht nur darum, was im Bett passiert. Es ist mehr als das, und ungeachtet dessen, was er sagt, bin ich mir nicht ganz sicher, ob es nicht nur an seiner Ausnahmesituation liegt. Vielleicht hat er die Trennung von Tea schwerer genommen, als er gedacht hatte. Vielleicht ist er verärgert, weil er all das Geld verloren hat. So oder so, er ist nicht in der richtigen Verfassung, um eine so große Entscheidung wie diese zu treffen. Ich bin sicher, er ist nur verwirrt. Ich bin mir ziemlich sicher. Dann meldet sich die Stimme in meinem Hinterkopf wieder zu Wort. Ich will sie nicht hören, aber sie ist da. Was, wenn er Recht hat? Was, wenn er einfach mit mir zusammen sein will und all die anderen Dinge einfach zufällig zur gleichen Zeit passieren?

Amerikanische Literatur ist meine erste Prüfung. Ganz viele sind vor mir fertig, aber ich schreibe praktisch jeden Gedanken, den ich habe, in das kleine blaue Notizbuch. Ich schreibe, bis sich meine Hand verkrampft, entkrampft und wieder verkrampft. Ich gehe zwei Notizbücher durch, aber schließlich bekomme ich jedes letzte bisschen Wissen, das ich über *Invisible Man, How to Kill a Mockingbird* und *Der Fänger im Roggen* habe, auf Papier. Tea und ich sind die Letzten, die fertig werden. Ich folge ihr aus dem Klassenzimmer. Sie sieht müde und erschöpft aus. Es ist der erste Tag der Abschlussprüfungen. Ich habe mich noch nicht im Spiegel betrachtet, aber ich weiß, dass sie viel besser aussieht als ich. Sie trägt zumindest eine Jeans und einen ordentlichen Pullover. Während ich den gleichen Pulli anhabe, in dem ich geschlafen habe.

"Wie ist es bei dir gelaufen?", frage ich.

"Ganz gut." Sie schenkt mir ein schwaches Lächeln.

"Ja, bei mir auch", antworte ich.

"Hey, hör mal, ich habe von dir und Hudson gehört. Geht es dir gut?", frage ich.

"Ja, alles in Ordnung." Sie nickt. "Er war einfach nicht bei der Sache. Ich glaube nicht, dass wir je zueinander gepasst haben."

"Bist du dir sicher?", frage ich. Ich versuche herauszufinden, was passiert ist. Als ob mehr Details mir ein besseres Verständnis für meine eigene Entscheidung geben würden.

"Ja." Sie zuckt mit den Achseln. "Er wollte nie wirklich mit mir zusammen sein. Er meinte, er sei noch nicht bereit für eine Beziehung. Ich hätte auf ihn hören sollen. Er hat die Wahrheit gesagt. Ich konnte es nur nicht sehen."

"Es tut mir leid", sage ich. Es ist das Einzige, was ich sagen kann.

"Es ist okay. Wir sind nicht füreinander bestimmt. Weißt du, was komisch ist? Nachdem es vorbei war, nachdem ich mit ihm Schluss gemacht hatte, dachte ich, ich würde mich schrecklich fühlen, aber das war nicht so. Ich war erleichtert. Also glaube ich, es war die richtige Entscheidung."

"Ja, scheint so."

Wir verabschieden uns und umarmen uns herzlich.

"Ich wünsche dir schöne Weihnachten", sagt sie.

"Dir auch", sage ich. "Und vergiss nicht, mich dein Buch lesen zu lassen, wenn du fertig bist. Ich weiß, dass es gut wird."

"Du wirst die Erste sein." Tea lächelt.

ALS ICH IN mein Zimmer zurückkomme, möchte ich mich einfach nur auf das Bett legen und Adele hören. Jemand auf unserer Etage spielt Weihnachtsmusik, und obwohl ich es nur ungern zugebe, versetzt mich das in Weihnachtsstimmung. Ich habe nur noch zwei weitere Prüfungen. Dann bin ich fertig. Das erste Semester vom College ist beendet. Ich kann es kaum erwarten, frei zu sein.

Ich schnappe mir eine Dose Soda aus dem Kühlschrank, bevor ich in mein Zimmer gehe. Ich will gerade hineingehen, als etwas auf der Tafel draußen an unserer Tür meine Aufmerksamkeit erregt.

Können wir alles vergessen und von vorne anfangen? - Hudson

Ich lese die Worte sorgfältig, um sicherzugehen, dass ich nicht träume.

Ich spüre, wie er aus seinem Zimmer kommt und direkt hinter mir stehen bleibt.

"Hudson, was soll das?", frage ich. "Ich dachte, wir hätten das schon besprochen."

"Ich weiß, aber ich glaube dir nicht. Ich glaube, du denkst, dass ich dich wegen Tea oder wegen dem Geld zurückhaben will. Aber das stimmt nicht. Ich will dich zurück, weil ich ein Idiot bin. Mir ist klar geworden, dass ich nie wirklich aufgehört habe, dich zu lieben, und es auch nie tun werde."

Ich ziehe meine Tasche weiter an meiner Schulter hoch. Er verlagert sein Gewicht nicht von einem Fuß auf den anderen, wie er es normalerweise tut, wenn er nervös ist oder sich unwohl fühlt. Stattdessen steht Hudson aufrecht, seine Augen sind auf meine gerichtet. In diesem Moment kann ihn nicht einmal ein Erdbeben von mir trennen.

"Ich liebe dich auch, Hudson."

"Also, was ist dann dein Problem? Glaubst du mir nicht?"

"Nein, ich glaube dir."

"Also, warum können wir nicht zusammen sein?", fragt er.

"Weil ich Angst habe." Ich atme tief ein. "Ich habe Angst davor, das alles noch einmal durchzumachen, Hudson. Über dich hinwegzukommen, war eines der schwierigsten Dinge, die ich je getan habe. Und ehrlich gesagt glaube ich nicht, dass ich es wieder tun kann. Es tut mir leid, Hudson."

Ich gehe in mein Zimmer und schließe die Tür. Ich möchte mehr als alles andere mit ihm zusammen sein. Ich will, dass er mich in seine Arme nimmt und mir sagt, dass alles gut wird. Ich möchte ihm glauben, aber ich weiß jetzt, dass dies einen großen Glaubenssprung erfordert. Einen Glaubenssprung, von dem ich nicht sicher bin, ob ich dazu fähig bin. Nicht jetzt. Da ist noch etwas anderes. Ich habe den heimlichen Verdacht im Hinterkopf, dass dieser brennende Wunsch, mit mir zusammen zu sein, nach den

Abschlussprüfungen vergehen könnte. Ich hoffe, ich täusche mich. Ich kann es aber nicht wissen. So oder so, ich kann nicht mehr darüber nachdenken. Ich muss mich noch um zwei weitere Prüfungen kümmern.

48

Zwei schlaflose Tage später bin ich endlich mit dem Semester fertig. Als ich nach Hause komme, sehe ich Juliet, wie sie all ihre Hefte und Papiere aus dem Semester in den Müll schmeißt.

"Willst du jetzt schon alles loswerden?", frage ich.

"SO SCHNELL WIE MÖGLICH. Ich bin fertig!"

"Ich weiß nicht, ob ich das schon tun kann", sage ich. Ich war noch nie jemand, der alle Hefte weggeworfen hat, nicht einmal in der High School, wo das praktisch jeden Juni ein Ritual war.

"Was ist, wenn du später nochmal etwas nachschlagen willst?", frage ich.

"Warum sollte ich das tun müssen?", fragt sie. "Die Prüfungen sind vorbei!"

Ich habe keine gute Antwort. Ich will mein akademisches Leben von diesem Semester auch gerne vergessen, aber ich entscheide mich dafür, alle Arbeiten in die unterste Schublade meines Schreibtisches zu legen.

"Wir gehen später alle aus, um uns zu betrinken", sagt sie. "Bist du dabei?"

"Natürlich", sage ich. "Mein Flug nach Hause geht erst später am Abend."

"Fantastisch. Ich fahre morgen nach Hause. Ich glaube, Dylan fährt dann auch. Bei Hudson bin ich mir nicht sicher."

Ich nicke. "Oh, hey, wie läuft's denn so zwischen dir und Dylan?"

"Eigentlich ganz gut." Sie lächelt. "Es war nur eine Affäre. Freundschaft ist besser."

"Also ist er wieder mit Peyton zusammen?"

"Oh, keine Ahnung." Sie lacht. "Ich dachte schon, aber dann meinte er, dass sie nicht zusammen sind. Die beiden sind süchtig nacheinander. Er meinte, dass sie sich schon etwa zehnmal getrennt haben und wieder zusammengekommen sind. So ein Drama."

"Ich hätte nie gedacht, dass ich das jemals von dir hören würde." Ich lache.

"Oh, ich mag Drama. Auf der Bühne. Auf der Leinwand. Ein bisschen in meinem Leben. Aber sein Drama-Niveau ist außer Kontrolle geraten. Nein, das ist nicht mein Ding."

Wir brechen in Gelächter aus. So unterschiedlich Juliet und ich auch sind, ich weiß, dass ich sie in den Ferien vermissen werde.

"Und? Du hast mir noch gar nicht erzählt, was du nächstes Semester vorhast."

"Was meinst du?"

"Wolltest du nicht ausziehen? Damit du nicht mehr bei deinem Ex wohnen musst?", fragt sie.

"Oh, das. Nein, ich werde bleiben. Es läuft besser zwischen uns", sage ich. "Ehrlich gesagt, habe ich völlig vergessen, den Papierkram einzureichen."

"Na ja, das ist gut. Zumindest für mich."

Juliet lächelt. "'Denn ich wohne wirklich gerne mit dir zusammen."

"Ach, wirklich? Na ja, ich wohne auch wirklich gerne mit dir zusammen."

SPÄTER AM NACHMITTAG,während wir darauf warten, dass Dylan von seiner letzten Prüfung zurückkommt, beschließe ich zu packen. Als ich die Koffer aus dem Schrank ziehe, fallen alle Kleider aus dem oberen Regal auf mich herunter.

"Großartig. Einfach großartig", murmle ich und fange an, sie zu durchwühlen.

Ich brauche ein paar warme Klamotten, aber nicht so viele. Ich brauche definitiv nicht die ganz warmen Pullover oder die Schneestiefel. Es sei denn, ich gehe Ski fahren, was natürlich eine Möglichkeit ist. Scheiße! Ich werde den ganzen Mist nach Hause schleppen müssen. Ich fange an, alle meine Lieblingssachen in die Tasche zu werfen. Ich sollte sie rollen, wie mein Vater es mir gezeigt hat, um den Platz zu maximieren, aber ich bin nicht wirklich in der Stimmung alles zu organisieren. Was passt, kommt mit und der Rest muss hier bleiben. Ich habe noch mehr Klamotten zu Hause, die ich vier Monate lang nicht getragen habe. Könnte eine nette Abwechslung sein.

Während ich den Schrank durchstöbere, komme ich ganz schön ins Schwitzen. Ich beschließe, das Fenster zu öffnen, um etwas frische Luft hereinzulassen. Ich sehe den Karton mit den Dankeskarten auf der Fensterbank nicht, und sie fliegen hinaus.

"Scheiße! Oh mein Gott!", schreie ich, aber es ist zu spät. Sie sind bereits auf halbem Weg durch das Gebäude. Da es keine Dankeskarten sind, die ich jemals verschicken wollte, habe ich mich nicht um die Umschläge gekümmert. Sie öffnen sich in der Mitte des Fluges und wirbeln umher. Die meisten fallen gar nicht weit vom Gebäude in einem gemächlichen Tempo herunter und lassen sich vom Wind auf ein Abenteuer mitnehmen.

"Was ist los?", höre ich jemanden zu mir zurückrufen. Es ist Hudson. Er steht unten.

"Meine Karten!", schreie ich. "Sie fliegen alle weg!"

"Ich fange sie ein!", schreit er.

"Ich komme runter!", schreie ich zurück, ziehe meine Uggs an und greife nach meinem Mantel.

Mit meinem Glück hält der Aufzug praktisch in jedem einzelnen Stockwerk. Die Leute sind fertig mit den Prüfungen. Sie plaudern fröhlich vor sich hin. Bei zwei Gelegenheiten muss ich ihnen sagen, dass ich es eilig habe, während sie den Aufzug offen halten und sich verabschieden. Ich hätte die Treppe nehmen sollen, aber jetzt ist es zu spät. Ich klopfe ängstlich mit dem Fuß auf den Boden. Meine Karten sind jetzt wahrscheinlich überall in Manhattan verteilt. Zehn Minuten später erreiche ich endlich den Broadway. Hudson steht an der Ecke mit einem dicken Stapel Karten in der Hand und liest eine davon. Ich schaue mich auf der Straße um. Ich sehe keine einzige.

"Hey, das ist privat!", sage ich laut, damit er mich über den Lärm des Nachmittagsverkehrs hinweg hören kann. Ein Krankenwagen rast vorbei, so ohrenbetäubend, dass ich nicht einmal mehr meine eigenen Gedanken hören kann.

Hudson schaut nicht auf. Es ist, als könne er mich nicht hören.

"Das ist privat", sage ich und gehe auf ihn zu. Er schaut mich an.

"Es ist an mich adressiert", sagt er.

Anscheinend liest er die letzte Karte, die ich geschrieben habe. Warum musste es ausgerechnet diese sein? Ich wünsche mir mehr als alles andere, dass er irgendeine andere Karte liest.

"Es ist immer noch privat. Ich wollte nicht, dass du sie liest. Ich wollte sie nie abschicken."

"Lieber Hudson." Er ignoriert mich und fängt an zu lesen. Ich versuche, ihm die Karte aus der Hand zu nehmen, aber er hebt sie über seinen Kopf, liest weiter laut vor. "Lieber Hudson, ich schreibe dir nur, um dir zu danken. Danke, dass du als Freund in mein Leben zurückgekehrt bist. Danke, dass du all die Dinge gesagt hast, die du gesagt hast. Ich habe sehr lange darauf gewartet, dass du sie aussprichst. Ich liebe dich auch. Ich werde dich lieben, solange ich lebe. Du warst der beste erste Freund, den man sich wünschen kann. Ich glaube nicht, dass ich jemals bereit sein werde, mich zu verabschieden, aber genau das werde ich jetzt tun. Ich weiß, du hast gesagt, dass du mich zurückhaben willst, aber ich habe Angst. Angst davor, das alles noch einmal durchzumachen. Die Sache ist die, Hudson, ich brauche ein Zeichen. Ich brauche ein Zeichen, dass es das Richtige ist, wieder mit dir zusammenzukommen. Bis dahin werde ich mich bei dir bedanken und mich verabschieden. In Liebe Alice."

"Das war privat", sage ich.

"Ich weiß", sagt Hudson.

Er überreicht mir den Stapel Danksagungskarten und geht weg. Langsam kommt der Rest der Welt ins Blickfeld. Autos hupen. Ein Krankenwagen dröhnt. Um mich herum schwirren Menschen. Die ganze Welt, die vor einer Minute noch nichts als Hintergrundgeräusche war, strömt auf mich ein. Darin ist kein Platz für mich.

Völlig betäubt fahre ich mit dem Aufzug zurück ins Wohnheim. Die Türen öffnen und schließen sich. Leute steigen ein und aus. Sie lachen und umarmen sich und verabschieden sich. Ich sehe das alles passieren, aber ich verstehe nichts davon. Sie sehen aus, als wären sie nur zweidimensional. Ich frage mich, ob sie echt sind und ob jemand das mit Sicherheit wissen könnte.

49

J uliet, Dylan und ich gehen mit ein paar anderen Leuten aus unserem Stockwerk etwas trinken.

Anscheinend hat Hudson Dylan eine SMS geschrieben und gesagt, dass er später vorbeikommt. Ich möchte nicht hingehen, aber ich möchte auch nicht erklären, warum ich nicht hingehe.

Nach meinem zweiten Martini lässt die Taubheit schließlich nach. Genau in diesem Moment taucht Hudson wieder auf. Ich sehe ihn in der Tür der überfüllten Bar voller feiernder College-Studenten stehen. Er ist auf der Suche nach jemandem. Ich drehe mich zu Juliet um und versuche, mich auf meinem Platz zu verstecken.

"Hudson ist hier!", sagen Juliet und Dylan fast gleichzeitig. Alle jubeln.

"Komm zu uns, Mann", sagt Dylan. "Du bist etwa zwei Drinks hinterher."

"Hallo, alle zusammen." Er lächelt. "Ich bin eigentlich nur hier, um Alice für ein paar Minuten zu entführen."

"Nein!", antworten alle scherzhaft. "Buh!"

"Alice." Er kommt näher zu mir und berührt leicht meinen Rücken. "Kann ich mit dir reden?"

Ich schüttle den Kopf. Jedes Mal, wenn wir geredet haben, wurde es schlimmer und schlimmer. Jetzt bin ich mir nicht sicher, ob unsere zerbrechliche Freundschaft ein weiteres unserer Gespräche überleben wird.

"Bitte, ich muss mit dir sprechen", flüstert er.

Ich seufze, nehme einen Schluck von meinem Martini und esse eine Olive.

"Alles in Ordnung?", fragt mich Juliet schweigend. Ich zucke mit den Achseln und folge Hudson aus der Bar.

"Hudson, ich möchte mich bei dir entschuldigen", sage ich und wickle mir den Schal um den Hals und schließe den Reißverschluss meines Mantels. Die Luft riecht frisch und neu, die Kälte zwickt an meiner Nase. Jeder Baum auf der Straße leuchtet in gelben Lichtern. Die Stadt schreit, dass Weihnachten vor der Tür steht.

"Ich will dasselbe tun", sagt er. "Bevor wir das tun, möchte ich dir etwas zeigen. Kommst du mit mir mit?"

Ich stimme widerwillig zu.

Wir gehen zurück zu unserem Wohnheim und fahren mit dem Aufzug bis ganz nach oben. So hoch war ich noch nie. Er öffnet einen kleinen Durchgang, wo eine Treppe ist, die noch höher führt.

"Wo gehen wir hin?", frage ich schließlich.

"Auf das Dach."

"Ich wusste nicht einmal, dass es ein Dach gibt hier. Oder dass wir hier drauf gehen können", sage ich.

"Das können wir auch nicht. Nicht wirklich, aber ich kenne einen der

Hausmeister und er hat mich schon einmal hier hoch gelassen."

Wir steigen auf das Dach.

"Was machst du dann hier oben?", frage ich.

"Denken, hauptsächlich. Es ist ein schöner Ort dafür. Ruhig. Friedlich", sagt er.

In New York bricht die Dunkelheit schnell und ohne jede Entschuldigung herein. Sie trödelt nicht. In einer Minute ist es Tag und in der nächsten ist es Nacht und die Welt wird von Lichtern erhellt.

"Es sieht hier immer weihnachtlicher aus, oder?", fragt Hudson.

"Was meinst du?"

"Die Lichter. Es gibt hier so viele Lichter. Es ist dann immer so, als wäre es Weihnachten."

Ich habe noch nie so darüber nachgedacht, aber er hat Recht. Jede Nacht, wenn die Lichter angehen, scheint die Stadt zu feiern. Sich zu freuen.

"Alice, ich habe dich hierher gebracht, weil ich dir etwas zeigen möchte."

Er nimmt sich einen Moment Zeit, um seine Gedanken zu sammeln. Ich warte.

"Ich bin es leid, dir zu sagen, was ich fühle. Ich glaube, ich habe alle Worte aufgebraucht. Also möchte ich es dir stattdessen zeigen."

Er macht erneut eine Pause. Er schaut mir direkt in die Augen und fährt fort.

"Seit ich diese Danksagungskarte gelesen habe, bin ich ganz genau durchgegangen, wann ich dich enttäuscht habe. All die Male, in denen ich mich wie ein Idiot benommen habe, und ich glaube, alles hat an dem Tag angefangen, eine Woche nach unserer Trennung. Als wir zum ersten Mal versucht haben, Freunde zu sein. Wir wollten zusammen einen Film gucken, erinnerst du dich?"

Ich nicke. Natürlich, ich erinnere mich.

"Es gab eine Sonderausstrahlung von *Titanic*, und ich hatte versprochen, dich dahin zu begleiten. Aber ich bin nicht hingegangen."

Ich hatte eine halbe Stunde gewartet. Dann bin ich hineingegangen und habe den ganzen Film lang geweint.

"Ist schon in Ordnung", sage ich. "Alte Geschichte."

"Nein, es ist nicht in Ordnung. Ich war ein rücksichtsloses Arschloch und es tut mir leid."

Ich nicke. Hudson hat sich nie wirklich dafür entschuldigt. Nicht aufrichtig.

"Danke", sage ich. "Ich weiß das wirklich zu schätzen."

"Also, ich möchte etwas tun, um es wieder gutzumachen", sagt er.

Hudson nimmt meine Hand und dreht sich um. Da steht ein Projektor, der auf eine große, weiße Leinwand gerichtet ist, und davor stehen zwei Liegestühle. Große, warme Decken liegen auf den Stühlen und daneben steht ein kleiner Tisch mit einer Flasche Wein, zwei Gläsern und einem Teller mit Käse und Crackern.

"Was soll das?" Ich drehe mich wieder zu Hudson um.

"Es tut mir leid. Alles", sagt er. "Dass ich deine Gefühle jemals verletzt und dich gehen lassen habe."

Meine Brust zieht sich zusammen. Für eine Sekunde habe ich das Gefühl, dass mir die Luft aus den Lungen genommen wurde.

"Alice, ich will nicht nur dein erster

Freund sein", sagt er. "Ich will wieder dein Freund sein", sagt er.

Ich setze mich auf den Stuhl. Er wickelt die Decke um mich, schenkt mir ein Glas Wein ein. Hudson zieht seinen Stuhl nahe an meinen heran. Ich schaue zu ihm auf. Ich beobachte, wie sein Atem in die kalte Luft steigt. Er startet den Film. Eine Weile schauen wir ihn uns schweigend an. Als Rose mit ihrem fabelhaften Hut aus dem Auto steigt und auf das Schiff zugeht, drehe ich mich zu Hudson um.

"Okay", flüstere ich.

Er lächelt mich an und schüttelt den Kopf. Als ob er mir nicht glauben würde.

Ich beuge mich vor. Er nimmt meine Hand und verschlingt seine Finger mit meinen. Seine Finger sind bei Berührung heiß, meine sind kalt wie Eis. Hudson führt meine Finger zu seinen Lippen und pustet seinen warmen Atem darauf. Sein Mund verbreitet Wärme in meinem ganzen Körper.

Er rückt noch näher an mich heran. Jetzt kann ich seinen Atem auch an meinem Gesicht fühlen. Ich schließe meine Augen und spüre seine Lippen auf meinen. Ein Funke von Elektrizität durchströmt mich.

"Ich liebe dich", flüstert er durch den Kuss.

"Ich liebe dich auch."

NACHWORT

Liebe Alice,

dankeschön.

Danke, dass du dich wieder für die Liebe öffnest. Du weißt nicht, was die Zukunft bringt, aber du hast mir Vertrauen geschenkt. Du hattest Angst, aber du hast dich nicht davon abhalten lassen, das zu tun, was du für das Richtige gehalten hast. Ich habe immer gedacht, Mut zu zeigen, hieße, in ein brennendes Gebäude zu laufen, um ein Leben zu retten. Na ja, indem ich mich wieder der Liebe öffnete, bin ich in ein brennendes Gebäude gerannt und habe ein Leben gerettet. Mein eigenes.

In Liebe

Alice

Vielen Dank, dass Sie ICH STEHE NICHT AUF DICH gelesen haben!

Ich hoffe, dass Ihnen Alice und Hudson Geschichte gefällt. Können Sie nicht abwarten, herauszufinden, was als Nächstes passiert?

Lesen Sie ICH STEHE IMMER NOCH NICHT AUF DICH jetzt!

MELDE DICH FÜR MEINEN NEWSLETTER AN!

Möchtest Du immer zu den Ersten gehören, die von Sonderangeboten, Neuveröffentlichungen und exklusiven Giveaways erfahren?

Melde Dich für meinen **Newsletter** an und werde Mitglied in meinem **Reader Club**!

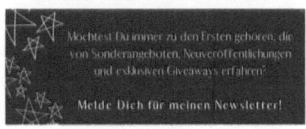

BÜCHER VON CHARLOTTE BYRD

Alle Bücher sind bei ALLEN wichtigen Einzelhändlern erhältlich!

Wenn Du eins nicht finden kannst, schicke mir eine E-Mail an charlotte@charlotte-byrd.com

Verbotene Begegnung Serie
Verbotene Begegnung
Verbotenen Regeln
Verbotene Verbindung
Verbotener Vertrag
Verbotene Grenzen

Haus von York Trilogie

Haus von York

Krone von York

Thron von York

Gefangen in Eis Serie

Gefangen in Eis

Gefangen in Schmerz

Gefangen in Spitze

Gefangen in Hass

Gefangen in Liebe

Geheimnisse Serie

Geheimnisse und Lügen

Geheimnisse und Wahrheit

Geheimnisse und Hoffnung

Geheimnisse und Angst

Geheimnisse und Hass

Geheimnisse und Liebe

Gefährliche Verlobung Serie

Gefährliche Verlobung

Tödliche Hochzeit

Verhängnisvolle Ehe

Ich stehe nicht auf dich Serie

Ich stehe nicht auf dich

Ich stehe immer noch nicht auf dich

Der perfekte Fremde Serie

Der perfekte Fremde

Das perfekte Alibi

Die perfekte Lüge

Das perfekte Leben

Die perfekte Flucht

Das perfekte Paar

Die ganzen Lügen Serie

Die ganzen Lügen

Die ganzen Geheimnisse

Die ganzen Zweifel

Die ganze Wahrheit

Die ganzen Versprechungen

Die ganze Hoffnung

Mr. Daltons Stylistin

ÜBER CHARLOTTE BYRD

Charlotte Byrd ist Bestseller-Autorin mehrerer moderner Liebesromane. Sie lebt in Südkalifornien, zusammen mit ihrem Mann, ihrem Sohn und einem verspielten Australian Shepherd. Sie liebt Bücher, warmes Wetter und kristallblaues Wasser.

Kontaktieren Sie sie über:
charlotte@charlotte-byrd.com
Finden Sie Ihre Bücher auf:
www.charlotte-byrd.com
Verbinden Sie sich mit ihr auf:
www.facebook.com/charlottebyrdbooks
Instagram: www.
instagram.com/charlottebyrdbooks
Twitter: www.twitter.com/ByrdAuthor

Facebook-Gruppe: Charlotte Byrd's Reader Club

Möchtest Du immer zu den Ersten gehören, die von Sonderangeboten, Neuveröffentlichungen und exklusiven Giveaways erfahren?

Melde Dich für meinen **Newsletter** an und werde Mitglied in meinem **Reader Club**!

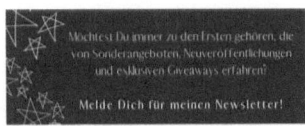